Hans Astor
Graues Gold

27. 04. 2012

D1727014

RHEIN
MOSEL
VERLAG

© 2011
Rhein-Mosel-Verlag
Brandenburg 17, D-56856 Zell/Mosel
Tel. 06542-5151 Fax 06542-61158
Alle Rechte vorbehalten
ISBN 978-3-89801-053-5
Korrektorat: Melanie Oster-Daum
Ausstattung: Cornelia Czerny
Umschlagentwurf: Hans Astor
Druck: AALEXX Buchproduktion

Hans Astor

Graues Gold

Historischer Kriminalroman

RHEIN-MOSEL-VERLAG

Einleitung

Für die Mühlsteinproduktion bevorzugte man schon immer den Basalt aus den unterirdischen Steingruben von Mendig in der Nähe des Laacher Sees. Hier zeigt sich das vulkanische Gestein durch viele kleine Lufteinschlüsse, von einer feinen und offenporigen Struktur. Die Oberfläche bleibt auch nach etlichen Mahlgängen immer rau und scharf, man kann sogar sagen, der Mühlstein schärft sich während dem Mahlvorgang von selbst.

Das Vulkangestein war ohnehin zu allen Zeiten als Baumaterial gefragt. Durch seine Härte war der strapazierfähige und witterungsbeständige Basalt schon immer der ideale Werkstein, ob nun für Pflastersteine, Gesimse, Treppenstufen oder Fenstergewände.

Jener offenporige Basalt ließ sich in Mendig allerdings nicht im Tagebau gewinnen, denn er war von der Asche des Laacher See Vulkans überdeckt, dem sogenannten Bims. Bis zu zwanzig Meter Abraum hätte man beiseite schaffen müssen um einen Steinbruch in gewohnter Weise zu betreiben, in früheren Tagen völlig unmöglich.

So begannen die Menschen in dem kleinen Pellenzort Mendig, am Rande der Eifel, seit dem frühen Mittelalter mit dem Basaltabbau unter Tage.

Ohne moderne Hilfsmittel und unter unsäglichen Entbehrungen entstand in Nydermennich, so wie man den Ort in früheren Zeiten nannte, ein einzigartiges und riesiges Höhlensystem, alleine von Menschenhand geschaffen.

Nicht nur für den Erzbischof von Trier als Grundherrn, auch für die Familien der Grubenbesitzer, die ihre Basaltleyen als Erbpächter des Landesfürsten betrieben, waren die unterirdischen Abbaufelder eine erkleckliche Einnahmequelle. Für die einfachen Leute, die sich in Nydermennich unter und über Tage ihren Lebensunterhalt verdienen mussten, war der Alltag auf den Grubenfeldern dagegen ein beispielloses Martyrium, ganze Familien verbrachten hier Tag für Tag ihr erbärmliches Dasein.

Die Auswirkungen des pfälzischen Erbfolgekrieges und die damit verbundenen Entbehrungen lasteten immer noch schwer auf dem gemeinen Volk. Im Gegensatz zu dem bequemen Leben der Lehnsherren, war der Alltag dieser Menschen durch kargen Lohn, schwere Unfälle, Krankheiten und frühen Tod gekennzeichnet.

Den Lehens- und Grundherren machte die Not wenig zu schaffen, es galt für sie das graue Gold zu fördern, diesen ganz speziellen und begehrten Basaltstein aus Nydermennich.

Gegen Ende des 17. Jahrhunderts machte sich dann zunehmender Unmut breit, an sozialem Zündstoff mangelte es nicht. Weder bei den Grubenpächtern, die sich bis dahin in blinder Raffgier gegenseitig mit Neid, Missgunst und Intrigen bedachten, noch bei dem einfachen Volk, welches immer mehr unter der unbarmherzigen Knute der Herrschaft zu leiden hatte.

Pastor Rosenbaum hatte wachsende Mühe, das gemeine Volk brav zu halten. Immer häufiger musste sich der Gottesmann während der Beichte das immer lauter werdende Aufbegehren seiner Schäflein anhören. Die heile Welt in seiner Gemeinde begann sichtlich zu bröckeln, der Pastor sah düstere Zeiten auf das kleine Eifeldorf zukommen. Und als wäre das Alles nicht schon genug, schlug das Schicksal wie aus heiterem Himmel erbarmungslos zu …

Kapitel 1

Die Luft roch angenehm nach nassem Gras und die Sonne bahnte sich ihren Weg durch die letzten Regenwolken, als Claas Brewer und sein Begleiter nach Mennich hinaufritten. Obwohl noch keines der Häuser zu sehen war, hörten die beiden Reiter, dass sie endlich in dem Dorf der Mühlsteinmacher angekommen waren. Es war so, als wollten tausend Spechte einen Fels zertrümmern, so klang der Gesang der vielen hundert Steinmetzhämmer über die Felder.

Unentwegt begegneten ihnen große Ochsenkarren, beladen mit schweren Mühlsteinen, auf ihrem beschwerlichen Weg hinunter nach Andernach am Rhein. Manche dieser Fuhrwerke führten bis zu zwölf Tiere im Gespann.

Nachdem die lange Anhöhe, über den Weg an Crufft vorbei endlich geschafft war, wurde der Blick auf die großen Grubenfelder frei. Überall ragten die Göpelwerke in den Himmel, jene hölzernen Hebekonstruktionen mit denen die schweren Steine aus Basaltlava durch die Schächte nach oben gezogen wurden.

Hier waren es Pferde und Maultiere, welche die Getriebe der Göpelwerke in Bewegung hielten, dort war schweres Hornvieh in die Joche gespannt. Langsam und behäbig bewegten sich so die schweren Basaltbrocken ans Tageslicht.

Die ausgemergelten Gestalten, die sich hier ihren Lohn verdingen mussten waren nicht zu beneiden, manch ein Sträfling führte ein besseres Leben als diese halb verhungerten Grubenarbeiter. Ganz gleich, ob sie nun unter oder über Tage schuften mussten.

»Wo finde ich den Meister Keip?«, fragte Claas Brewer auf dem erstbesten Leyenbetrieb einen der besser gekleideten Aufseher.

»Hier gibt es keinen Meister Keip, Ihr befindet Euch auf den Laacher Leyen, geführt von den Brüdern Blohm«, antwortete der Aufseher mürrisch.

»Ich hab Euch nicht gefragt ob es hier einen Keip gibt, sondern wo ich Meister Keip finde!«, blaffte Claas ärgerlich zurück.

»Geht hinunter ins Dorf, fragt dort und lasst uns in Ruhe unsere Arbeit tun, wir haben mit dem Keip nichts zu schaffen«, wies ihn der Aufseher missgelaunt ab.

Claas ärgerte sich nun über die abweisende und schroffe Art dieses Grobklotzes.

»Wie komme ich denn ins Dorf?«, fragte er genervt.

»Immer in diese Richtung«, der Aufseher zeigte unwillig mit der Hand nach vorne, »dahinten seht Ihr schon den Turm von Sankt Cyriaci.«

»Mit wem habe ich die Ehre, mein Herr?«

»Mit Mychel Blohm, was schert es Euch?«, kam die mürrische Antwort.

Abweisend wandte sich Blohm von ihm ab und trieb die Kinder an, welche eine schwere Karre mit Basaltbrocken zu den Hütten der Steinmetze zogen.

Brewer setzte seinen Weg fort und ritt zum Dorf hinunter. Er hatte schon viel von den unterirdischen Basaltgruben in Mennich gehört, aber mit welchen Strapazen und Entbehrungen diese Arbeit verbunden war, das hätte er sich so nicht gedacht.

Einige Zeit später ritt er durch ein großes verwittertes Holztor in den kleinen Ort hinein. In den unbefestigten engen Gassen stand das Regenwasser der vergangenen Tage und bildete mitunter riesige Matschpfützen. Das Pferd sank manchmal bis zu den Fesseln in dem Morast ein. Abfälle und Fäkalien rannen in munteren Rinnsalen an den Reitern vorbei.

Primitive Hütten, meistens aus Holz gezimmert, oder aber aus den steinigen Abfällen der Mühlsteinbrüche errichtet, standen ihm Spalier. Von urbaner Ordnung war in diesem trostlosen Nest weit und breit nichts zu sehen.

»Weib, ich suche den Meister Jan Keip, wo finde ich ihn?«

»Da vorne, Herr«, antwortete die gebückte Alte und zeigte auf ein stattlicheres Steingebäude, welches sich ein wenig weiter auf der rechten Seite der Gasse erhob.

Müde lenkten Claas und sein Begleiter ihre Pferde in den gepflasterten Hof des Anwesens und stiegen endlich aus dem Sattel.

»Meldet Eurem Herrn den Claas Brewer an, Baumeister des Erzbischofs Joseph-Clemens zu Coellen!«, wies er einen Bedienten auf dem Hof an. Wenige Minuten später begleitete ihn der eher schlecht gekleidete Diener zum Kontor des Grubenpächters.

»Es freut mich Euch zu sehen Meister Brewer, wie war Euere Reise?«, begrüßte der Mühlsteinproduzent den jungen Baumeister.

»Wäre ich nur in Coellen geblieben, selten habe ich einen so trostlosen Ort wie Mennich besucht.«

»Nydermennich heißt es, soviel Zeit muss sein«, lächelte Jan Keip.

»Das macht Euer Dorf auch nicht ansehnlicher.«

»Das liegt nur am Wetter mein Herr, wenn hier bei uns die Sonne scheint, dann ist es immer wieder schön und unser Nydermennich erscheint einem nicht ganz so schwermütig und düster«, gab Keip verschmitzt zurück.

Claas Brewer lächelte gequält und dachte sich seinen Teil, jeder räudige Straßenköter in Coellen hatte es besser als diese bedauernswerten Geschöpfe, die hier leben mussten.

»Das ist der Jacob Lanz, einer meiner Bildhauer«, stellte Claas seinen Begleiter vor.

»Lanz? Bei uns ein bekannter Name. Seid Ihr wohl von hier?«, fragte Keip den Begleiter von Meister Claas.

»Ich nicht, aber mein Vater war aus Owermennich, Hein Lanz, aus der Wehrgass'«, antwortete Jacob in heimischem Dialekt.

»Hein Lanz aus der Wehrgass' ist Euer Vater? Er hat bei meinem Vater das Steinmetzhandwerk erlernt, hier auf unseren Grubenfeldern«, stellte Keip überrascht fest. »Er ist übrigens so alt wie ich.«

»Er war so alt wie Ihr Meister Keip, mein Vater ist vor sechs Jahren vom Baugerüst am Dom gestürzt, er ist tot.«

9

Keip wirkte betroffen: »Das tut mir Leid, er gehörte bei uns zu den Besten seines Faches.«

»Sein Sohn übertrifft ihn Meister Keip, er ist einer meiner besten Bildhauer«, erwiderte Claas Brewer, während Lanz das Lob seines Herrn in vollen Zügen genoss.

Keip ging mit seinen Gästen über den Hof in sein Wohnhaus und ließ die Besucher an der Tafel Platz nehmen, dann rief er nach der Magd.

Eilig wurde Gewürzwein, Brot und Käse aufgetischt und Claas Brewer machte keinen Hehl daraus, dass ihn ein großer Hunger plagte. Mit Appetit machte er sich, ebenso wie sein Begleiter, über die Speisen her. Dann verschaffte Brewer endlich seiner Neugier Luft.

»Ihr scheint auch nicht nur von Freunden umgeben, Meister Keip. Manch einer gibt nur unwillig Auskunft über Euch.«

»Wie kommt ihr darauf?«

»Fragt man nach dem Weg zu Eurem Haus, kann man ziemlich barsche Antworten erhalten.«

Keip schaute den Baumeister aus Coellen verwundert an.

»Wie meinen?«

»Nun, kennt Ihr einen Mychel Blohm? Es scheint, der ist nicht gut auf Euch zu sprechen.«

»Ach die Blohms, hungerleidige Emporkömmlinge, kleine Grubenpächter des Klosters Laach sind sie und führen sich dabei auf wie Grundherren von Adel. Diese Leute verwinden einfach nicht, das hier in Nydermennich letztlich nur das Wort der Familien Geylen, Klein und Keip zählt – und das Wort des Pastors natürlich. Der Neid der Blohmbrüder ist mitunter kaum zu übertreffen«, belehrte ihn Jan Keip.

Claas Brewer lächelte sein Gegenüber an und wechselte unvermittelt das Gesprächsthema: »Meister Keip, wann kann ich unsere Werkstcine in Augenschein nehmen?«

»Von mir aus können wir uns noch heute Mittag auf dem Grubenfeld umsehen. Ihr werdet zufrieden sein, die Steinmetze haben gute Arbeit verrichtet.«

Nach der ausgiebigen Stärkung machten sich die drei Männer auf den Weg zur Ley von Meister Keip. Überall war der helle Gesang der Steinmetzhämmer zu hören und von oben wurden die Arbeiter von der Mittagssonne traktiert.

»Jetzt sind die Leute unter Tage wohl zu beneiden«, vermutete Claas und wischte sich den Schweiß von der Stirn.

Keip sah ihn verwundert an: »Keinen Monat würdet Ihr die Arbeit dieser Menschen unter Tage überleben. Feucht, kühl und dunkel, höchstgefährlich und zudem eine elendige Schinderei. Täglich müssen sie da unten die feuchte Luft einatmen, bereits nach wenigen Jahren plagt einen das Reißen und von den anderen Übeln will ich gar nicht erst reden.«

Wortlos vernahm Brewer die Ausführungen des Grubenpächters, so hatte er das noch nicht betrachtet. Dann meinte er mitleidig: »Unser Herrgott hat es diesen Menschen da unten in den Gruben halt so beschieden wie es ist, also muss es wohl so sein. Es gibt Dinge zwischen Himmel und Erde die kann man eben nicht ändern, Gottes Fügung steht über dem kleinlichen Schicksal des Einzelnen.«

»Hier sind Eure Werkproben Meister Claas.«

Jan Keip zeigte auf eine der Hütten, wo sich zwei Steinmetze an den Basaltblöcken zu schaffen machten. Meister Brewer besah sich an den vorgehauenen Rohlingen die Struktur des feinporigen Basaltgesteins und ließ sich nicht anmerken, dass er von der Beschaffenheit dieser Lava begeistert war.

»Jacob, prüfe mir den Stein«, wies er den Bildhauer scheinbar desinteressiert an.

Jacob Lanz konnte dieses Material beurteilen wie kein Zweiter, sein Vater hatte ihn an dem Stein aus der Heimat meisterhaft ausgebildet.

»Reich mir mal deinen Hammer.«

Jacob nahm den Fäustel des Steinmetzen und ließ damit den Basalt ertönen, überall auf der Säule war der Ton fein und glashell. Keine Verwerfungen und keine Risse waren da zu hören.

»So muss der Stein sein!«, lobte Lanz.

»Probier die Werkstücke aus und prüfe sie eingehend«, antwortete Meister Brewer.

Während sich der Bildhauer anschickte die Oberfläche des Rohlings zu behauen, entfernten sich Keip und Meister Claas von den Steinmetzhütten.

Ein wenig abseits vom Lärm ließ sich nun ungestört bereden, was nicht für fremde Ohren bestimmt war.

Bei diesem Geschäft ging es um viel Geld!

Die Keips pflegten schon lange Zeit die allerbesten Beziehungen zum Coellener Erzbistum und das sicherte dem Grubenpächter regelmäßig erkleckliche Aufträge.

»Glaubt Ihr denn Meister Keip, dass Ihr auch diesen Auftrag neben Eurer beachtlichen Mühlsteinproduktion zuverlässig erfüllen könnt?«

»Selbstverständlich, wenn es drängt, dann lasse ich mir von anderen Grubenpächtern aushelfen.«

Jan Keip war allerdings fest entschlossen, die Arbeiten ohne die Beteiligung und Hilfe seiner Mitbewerber abzuwickeln. Mit diesem Auftrag spielte er auch weiterhin die erste Geige unter seinen Konkurrenten.

»Verlasst Euch ruhig auf unseren soliden Namen. Seit den Zeiten meines Urgroßvaters liefern die Keips gekonnt und zuverlässig nach Coellen«, beruhigte Jan den Baumeister.

»Nun gut, ich hoffe es ist kein Fehler, wenn ich Euch wiederum als alleinigen Lieferanten bevorzuge.«

Jan Keip wusste, wie man die Bedenken eines einflussreichen Baumeisters am schnellsten zerstreuen konnte, aufmunternd hielt er dem Gast aus Coellen einen ansehnlichen und prallen Lederbeutel entgegen.

»Ihr habt sicherlich große Summen für die Reisen nach Nydermennich aufzubringen, selbstverständlich möchte ich mich an Euren Reisekosten beteiligen.«

Claas besah sich erwartungsvoll das Geldsäckchen, dann traf sein Blick die hellwachen Augen des Grubenpächters und die beiden waren sich einig.

»Alles was recht ist Meister Keip, Eure Gepflogenheiten sind ohne Zweifel beispielhaft. Ihr wisst, was sich gehört«, dankte der Baumeister und ließ die Barschaft in seinem Wams verschwinden.

Zufrieden über die aufmerksame Zuwendung seines Lieferanten, kam Brewer nun auf die Details verschiedener Bauprojekte zu sprechen. Es waren einige lohnende Aufträge, die Meister Claas in den Coellener Landen durchzuführen hatte, in jedem Fall genug um Jan Keips Mimik nachhaltig aufzuhellen.

Mit Reparaturaufträgen und der Beseitigung von Kriegsschäden in Rheinbach und Lechenich hatte Meister Brewer allerhand zu tun. Es hatte also doch etwas Gutes gehabt, als die Truppen des Franzosenkönigs zerstörend und marodierend durch die Lande gezogen waren, zumindest für die Lieferanten von Werksteinen.

So manches Gotteshaus, viele Burgen und Gebäude waren der blinden Zerstörungswut der Soldaten zum Opfer gefallen. Gute Werksteine waren zurzeit Mangelware und nun lag es an Leuten wie Keip, das Beste aus der Situation zu machen.

Ganz plötzlich überkam eine seltsame Unruhe das Grubengelände, die Pferde wieherten erregt und zurrten plötzlich nervös an ihrem Zaumzeug. Die streunenden Köter rannten mit eingeknicktem Schwanz davon, die Vögel verstummten wie auf einen lautlosen Befehl hin, flogen auf und suchten das Weite.

Fast unbemerkt machte sich nun ein leichtes Zittern unter den Füßen von Meister Claas breit.

Überrascht sah er zu Jan Keip hinüber: »Was geht hier vor?«

»Ein kleines Erdbeben, davon hatten wir schon zwei Stück in diesem Jahr, nichts schlimmes Meister Brewer.«

Er hatte seinen Satz noch nicht ganz beendet, als sich das leichte Zittern zu einem gewaltigen Beben erhob. Der Gesang der Flechthämmer verstummte auf der Stelle, fluchtartig verließen die Leyer ihre primitiven Unterstände und schon stürzte die erste Werkhütte krachend in sich zusammen.

Dies hier war keiner von diesen leichten Erdstößen, wie in den letzten Monaten, dieses Beben wollte einfach nicht aufhören und steigerte sich ins Unerträgliche.

Mit einem lauten Bersten gab die Umlenkrolle des Göpelwerks nach, neben dem Meister Claas und Jan Keip herumstanden. Das Seil des Krans riss ab und auf der Stelle sauste der schwere Basaltstein, den man gerade nach oben befördern wollte, zurück in die Tiefe des Schachtes.

Die Mechanik des Förderkrans beantwortete die plötzliche und abrupte Zugentlastung prompt und verheerend. Der Hebebaum, in welchen die Pferde eingespannt waren, reagierte mit einem gewaltigen Rückschlag und tötete die Tiere auf der Stelle.

Fast eine Minute dauerte der furchterregende und zerstörerische Spuk, er wollte nicht enden. Schreiend und panisch liefen die Menschen durcheinander, während eine Hütte nach der anderen in sich zusammenfiel.

Bis eben noch vor Schreck gelähmt, wollte Meister Claas nun Fersengeld geben und das Weite suchen, aber Jan Keip hielt ihn an seinem Wams fest: »Ich beschwöre Euch mein Herr, setzt keinen Fuß von meiner Seite, genau hier seid Ihr jetzt am sichersten, ich erkläre es Euch später.«

Im selben Moment gab die Erde nach, nur zwanzig Ruten von den beiden entfernt, tat sich ein riesiges Loch auf. Bäume und Sträucher, sowie die Hütte eines Pflastersteinschlägers verschwanden in der Tiefe. Auf einen Durchmesser von gut fünfzehn Ellen war das Geglöck, so nannte man diese Gewölbe der Basaltkeller, durch das gewaltige Beben eingebrochen und nach unten gestürzt.

Bereits im nächsten Moment herrschte eine friedhofsähnliche Ruhe, das Beben war vorbei. Alle auf dem Grubenfeld standen wie vom Schreck gelähmt auf der Stelle und schauten sich mit offenen Mäulern an. Dann lösten sich die Menschen aus ihrer Lethargie und begannen schreiend und panisch nach Überlebenden zu suchen.

Entsetzt und fragend sah Meister Brewer den Grubenpächter an, hätte der ihn vorhin nicht festgehalten, wäre er wohl geradewegs in sein Unglück gelaufen.

»Woher wusstet Ihr …?«

»Gewusst habe ich gar nichts, ich bin kein Seher. Aber hier neben den Schächten ist das Gestein am stabilsten, hier gibt das Gewölbe zuletzt nach.«

Auf dem Grubenfeld von Meister Keip herrschte wüstes Durcheinander, jeder war sich selbst der Nächste. Frauen suchten nach ihren Männern und nach ihren Kindern, alle rannten ziellos durcheinander.

»Meister Keip, was sollen wir tun?«, fragte einer der Aufseher seinen Herrn.

»Frag nicht Adam, schick einige Männer nach unten und dann rettet was zu retten ist, dort die beiden Göpel sind unbeschadet, lass die Leute schleunigst hinab«, dann wandte er sich an den Baumeister: »Kommt, wir müssen von hier weg, wo ist euer Lanz?«

Ratlos schaute sich Claas Brewer nach seinem treuen Gesellen um, weit und breit war nichts von ihm zu sehen.

»Wo ist der Bildhauer?«, fragte Claas jenen Steinmetz, bei dem Jacob noch eben die Werkproben vorgenommen hatte.

»Ich weiß es nicht Herr, ich suche mein Weib und meinen Sohn«, antwortete er nervös und irrte suchend weiter.

Claas machte sich nun eilig auf die Suche nach seinem Begleiter. Keip dagegen brannte es auf den Nägeln, er wollte dringend die Schäden im Dorf in Augenschein nehmen, aber wenn er seinen Gast jetzt und hier alleine zurücklassen würde, dann wären alle geschäftlichen Bemühungen dahin.

»Da seht doch, dort sitzt Euer Jacob!«, rief Keip.

Traurig kauerte der Bildhauer neben einem großen Werkstein und hielt einen leblosen Mann im Arm, Tränen rannen ihm über das Gesicht.

»Was ist mit dir Jacob?«, fragte Claas vorsichtig.

»Das ist mein Vetter Anthön, Herr«, stammelte er, »unsere Mütter sind Schwestern, ich hatte ihn schon acht Jahre nicht mehr gesehen. Eigentlich wollte ich ihn morgen in Owermennich besuchen und nun halte ich ihn tot in meinen Armen.«

»Wir müssen ihm helfen«, meinte Claas sorgenvoll zu Keip.

»Ich will sehen was ich tun kann, aber Ihr seht ja selbst.«

Für den Moment stand auch Jan Keip ziemlich ratlos in der Gegend herum. Mattes Breil, einer seiner Aufseher, hatte die Lage besser im Griff, umsichtig beruhigte er die Leute und bewegte sie zu überlegtem Handeln.

15

»Wie mag es wohl auf den anderen Grubenfeldern aussehen?«, fragte sich Jan Keip laut.

Die Antwort ließ nicht lange auf sich warten, mit einer großen Platzwunde am Kopf kam sein Nachbar, der Pächter Theis Klein angehumpelt. Mitgenommen stolperte er auf Claas Brewer und Jan Keip zu: »Wir brauchen deine Hilfe Jan, der Einsturz da vorne hat einige meiner Leute unter Tage begraben und im Ganzen steht es noch schlimmer als hier auf deiner Ley.«

»Mattes!«, rief Jan Keip, »Mattes, komm schnell her!«

Der Aufseher kam eilends zu seinem Lohnherrn, begleitet von vier weiteren unverletzten Männern.

»Was kann ich tun Herr?«

»Du machst dich rüber auf die Ley der Blohms, sieh nach dem Rechten und schau ob wir helfen können. Was sonst noch Beine hat und hier nur Maulaffen feilhält, macht sich auf den Weg in die Ley der Kleins, die brauchen dringend unsere Hilfe.«

Kurz und knapp gaben Keip und Klein nun gemeinsam weitere Anweisungen an die umstehenden Männer. Schnell kam Bewegung in die Arbeiter, der erste Schock war überwunden und nun herrschte auf den Grubenfeldern die in der Not gebotene Einigkeit.

Einer für alle und alle für einen, ganz gleich von welcher Ley und für welchen Pächter, in aller Eintracht kümmerte man sich um die Opfer. Die Frauen sorgten sich um die Verletzten so gut sie konnten und die Männer bargen die Toten.

Unter Tage waren die Gewölbe durchgängig miteinander verbunden, ohne weitere Schwierigkeiten konnte man so die Opfer aus den Nachbarleyen durch die eigenen Schächte bergen.

Jan Keip drängte nun mit Nachdruck darauf ins Dorf zurückzukehren und wandte sich an Jacob Lanz: »Bei aller Trauer, du bist gesund und unverletzt, wir brauchen jetzt jede helfende Hand.«

Jacob sah den Grubenpächter misslaunig an und dachte: Der hat mir gar nichts zu sagen!

»Jacob, pack dich jetzt! Du siehst ja selbst, dass man sich vernünftig um die Toten kümmert«, legte Claas Brewer nach, »komm jetzt endlich!«

Schweren Herzens fand der Bildhauer auf den Boden der Realität zurück, er war ja sonst auch kein Weichling, er raffte sich auf und machte sich mit seinem Meister und dem Grubenpächter zurück ins Dorf.

Eilig ritt Jan mit seinen Begleitern den Heidenstock hinunter, das war der schnellste Weg von den Keip'schen Leyengruben, zurück nach Nydermennich. Schon von weitem konnte man erkennen, dass es im Dorf nicht zum Besten stand.

»Um Gottes Willen, schnell!« Jan Keip bekam beim Anblick des Dorfes Angst. Im Bereich der Saurensgasse stiegen dunkle Qualmwolken in den Himmel, auch die schwere hölzerne Andernacher Pforte hing ziemlich mitgenommen in ihren Angeln.

Jan schwante Böses, wieder trieb er sein Pferd an, dann erreichte er die Brunnengasse. Sein massives Steinhaus stand unbeschädigt da, genau wie der Hof des trierischen Hummes und die Quellenschenke gegenüber. Der Qualm kam tatsächlich nur aus der Saurensgasse.

»Meister Keip, die Schmiede brennt«, kam ihm der Flickschuster Franz Faber entgegen.

»Holt Wasser aus dem Kehlbach und löscht!«

»Haben wir schon gemacht, Meister! Das Feuer ist fast aus.«

»Gut gemacht Franz.«

Keip ritt mit seinen Begleitern unbeirrt in den Hof seines Anwesens, aber dann stockte ihm der Atem.

»Vater, kommt schnell!«, rief seine Tochter Katrein.

Jan sprang von seinem Pferd und lief zu seiner Tochter, die den leblosen Körper seiner Frau Greta im Arm hielt. Es gab nicht viel zu erklären, neben seiner Frau lag ein dicker Steinbrocken vom Mauerwerk der Remise.

Jan und seine Tochter Katrein fielen sich weinend in die Arme, die gute Seele des Hauses war tot. Mit traurigem Blick sah der Grubenpächter zu Claas Brewer hinauf und war nicht fähig zu sprechen, wie gelähmt starrte er auf sein totes Weib.

»Bleibt bei Euerem Weib, ich helfe Euch!«, bestimmte Meister Claas entschlossen. »Jacob, wir haben zu tun!«

Ohne weiteres Zögern ging Claas hinaus auf die Gasse: »Ihr Leute, wer von euch gehört hier zu Jan Keip?«

Fragend und ängstlich sahen ihn die verstörten Bewohner der Brunnengasse an.

»Wird's bald? Ich bin der neue Verwalter von Jan Keip, redet!«, schwindelte er sie entschlossen an.

Der forsche Auftritt des gut gekleideten Herrn tat Wunder. Eins, zwei, drei, standen einige Tagelöhner vor ihm und bekannten sich zu Keip.

»Welches unserer Anwesen ist in Not?«, fragte Claas.

»Die Schmiede ist niedergebrannt und zwei unserer Hütten, unten in der Saurensgasse, sind eingestürzt«, klagte einer der hageren Gestalten.

Brewer handelte umsichtig und entschlossen und das war gut so, Weitsicht und Logik waren nicht die Stärke des gemeinen Volkes. Er allerdings hatte schon auf genügend Baustellen das Sagen gehabt und wusste wie man diese Leute anzufassen hatte.

Nach einer guten Stunde hörten die meisten Bewohner des kleinen Dorfes auf sein Kommando, resolut und sicher verschaffte er sich Gehör. Auch Friedrich Augst, der Vogt des Domkapitels und gleichzeitig Schultheiß, war heilfroh über den unbekannten aber umsichtigen Helfer, so war das Nötigste getan, bis sich der Tag zu Ende neigte.

Die Verletzten waren, wenn auch unter freiem Himmel, mehr schlecht als recht versorgt, die vereinzelten kleinen Brände waren gelöscht und die Toten waren geborgen. Übermüdet und überfordert sank Claas Brewer in einem der Gästezimmer der Keips in den Schlaf.

Katrein war noch lange auf den Beinen und saß neben ihrer toten Mutter, wie schlafend lag die hübsche Frau des Grubenpächters aufgebahrt in der Wohnstube.

Die Schicksalsschläge der letzten Zeit waren zuviel für Katrein, eine Tragödie reihte sich an die Andere. Letztes Jahr erst waren ihre beiden jüngeren Brüder gestorben. Zuerst starb Johann an der Halsbräune und dann wurde Benedikt, der Älteste, unter Tage von einem Stein erschlagen, zwei weitere Kinder hatte die Mutter im Kindbett verloren.

Ihre ältere Schwester Elsbeth war nach Coblentz verheiratet, somit war Katrein das einzige Kind, welches im Elternhaus verblieben war. Sie fühlte sich alleine und niemand konnte ihr helfen, ihr Vater hatte sich in seiner Verzweiflung in den Schlaf gesoffen und lag tief schnarchend in seinem Bettkasten.

»Heilige Barbara hilf uns«, betete sie vor dem kleinen Altar im Treppenhaus. Vor der Schutzpatronin der Bergleute brannte stets eine Kerze, ihre Mutter Greta hatte den kleinen Hausaltar zu ihren Lebzeiten wie einen Schatz gehütet. Nun war sie tot, die heilige Barbara hatte nicht geholfen.

»Warum? Mutter warum?«, weinte die sechzehnjährige junge Frau leise vor sich hin.

Kapitel 2

Abt Placidus erschrak, das Erdbeben überraschte den alten Mönch während er durch die Gärten des Klosters Laach spazierte.

»Schon wieder ein Erdstoß«, wandte er sich sorgenvoll an seinen Prior Josef Dens, der ihn begleitete.

»Gott wird uns schützen Vater Abt, ich bin voll der Zuversicht, diese kleinen Launen der Natur können uns nichts anhaben.«

Aber auch hier im Kloster Laach war sehr schnell zu spüren, dass es sich um mehr handelte, als um einen dieser kleinen Erdstöße im Frühjahr. Die beiden Mönche standen wie angewurzelt da und erlebten die Dauer des starken Bebens wie eine Ewigkeit.

In der Nachbarschaft hörten sie ein lautes Krachen, vermutlich kam es aus dem Wirtschaftshof der Abtei. Das Beben war so heftig, dass es sogar den Klöppel der kleinen Angelusglocke im Turm der Basilika einmal leise anschlagen ließ.

»So etwas habe ich noch nie erlebt«, meinte der alte Abt und bekreuzigte sich besorgt, als das Beben endlich vorbei war.

Bruder Maurus kam in den Garten gelaufen: »Vater Abt, die große Remise neben den Stallungen ist eingestürzt, zwei Kühe sind erschlagen worden.«

»Ist außer den Tieren jemand zu Schaden gekommen?«, bremste ihn der Prior.

»Nein Vater Abt, alle sind mit dem Schrecken davon gekommen.«

»Gott sei es gedankt«, stellte Abt Placidus erleichtert fest.

Nun kam Bruder Phillipus herbei und berichtete über die Schäden im Kircheninneren und an den Gebäuden des Klosters. Der Abt und der Prior machten sich mit Bruder Phillipus auf den Weg, um die Schäden zu begutachten.

»Maurus, eil' dich zurück in die Ställe und kümmere dich, wir kommen gleich zu euch hinüber«, rief der Prior seinem Mitbruder zu.

Im Gegensatz zu den Ereignissen im nahen Nydermennich war die Bilanz der Schäden an den Klostergebäuden jedoch recht gnädig ausgefallen. Ein Joch des nördlichen Seitenschiffs der Abteikirche zeigte einen bedrohlichen Riss, einige Kerzenständer und Figuren der vielen Altäre hatte es zu Boden geworfen und Teile des Chorgestühls waren geborsten.

Auch die anderen Gebäude waren dank ihrer massiven Bauweise, bis auf geringe Schäden vom Schlimmsten verschont geblieben. Der größte Schaden der zu vermelden war, zeigte sich an der alten Remise, aber die wollte man ja ohnehin in den nächsten Jahren ersetzen.

Außer den beiden toten Kühen war kein lebendiges Wesen zu Schaden gekommen und so forderte der Abt den ganzen Konvent auf, ihm in die Abteikirche zu folgen und ein Dankgebet zu sprechen.

Einen Tag nach dem schlimmen Beben, kurz nach Sonnenaufgang, galoppierte ein Reiter durch den großen Torbogen der Abtei und nahm geradewegs Kurs auf die Klosterpforte. Nervös zog der Bote an der Türglocke und ließ sich anmelden, unverzüglich wurde er zum Prior gebracht.

»Pater Prior, euere Höfe in Crufft, es ist schlimm! Vieles von dem was wir erbaut haben liegt in Trümmern.«

Scheinbar hatte das Erdbeben in den Orten außerhalb der Abtei Laach schlimmere Schäden angerichtet, aber das war nicht verwunderlich, handelte es sich doch bei der überwiegenden Zahl sogenannter Gebäude um primitive strohgedeckte Hütten, ohne Fundament und zudem mit einer ungenügenden Statik.

»Bist du durch Nydermennich gekommen?«, wollte Prior Josef wissen.

»Ich bin über die Leyenkaulen gekommen Herr, es ist ein schlimmer Anblick. Einige Göpel sind in sich zusammengestürzt, scheinbar hat es auch Tote gegeben. Hört man auf die Berichte der Leyenarbeiter, dann sieht es auch in Nydermennich selbst nicht gut aus.«

»Wir müssen in die Dörfer«, stellte der Prior betroffen fest, »wir müssen den Menschen helfen.«

Eilig berief er seine Mitbrüder ins Refektorium, man überlegte zusammen mit dem Abt, wie man am Besten vorgehen konnte. Nach einer kurzen und knappen Beratung war man sich darüber einig, was zu geschehen hatte.

Sechs Patres machten sich unverzüglich auf den Weg und ritten nach Crufft hinunter. Das kleine Dorf gehörte zum Eigentum des Klosters, nicht nur der Grund und Boden gehörte dem Kloster, auch die Menschen waren der Abtei in Leibeigenschaft verpflichtet. Oft zeigten sie sich auflehnend und unzufrieden gegenüber den Klosterherren, so war es im ureigensten Interesse der Mönche, dort zuerst nach dem Rechten zu sehen.

Aber auch in den anderen Ortschaften tat Hilfe Not, so machten sich jeweils zwei Patres auf den Weg in die umliegenden Flecken und Weiler.

Weitere vier Mönche zu Pferd begleiteten Pater Paulus, den Infirmar, hinunter nach Nydermennich. Ein Heilkundiger war dort sicherlich von Nöten, das Dorf war wohl am härtesten getroffen worden. Zwei Ochsenkarren mit Hilfsgütern folgten den Patres in das Dorf der Mühlsteinmacher.

Friedrich Augst, der Schultheiß, war sichtlich froh als er hörte, dass die Laacher Mönche ins Dorf gekommen waren und schon kurze Zeit später ritten die Ordensleute in den Hummeshof ein. Hier informierte der Schultheiß die Patres über den Gesamtzustand des Dorfes.

»Alles in allem haben wir auf den Grubenfeldern und hier im Ort zwölf Tote zu beklagen, die Zahl der Verletzten liegt bei drei Dutzend«, berichtete er Pater Paulus.

»Wenn ihr einverstanden seid, richten wir hier in euerem Fronhof ein provisorisches Infirmarium ein, das Notwendigste wird bis heute Mittag hier eintreffen«, schlug der Pater vor.

Auf Anordnung des Schultheißen ließ der Hummesbauer die große Wagenscheune vorbereiten, hier war am schnellsten genügend Platz für eine Krankenstation geschaffen. Unterdessen breitete sich die Nachricht von der Ankunft der Mönche wie ein Lauffeuer im Dorf aus. Schon wenig später brachte man die ersten Verletzten, welche mehr oder weniger unversorgt, die erste Nacht hinter sich gebracht hatten.

Während die Mönche sich um die Bevölkerung kümmerten, hatten die Grubenpächter und der Schultheiß ganz andere Sorgen. Abgesehen davon, dass die Behausungen der Arbeiter wieder instand gesetzt werden mussten, wollte man die Arbeit auf den Grubenfeldern so schnell wie möglich wieder aufnehmen.

Mittlerweile waren fast alle Grubenpächter im Hummeshof eingetroffen, auch Jan Keip, in Begleitung von Claas Brewer und die Brüder Blohm waren anwesend. Trotz der Trauer um seine Frau blieb die Zeit für Jan Keip nicht stehen, ob er wollte oder nicht, er musste sich den Herausforderungen der Situation stellen.

»Wenn alle zupacken, dann haben wir die Hütten in zwei bis drei Tagen wieder hergerichtet und die Arbeit auf den Gruben kann weitergehen«, schlug der Schultheiß vor.

»Wie denkt Ihr Euch das? Ab Morgen wird auf meiner Ley wieder gearbeitet, wir haben Kontrakte einzuhalten und die haben in jedem Fall den Vorrang!«, meldete sich Jodokus Geylen. »Ich kann mir soviel Stillstand nicht erlauben, sollen die

Weibsleut' und die Kinder sich um die Hütten kümmern, die Männer brauche ich auf der Ley.«

Die Arbeiter dachten sie trauten ihren Ohren nicht, diesem habgierigen Geylen war nichts heilig! Wütend baute sich Johan Frederich vor seinem Arbeitgeber auf.

»Habt Ihr nichts anderes als Euer Streben nach Geld im Kopf? Seht Ihr nicht die Not der Leute, die sich Tag für Tag in Eurer Grube abrackern? Lasst uns wenigstens die Zeit unsere Behausungen wieder herzurichten«, fluchte der Steinmetz und stand mit geballter Faust vor Jodokus Geylen.

»Blas dich nicht auf Frederich, was fällt dir ein in diesem Ton mit mir zu reden? Mir droht man nicht mit der Faust! Du hast jetzt alle Zeit deine schäbige Hütte instand zu setzen. Sieh doch zu, wo du zukünftig dein Auskommen verdienst, bei mir nicht mehr!«

Johan Frederich stieg die Zornesröte ins Gesicht, bevor er den Fehler seines Lebens machen konnte, hielten ihn die anderen Arbeiter fest. Einen der Grubenpächter angreifen? Das wäre das Schlimmste was er jetzt hätte tun können.

»Reg dich nicht auf Johan, du kannst bei uns unterkommen«, beruhigte Mychel Blohm den aufgebrachten Leyer.

Geylen dachte er hört nicht richtig, das war gegen die Abmachung! Wer bei einem Pächter hinausgeworfen wurde, für den war auch auf den anderen Leyen kein Brot zu verdienen.

»Seit wann fallen wir uns gegenseitig in den Rücken Blohm, was fällt dir ein? Hier geht es um den nötigen Gehorsam!«, maulte Geylen seinen Konkurrenten böse an.

Mit einer abfälligen Handbewegung wandte sich Blohm von Jodokus Geylen ab: »Und wir brauchen dringend neue Leute, wir haben fünf Tote zu beklagen.«

Keip besah sich die Streiterei mit großem Interesse. Es war wie immer, kaum gab es ein Problem, war es mit der Einigkeit der Grubenpächter dahin und ihre Front bröckelte.

»Gilt unsere Abmachung? Sind wir uns handelseinig?«, flüsterte Jan Keip zu Meister Claas.

»Wir sind uns einig mein Herr, weitere Gespräche werde ich hier nicht führen, diese Blohmbrüder erscheinen mir höchst fraglich und die anderen Herren da, die sind mir zu kleinlich«, lächelte der Baumeister zurück.

Das wollte Keip hören, während sich die Grubenpächter mit den Vertretern der Leyerbruderschaft in kleinliches Gezänk verzettelten, rief er laut und deutlich nach seinen eigenen Arbeitern.

»Ich gebe euch bis Mittwoch Zeit, eure Häuser wieder herzurichten, aber ab dem Donnerstag geht der Grubenbetrieb weiter«, bestimmte der Mächtigste unter den Pächtern.

Mit großer Zustimmung vernahmen die Arbeiter das Wort ihres Lohnherrn. Einige der anderen Grubenpächter registrierten die einsame Entscheidung von Jan Keip jedoch mit Groll, sie waren eigentlich der gleichen Meinung wie Meister Geylen, sollten doch die Weibsleute und Kinder die Häuser reparieren. Wenn sie jedoch jetzt nicht so handelten wie Keip, riskierten sie eine Revolte.

Nun war der offene Zwist unter den Pächtern nicht mehr aufzuhalten.

»Unter diesen Umständen brauchen wir uns doch gar nicht mehr an einen Tisch zusetzen«, blaffte einer dazwischen, »hier macht doch sowieso jeder was er will.«

Ihre Herrschaften stritten sich in aller Öffentlichkeit wie Marktweiber, das hatten die Grubenarbeiter auch noch nicht erlebt. Niemanden hätte es verwundert, wenn die Pächter mit den blanken Fäusten aufeinander losgegangen wären.

Kopfschüttelnd ging Pater Paulus an den Streithähnen vorbei und kümmerte sich um die Verletzten, doch dann platzte ihm endlich der Kragen.

»Im Namen des Herrn, werdet vernünftig! Schämt ihr euch nicht? Im ganzen Dorf liegen Tote umher und ihr streitet euch hier um Nichtigkeiten, das ist Sünde! Auf der Stelle benehmt ihr euch so, wie es sich für fromme Christenmenschen gehört!«, polterte der Pater in die Runde.

Während sich die Arbeiter nun zerstreuten, blieben die Grubenpächter mit dem Schultheiß und Claas Brewer im Hof zurück.

»Wenn ihr euch nochmal zu solch einem traurigen Schauspiel hinreißen lasst, ist es mit eurer Autorität ganz schnell dahin«, ergriff Pater Paulus das Wort. »Solch ein weibisches Gezänk gehört hinter verschlossene Türen, aber ihr müsst schließlich selbst wissen was ihr tut.«

»Die Blohms haben angefangen, sie sind mir in den Rücken gefallen«, verteidigte sich Geylen.

»Ja Jodokus, es ist jetzt genug, du hast dich mit deiner Haltung auch nicht rühmlich verhalten«, bemerkte Jost Mettler, ebenfalls einer der betuchteren Grubenpächter.

»Meine Herren, seit fast einer Stunde nun höre ich mir euer Wehklagen an. Warum nutzt ihr eure Zeit nicht einfach zu etwas Nützlichem?«, mischte sich Claas Brewer endlich in das Gespräch ein.

»Was geht es Euch an, was schert Ihr Euch um unsere Sachen? Bevor Ihr Euch hier vorlaut einmischt, dürften wir erst einmal erfahren, mit wem wir es zu tun haben, mein Herr?«, antwortete ihm Theis Klein, der älteste der Pächter ungehalten und barsch.

»Mit Verlaub mein Herr, mein Name ist Claas Brewer, ich bin kurfürstlicher Stadtbaumeister des Erzbischofs zu Coellen und hier in Nydermennich auf der Suche nach zuverlässigen Steinlieferanten.«

Den Grubenpächtern blieb die Luft im Halse stecken, welch eine Blamage! Der Fremde hatte das peinliche Gezänk mitbekommen und nicht nur das, man hatte ihm feste auf die Füße getreten! Ihm, einem potentiellen Kunden.

»Nun, wenn das so ist mein Herr, ein guter Rat ist immer stets willkommen«, antwortete Klein unterwürfig.

Die Herren Pächter waren nun an Freundlichkeit kaum zu überbieten. »Setzen wir uns doch dort unter die Linde.

Augst, lass uns doch etwas zu trinken auftischen«, eiferte sich Jodokus Geylen scheinheilig.

»Was meint Ihr mit etwas Nützlichem, mein Herr?«, fragte Klein den jungen Baumeister. »Was wolltet Ihr uns vorschlagen?«

»In jedem Unglück findet sich ein Weg für einen neuen Anfang, schaut euch euer ärmliches Dorf doch einmal an, über die Hälfte der Behausungen hier sind nicht mehr wert, als das man sie abreißt und dann durch vernünftige Steinhäuser ersetzt.«

»Ja glaubt Ihr mein Herr, wir hätten gerade jetzt keine anderen Sorgen?«

»Ihr habt mir scheinbar nicht zugehört. Jetzt, wo das halbe Dorf in Trümmern liegt, gilt es für euch zu handeln. Weg mit den Hütten, verkauft euren Leuten Steine und lasst sie massive Häuser bauen«, schlug Claas Brewer vor.

»Niemand von diesen Tagelöhnern hat genug Barschaft zusammen um sich ein Haus zu bauen und zudem sehe ich keinen erstrebenswerten Vorteil für uns«, winkte Geylen ab.

Claas ärgerte sich ein wenig über die geistige Unbeweglichkeit der Herren Grubenpächter und nahm einen neuen Anlauf: »Ihr habt genug Steine auf euren riesigen Abfallhalden, die für nichts mehr taugen, aber für den Bau eines kleinen Arbeiterhauses sind sie allemal zu gebrauchen. Die Tagelöhner haben zwar keine Barschaft, aber sie verfügen über ihre eigene Arbeitskraft und die von ihren Weibern und Kindern. Ihr liefert die Steine, die Leute erbauen neue Behausungen auf eurem Grund und Boden, danach überlasst ihr sie den Familien gegen Pachtzins. Unter dem Strich verdient ihr also noch mit dem Verkauf des Abraums auf euren Halden.«

»Wir können niemanden zwingen seine Hütte abzureißen, um dann für ein Steinhaus zu bezahlen, welches nicht einmal auf seinem eigenen Grund steht«, gab Klein zu bedenken.

»Eben das ist es, es ist nicht deren Grund und Boden. Verbietet die weitere Errichtung von diesen Holzhütten, ihr habt die besten Gründe in der Hand: Alle aus Stein errichteten Häuser haben das Erdbeben ohne größeren Schaden zu nehmen überstanden und von der ewigen Feuergefahr einmal ganz zu schweigen.«

»Das Ansinnen von Meister Brewer ist durchaus einleuchtend, ich für meinen Teil werde mich ernsthaft und zügig mit diesem Gedanken vertraut machen, eigentlich hat mich der junge Herr schon überzeugt«, stellte Jost Mettler fest.

»Sicher, ich kann mich mit solch einem Vorhaben anfreunden, aber ihr wisst hoffentlich, was wir von den Leuten verlangen. Sie werden, bei genauer Betrachtung, noch weniger in der Tasche haben als bisher«, mahnte Geylen.

»Mag sein Jodokus, aber dafür haben sie aber zum ersten Mal in ihrem Leben ein wirklich festes Dach über dem Kopf, sie werden uns dankbar sein«, warf Theis Klein ein.

»Meinen Vorschlag zum Schluss«, meldete sich Claas Brewer wieder zu Wort, »wenn die Grundherren das ihre dazutun, allen voran Kurtrier, dann kann man auch die Gassen pflastern und diesem schäbigen Ort ein anderes Gesicht geben. Eure Aborthäuser stinken zum Himmel, auch da gibt es viel zu tun. Beauftragt mich, diesen Ort zu sanieren und es wird für euch und für mich ein lohnendes Projekt. Redet also mit den Lehnsherren, alleine der Zuwachs an Handwerkern wird den Ort erblühen lassen.«

»Ich hoffe das gemeine Volk lässt die zusätzlichen Frondienste friedlich über sich ergehen«, wand Geylen noch einmal bedenklich ein.

»Das Recht ist nicht beim Volke, sondern bei der Obrigkeit. Und wenn das Murren zu laut wird, dann ruft den Vogt des Kurfürsten herbei, er möge dann für die nötige Ordnung sorgen«, antwortete Claas Brewer.

Alle waren zunehmend zufrieden, auch die kleinen Grubenpächter, die hier einen neuen Markt für ihre Abfallhalden sahen. Knapp eine Stunde später beendeten die Männer ihre Beratungen und wollten sich gleich morgen früh nach der Sonntagsmesse erneut zusammenfinden, um konkrete Pläne für die Zukunft zu schmieden.

Einträchtig saß die versammelte Zunft der Grubenpächter am nächsten Morgen in der Schankstube »Zur Krone« zusammen, auch Josef Dens, der Prior des Klosters Laach nahm an den Beratungen teil. Langsam aber sicher nahmen die Pläne greifbare Formen an und jeder der Anwesenden sah für sich einen mehr oder weniger großen Vorteil erwachsen. Die kleinen Grubenpächter, die keine Grundstücke im Ort besaßen, sollten die Pflastersteine für den Ortskern herstellen, sofern eine Kostenbeteiligung durch die Grundherren zustande kam. Man plante die hölzernen Bauten der Schutztore einzureißen und gegen Steinbauten zu ersetzen. Die hässlichen und verwitterten Holzpforten erfüllten ohnehin keinen vernünftigen Sinn mehr und boten keinen Schutz gegen irgendwelche Eindringlinge. Sogar von einem neuen Backhaus war die Rede und die Ringmauer am Kirchenberg wollte man auch vollenden.

Claas Brewer war über den plötzlichen Tatendrang der Grubenherren erfreut: »Wenn wir alles so angehen, werden sich die Zustände in euerem Dorf in nur zwei bis drei Jahren erheblich zum Besseren verändert haben.«

Auch der Laacher Prior sagte schon einmal seine Unterstützung zu: »Unser Vater Abt wird sich in eurem Sinne beim Domkapitel für dieses Vorhaben verwenden. So meine ich, solltet ihr bereits in einigen Wochen mit den Arbeiten beginnen können.«

Ende August fielen die alten hölzernen Schutztore den Spitzhacken zum Opfer und die Einfassungen wurden durch massive Steinbauten ersetzt, die umfangreiche Dorfsanierung hatte endlich begonnen. Die Lehnsherren in Trier hatten ebenso wenige Einwände wie die anderen Grundherren, die in Nydermennich ein Lehen besaßen.

Viele neue Arbeiter kamen in den Ort, Zimmerleute und Maurer sahen ihren Broterwerb über die nächsten Jahre gesichert, auch zur Freude der wenigen Händler in dem verschlafenen Nest.

Die Nachbarorte Owermennich, Beel, Thur und Crufft nahmen sich ebenso ein Beispiel an dem Vorgehen der Herren in

Nydermennich, so wurde fast die gesamte kleine Pellenz aus ihrem mittelalterlichen Dasein geweckt. Und als wäre es damit nicht genug, kamen sogar noch weitere gewinnbringende Auftragsarbeiten in den Ort. Viele Städte und Klöster ließen nun endlich die Folgen des Erbfolgekrieges beseitigen.

Einzig und allein die Frondienstverpflichteten und die Tagelöhner ächzten unter den Sanierungsarbeiten. Ihre Herren dagegen, verlangten auch weiterhin den vollen Einsatz in den Steingruben. Viele dieser Arbeiter betrachteten die wachsende Arbeitslast mit Wut und Verzweiflung. Auch den Grubenpächtern und dem Schultheiß blieb das nicht verborgen, Pastor Rosenbaum informierte die Herren ausgiebig und gründlich über das, was dem Volk auf der Seele brannte. Der Beichtstuhl war eine gute Einrichtung um den Leuten des Dorfes in die Köpfe zu schauen.

»Wem kommt diese Schufterei letzten Endes zu Gute? Nur den Pächtern!«, grummelte Hannes Kylburger, der Werkzeug- und Hufschmied leise, während er im Beichtstuhl von Sankt Cyriaci mit dem Pastor über seine Nöte sprach.

»Vor zwei Jahren bin ich mit Weib und Kindern aus der bitterarmen hohen Eifel nach Nydermennich gekommen, um hier für uns ein besseres Auskommen zu schaffen. Und jetzt? Jetzt fühle ich mich wie einer der Tagelöhner behandelt. Meine ehemals hölzerne Schmiedehütte wurde durch einen massiven Steinbau ersetzt und sogar mit einer Schieferdeckung versehen. Natürlich, Keip legte die Kosten vor, hat sie mir aber durch eine höhere Pacht wieder aufgebürdet.«

»Du tust das alles für eine bessere Zukunft deiner Kinder mein Sohn! In dem schlimmen Beben erkennst du zudem die gütige Vorsehung Gottes, er fügt die Dinge so wie sie kommen sollen. Gott der Herr hat dafür gesorgt, dass die Menschen endlich ordentliche Behausungen erhalten, dies ist für dich kein Anlass zu Jammern sondern um deinem Herrn und Schöpfer zu danken«, redete Rosenbaum dem Beichtenden ins Gewissen.

Ganz und gar nicht überzeugt von dem frommen Gesäusel des Pastors, verließ Kylburger den Beichtstuhl und trollte sich mürrisch den Kirchberg hinunter.

Auch der nächste Beichtende trug nicht zur Aufhellung der Stimmung in Sankt Cyriaci bei.

»Die Erneuerung füllt den Reichen die Taschen und macht uns noch ärmer wie bisher, man sollte so manchen dieser Herren mit dem Spalthammer bearbeiten«, beklagte sich auch Veit Höner während der Beichte.

»Du versündigst dich an deinem Lehnsherrn und den Brüdern Blohm. Der Abt von Laach hat einzig und alleine in Sorge um das Wohlergehen der Menschen in Nydermennich diesen Arbeiten zugestimmt, nicht um sich zu bereichern. Gehe in dich und erkenne den Frevel in deiner Rede«, belehrte ihn der Pastor entrüstet.

Die rührigen Worte des Pastors nützten dem Leyer wenig, damals vor dem Erbeben stand er noch kritiklos hinter seinen Herren, den Brüdern Matheis und Mychel Blohm. Mittlerweile ächzte er unter den zusätzlichen Frondiensten und um seine Gesundheit stand es auch nicht gerade zum Besten.

Aber nicht nur im Beichtstuhl kam der wachsende Mangel zur Sprache, auch in den Häusern der armen Leute mehrten sich die Sorgen.

»Mattes, wir bekommen wieder ein Kind«, teilte Hanna Breil ihrem Mann, dem treuen Aufseher von Jan Keip mit.

Wenig erfreut über solche Neuigkeiten, fiel ihm fast der hölzerne Breilöffel aus der Hand.

»Vor einem halben Jahr hätte ich mich ja noch gefreut, aber jetzt heißt es sechs Mäuler zu stopfen und den Gürtel noch enger schnallen und das bei weniger Lohn«, gab er schlecht gelaunt zurück.

Am nächsten Morgen ging er direkt zu seinem Herrn, um ein wenig mehr an Lohn für sich und seine Familie herauszuschinden.

»Meister Keip, habt Ihr einen Moment Zeit für mich?«

»Was drückt dich Mattes? Mach nicht so ein langes Gesicht, alles geht doch wunderbar von der Hand.«

»Herr, meine Hanna erwartet wieder ein Kind, so kommen noch härtere Zeiten auf mich zu, durch die Pacht des neuen Hauses werde ich bald nicht mehr in der Tasche haben wie die Tagelöhner da«, antwortete Mattes besorgt.

Jan Keip kraulte seinen Kinnbart und besah sich seinen Aufseher mit bedächtiger Miene. Mattes war ein guter Mann, hier oben auf der Ley, ebenso wie unter Tage in der Grube. Ohne Zweifel war er mehr wert, als es seiner bisherigen Entlohnung entsprach.

Lässt er dieses Begehren jedoch bei Jedermann einreißen, dann werden sich die Kosten für die Entlohnung der Leute zwangsläufig empfindlich erhöhen. Keip verdiente sich zwar zurzeit dumm und dämlich, aber das sollte ja auch so bleiben.

»Pass auf Mattes, du bist mir immer ein treuer Gefolgsmann, aber umsonst ist nur der Tod. Ich mache dir einen Vorschlag unter dem Siegel der Verschwiegenheit.« Keip machte es feierlich: »Es gärt unter den Leuten, sie wollen nicht begreifen, was wir Gutes für sie tun. Mir ist zuverlässig zu Ohren gekommen, dass sich da so mancher im offenen Ungehorsam üben möchte. Hör dich für mich um, halt Augen und Ohren offen und berichte mir! Die erhöhte Pacht ist dir dafür im Gegenzug bis auf weiteres erlassen, aber zu niemandem ein Wort, ich kann mir keine weiteren Zugeständnisse an die Leyer erlauben.«

»Ich soll meine Freunde bespitzeln und verraten?«

»Du sollst mir helfen für Recht und Ordnung zu sorgen und außerdem musst du wissen auf welcher Seite du stehst! Mattes, entscheide dich jetzt!«, forderte Keip.

Mattes Breil schluckte, es war nie seine Art gewesen die Arbeiter bei ihrem Grubenherrn anzuschwärzen. Es sei denn, jemand hatte sich in arger Weise etwas zu Schulden kommen lassen. Aber einfach so herumspionieren? Nun, ihm blieb wohl keine andere Wahl.

»Gut Meister Keip, wie Ihr meint. Aber um Gottes Willen, zu niemandem ein Wort, ich bitte Euch.«

»Das beruht auf Gegenseitigkeit und nun mach dich an die Arbeit. Ach so, was machen die Arbeiten für Meister Brewer?«

»Drei Kapitelle sind fertig und zehn Ellen von den geraden Simssteinen, Meister Keip.«

»Sorge dafür, dass mir nichts an die Werkstücke kommt, Meister Brewer wird im Laufe der Woche wieder im Dorf sein und will sicherlich eine vorzügliche Handwerksarbeit vorfinden.«

»Verlasst Euch auf mich, ich werde Euch zufrieden stellen«, rief Breil zu seinem Herrn und machte sich, trotz jenem unsauberen Handel, höchst motiviert an seine Arbeit.

Auch auf den anderen großen Leyen waren ähnliche Absprachen getroffen worden, wer jetzt offen gegen die Zustände maulte, spielte mit seinem Arbeitsplatz. Das neu gegründete Pächterkartell der Herren Keip, Klein, Geylen, Mettler und sogar den Brüdern Blohm, hatte scheinbar alles im Griff. Aufwiegler, da waren die Grubenpächter fest entschlossen, würde man sofort auf die eine oder andere Art mundtot machen. Von niemandem aus dem gemeinen Volk wollten sie den Aufschwung im Ort, oder den Frieden auf den Leyen in Frage gestellt sehen.

Natürlich wurde das Kartell regelmäßig durch das besorgte und rührselige Gequassel des Pastors vorgewarnt. Rosenbaum gab stets brühwarm zum Besten, was dem gemeinen Volk Sorgen und Not bereitete. Nur mit dem Beichtgeheimnis hielt es Sylvester Rosenbaum sehr genau, der Seelsorger war nicht bereit irgendwelche Namen zu nennen. Mehr als Andeutungen über das Begehren der Leute, waren dem frommen Mann nicht zu entlocken.

»Ich werde es einmal mit einer kleinen Gabe zum Wohle des Pastors versuchen«, sagte Theis Klein grinsend zu Jodokus Geylen. »Jedermann ist zu kaufen, es kommt letztlich nur auf die Summe an.«

Kapitel 3

Mittlerweile waren einige Wochen ins Land gezogen, nach den vielen verdrießlichen Regentagen, war dieser schöne Herbsttag eine Erholung für das Gemüt. Heute Abend stand der Vollmond wieder groß und voll am wolkenlosen Sternenhimmel, eine heimelige und beschauliche Ruhe lag über dem kleinen Steinhauerdorf.

Dann, gegen elf Uhr in der Nacht, ertönte plötzlich die Brandglocke vom Turm der kleinen Pfarrkirche! Eiligst machten sich die Bewohner des Dorfes aus ihren Nachtlagern und traten auf die Strasse, entsetzt sahen sie das Unheil, welches den Ort heimsuchen wollte.

Meterhohe Flammen schlugen aus den Gebäuden des Hummeshofes, dort wo die Abgaben an das Domkapitel von Trier lagerten. Sofort machte sich alles was Beine hatte auf den Weg, um dem roten Hahn Einhalt zu gebieten, Menschenketten wurden hinunter zur Bachgasse gebildet, durch die angrenzenden Gärten war es nicht allzu weit bis zu jenem Punkt, wo der Kehlbach mit dem Zeypbach zusammenfloss und da war ja Wasser genug.

Durch die verheerenden Feuersbrünste der vergangenen Jahre, waren fast in allen Häusern mehrere Ledereimer vorhanden und so konnte man in kurzer Zeit eine wirksame Wasserstafette einrichten.

Der Tiefbrunnen an der Ecke der Brunnengasse und des Brunnenpfades, lag direkt gegenüber vom Hummeshof, das erleichterte die Löscharbeiten. Auch von dort aus wurde eine Kette aus Eimern und Menschen gebildet, um dem Feuer zu Leibe zu rücken.

Zum Glück hatte es in den vergangenen Wochen viel geregnet, die Dächer der Scheunen und Häuser waren gut durchnässt und so ging das Stroh nicht wie sonst direkt in Flammen auf.

Einige Männer stiegen über Holzleitern hinauf zu der Wohnstatt von Elsbeth, der Magd des Hummes, welche direkt neben der Scheune im Gesindehaus wohnte. Die Flammen hatten ihr bereits den Weg über die Treppe versperrt und so stand sie, erbärmlich um Hilfe schreiend, am offenen Fenster ihrer rauchenden Kammer. Beherzt packte Florin, der Kramer, die alte Magd über seine breite Schulter und bugsierte sie in den Hof hinab.

Da stand sie nun, gelähmt vor Schreck und stammelte: »Warum hat er das gemacht? Er hat doch gar keinen Grund!«

»Wer hat hier was gemacht, Elsbeth?«, fragte Jacobus Gerber, der Hummes.

»Der Caspar, den habe ich eben kurz vor dem Feuer, durch das Tor nach draußen schleichen sehen«, berichtete die Magd unsicher.

Der Hummespächter des Domkapitels, wollte seinen Ohren nicht trauen: »Welchen Caspar meinst du?«

»Caspar Busch von gegenüber! Ich habe ihn genau erkannt, seit seinem Sturz auf der Ley humpelt er doch immer noch«, beteuerte Elsbeth.

»Bist du sicher? Es ist schließlich dunkel!«

»Wer soll es sonst gewesen sein?«

»Friedrich«, Jacobus wandte sich grimmig an den Schultheiß, »lass ihn mir herbeischaffen, ich glaube, dass ich seinen Grund sehr gut kenne.«

Kurze Zeit später zerrte man den mutmaßlichen Übeltäter in den Hof des Hummes. Während die Dorfbewohner entschlossen die letzten Flammen niederkämpften, wurde der arme Caspar Busch bereits mit unangenehmen Fragen durchlöchert.

»Ich habe mit dem Feuer nichts zu schaffen, das Weib weiß nicht was es redet!«, verteidigte sich Caspar.

»Elsbeth ist ein altes Weib, aber nicht blind und außerdem hast du mich am letzten Sonntag klar und deutlich bedroht.«

Fragend sah der Schultheiß zum Hummes hinüber.

»Was meinst du damit?«

»Unfall hin, Gebrechen her! Der Kerl sollte endlich seine Pacht für sein Haus bezahlen, er ist seit drei Monaten überfällig. Die Mutter Kirche kann sich ihr Geld auch nicht aus den Fingern saugen und ich bin zudem den Ärger mit dem Domkapitel satt. Zahlen kann er nicht, also muss er das Haus räumen.«

»Und deswegen glaubst du …?«

»Ich glaube nicht, ich weiß«, unterbrach Gerber den Schultheiß. »Das wirst du mir büßen, schneller als du dir denken kannst. Genau das waren seine Worte.«

»Ist das so?«, fragte der Schultheiß mit Nachdruck.

Lediglich betretenes Schweigen war die Antwort von Caspar Busch.

»Nun gut Jacobus, du bist der Hummespächter und hast außerdem den Vorsitz über das Schöffengericht inne. Was zu geschehen hat liegt nun an dir.«

Schweigend und gespannt erwarteten die umstehenden Menschen nun das Machtwort von Jacobus Gerber. Eigentlich war der Caspar Busch ein netter und auch unbescholtener Zeitgenosse und er tat niemandem etwas zu Leide, wie wird der Hummesbauer nun entscheiden?

»Nach den Vorschriften des Weistums und das soll meine Richtschnur sein, ist er zu inhaftieren bis das Hochgericht über ihn entscheidet. Verbringt ihn in den Trierischen Hof und sperrt ihn weg«, befahl Jacobus Gerber.

Nun ging ein Raunen durch die Leute, sie wussten schon welche Strafe ein Brandstifter zu erwarten hatte.

»Niemand fragt nach der Verzweiflung, die den armen Busch geritten haben mag, als er sich dazu hinreißen ließ«, meinte ein alter Steinmetz.

»Das Weistum ist unser Gesetz, so haben die Alten damals entschieden und bis heute sind wir gut damit gefahren«, warf Weckbecker, der Ölmüller ein.

»Es ist nicht das Gleiche, ob jemand aus blanker Raffgier oder aus schierer Verzweiflung handelt, das sollte man stets bedenken«, antwortete der Steinmetz.

»Es reicht jetzt!«, unterbrach der Schultheiß. »Wo kommen wir denn hin, wenn hier ein jeder nach seinen Beweggründen für die eine oder andere Tat hinterfragt wird. Am Ende mildert man vielleicht noch seine Strafe und spendet ihm Trost, oder gewährt ihm kostenfreies Obdach, wie stellst du dir das vor Servatius?«

»Nun, die Geschworenen sollten auch einmal die Gründe seines Handelns hinterfragen und dementsprechend ihr Urteil fällen.«

Kopfschüttelnd mischte sich Jan Keip in die hitzige Diskussion ein: »Du machst es den Übeltätern sehr einfach, da könnte doch jedermann einen Frevel begehen und dann, mit der rechten Erklärung, der gerechten Strafe entgehen. Das einzige Mittel um Übeltäter wirksam abzuschrecken, ist eine harte Strafe und da heißt es für Brandstifter eben die Todesstrafe.«

»Es genügt jetzt«, rief der Schultheiß, »noch ist kein Urteil gesprochen! Die Schöffen richten bei uns nach alter Väter Brauch, egal wie hart die Strafe ausfällt, wer sich rechtschaffen verhält, hat auch nichts zu befürchten. So, und nun macht euch endlich nach Hause!«

Niedergeschlagen ließ sich Caspar Busch in die Wollgasse abführen. Hier an der Ecke zur Kirchgasse befand sich der Trierische Hof, gleichzeitig Herberge und Marstall für kurtrierischen Kuriere. Im Kellergewölbe des windschiefen Herbergshauses waren zwei enge und stinkende Räume eingerichtet, die Arrestzellen von Nydermennich. Schon lange wollte das Domkapitel hier einen neues und modernes Haus errichten, aber Gottes Mühlen mahlen eben langsam.

»Lasst mich laufen, ich werde mich auch nicht mehr in Nydermennich sehen lassen«, flehte Caspar seine Bewacher an, die ihm alle gut bekannt waren.

»Du weißt genau das geht nicht, selbst wenn ich wollte.«

»Florin! Aber wir sind doch Freunde von Kindesbeinen an«, bettelte Caspar.

»Wir sind zu fünf Mann, also genügend Zeugen, glaubst du wirklich das einer von uns für dich deine Strafe verbüßt?«

»Caspar halt endlich dein Maul, um ein Haar hättest du auch mein Haus in Brand gesteckt, nebst Weib und Kindern, du gehst zurecht in den Arrest«, unterbrach Hannes Höner verärgert das Gejammer des Delinquenten. »Du hast dir die Suppe eingebrockt und nun wirst du sie auch schön und brav selber auslöffeln.«

»Ich war es nicht Hannes, ich habe wirklich nichts getan!«, verteidigte sich Caspar.

Nach einem kräftigen Tritt in den Allerwertesten, lag Caspar in der dunklen Zelle, krachend fiel die Eisentür ins Schloss. Hannes Höner nahm den Schlüssel an sich, um ihn am nächsten Morgen zum Hummes zu bringen.

Die Männer gingen noch gemeinsam bis zur der Ecke an der Brunnengasse dort wo der Tiefbrunnen stand, dann ging jeder alleine zu seinem Haus. Höner genoss es mit Genugtuung, den Brandstifter, der um ein Haar sein Haus mitgezündelt hatte, hinter Schloss und Riegel zu wissen. Zufrieden betrat er seinen kleinen Hof, als ihn ein dumpfer Schlag von hinten niederstreckte.

Ein Schlüssel knarrte in dem schweren Eisenschloss der Arrestzelle, verwundert hob Caspar Busch den Kopf: »Wer ist da?«

Die Tür wurde um einen Spalt geöffnet und jemand flüsterte ihm von außen zu: »Alle Türen bis in den Hof sind offen, verschwinde so schnell du kannst und lass dich nicht vom Nachtwächter erwischen!«

»Wer bist du?«

»Das geht dich nichts an, lass mir einen Moment an Zeit und dann verschwinde einfach aus Nydermennich. Sei gewarnt Caspar, sonst bist du tot!«

Caspar hielt sich an die Anweisung, obwohl er beim besten Willen nicht begriff, was um ihn herum vorging. Nach ungefähr zwei Minuten nahm er seinen Mut zusammen und stand unbehelligt auf der Wollgasse.

»Wohin jetzt?«, murmelte er.

Nach kurzer Überlegung lief Caspar davon und verschwand kurz vor der Kronenschänke in einem dieser langen Sackhöfe, wie sie in Nydermennich üblich waren.

In jedem dieser Höfe waren bis zu vier oder sechs dieser kleinen Arbeiterhütten angesiedelt, aber oben am Ende mündeten die Höfe meistens in einen kleinen Pfad, der zu den Gärten der Bewohner führte.

Ruhig und mit Bedacht erklomm er diesen Berghang, den die Leute »Auf Döhmchen« nannten, weil er hoch oben über dem Marstallhof des Domkapitels gelegen war. Ohne an der Schäferspforte vorbei zukommen, konnte er nun unerkannt den Ort verlassen.

Hier oben war die alte Schutzmauer ohnehin nicht im besten Zustand, der gerademal eine halbe Rute hohe Schutzwall war leicht zu überwinden, nur das dichte Gestrüpp machte ihm etwas zu schaffen.

Als der Unbekannte die Schlüssel des Trierischen Hofes leise neben ihm ablegte, lag Hannes immer noch ohne Bewusstsein in seinem kleinen Hof. Die Morgensonne blinzelte schon vom Horizont über die Wenzelkaul, als sich der Unbekannte lautlos in Richtung Bachgasse entfernte.

Kurze Zeit später wurde Höner von seinem Weib wachgerüttelt: »Musst du immer so lange saufen bis du nicht mehr laufen kannst? Steh auf, wir haben Sonntag, wenn dich so die Leute sehen, du bist schließlich Schöffe!«

Sichtlich benommen fand Hannes in die Realität zurück, ein derber Schmerz am Hinterkopf ließ ihn leise fluchen, dann griff er nervös an seinen Leibriemen.

»Um Gottes willen, wo sind die Schlüssel?«, rief er erschrocken.

»Mach doch leise! Denk doch an die Nachbarn und pass auf, sonst fällst du über die Schlüssel!«, flüsterte Anna und zeigte auf den Boden.

Höner tastete an seinen Hinterkopf und griff an eine dicke Beule, er konnte sich allerdings keinen Reim darauf machen wie er an diese Verletzung kam. Mit großen Augen und einem ebenso großen Fragezeichen im Gesicht, setzte er sich an den Tisch seines kleinen Wohnraums.

»Du bist wieder betrunken!«

»Anna, ich schwöre, ich habe keinen Tropfen angefasst, ich weiß noch sehr genau das ich unseren Hof betreten habe, dann weiß ich nichts mehr.«

»Ja Hannes, das hast du mir schon öfters so erklärt. Schlaf dich aus, bis zur Messe bist du ja hoffentlich wieder nüchtern«, so ließ Anna ihren Mann alleine und ging kopfschüttelnd zurück in die kleine Schlafkammer.

Während sich Anna noch einmal hingelegt hatte, versuchte Hannes seine Gedanken zu sammeln. Erstens hatte er nichts getrunken und zweitens war der Schlüssel des Arrests in seiner Wamstasche gewesen. Wieso lag er wie ein ausgebalzter Hahn in seinem Hof und hatte eine Beule am Hinterkopf? Wäre er hingefallen, dann hätte er die Beule doch, so wie sonst auch, vorne an seiner Stirn.

»Hier stimmt was nicht, ich muss zum Hummes«, sagte er sich laut und verließ eilig das Haus.

Auf dem Hummeshof herrschte immer noch große Aufregung, die Knechte und Mägde bemühten sich, zumindest halbwegs, die nötige Ordnung herzustellen. Das Hornvieh und die Pferde wurden aus den anliegenden Gärten zurück zu den Stallungen getrieben und außerdem mussten die Kühe ja auch gemolken und gefüttert werden. Nur widerwillig ließ sich das Vieh in die immer noch leicht verrauchten und verrußten Ställe führen.

»Sieh mal Michel, da steht was!«, rief Jöb Theisen der Pferdeknecht.

Mit flüssigem Pech war ein großes »X« an die Wand gepinselt worden, jetzt am Morgen, beim Tageslicht konnte man es ganz klar erkennen.

»Was soll das, Jöb?«, fragte Michel.

»Weiß ich nicht, ich kann nicht lesen, ruf den Hummes.«

Jacobus Gerber staunte nicht schlecht, als er die Botschaft auf der lehmverputzten Wand des Pferdestalles las.

»Ruft mir den Schultheiß herbei«, fluchte der Hummes.

Es war sieben Uhr, die Glocke vom Kirchturm läutete gerade den Morgen ein, als Hannes Höner von seiner ängstlichen Unruhe geplagt, endlich den Hummeshof erreicht hatte.

»Wo ist der Hummes?«, fragte er Hein einen der Knechte.

»Im Haus, drinnen in der Stube sitzt er.«

Höner machte sich zügig die Treppe hinauf und fand den Hummes nicht alleine. Meister Keip, der Nachbar des Hummes und auch der Schultheiß saßen bei ihm am Tisch und unterhielten sich bei einer Kanne Gewürzwein über die geheimnisvolle Botschaft.

»Hannes, was treibst du so früh bei mir? Den Schlüssel hättest du auch vor dem Kirchgang hier abliefern können.«

»Spaß beiseite Hummes, bin ich ein zuverlässiger und ehrlicher Schöffe?«

»Was soll diese dumme Frage? Natürlich bist du das!«

»Was habe ich hier am Kopf?«, fragte Höner den Schultheiß.

»Eine schöne dicke Beule, hat Anna dich verdroschen? Was soll das Spielchen, glaubst du uns plagen keine anderen Sorgen?«, lästerte Jan Keip.

Hannes Höner setzte sich zu den Männern und trug seine Erlebnisse nach der Inhaftierung von Caspar Busch vor: »Hätte mein Weib mich nicht vor einer Stunde geweckt, läge ich wahrscheinlich jetzt noch im Hof.«

»Und worauf willst du jetzt hinaus?«, fragte der Hummes.

»Ihr Herren! Ich könnte jetzt genauso gut in meiner Bettstatt liegen und den Ahnungslosen spielen, aber ich nehme meine Aufgabe als Schöffe ernst. Ich sage es euch jetzt noch einmal: Ich bin am Hinterkopf verletzt und der Schlüssel lag neben mir auf der Erde, obwohl ich ihn ganz sicher in meinem Wams trug. Sicherlich hat mir jemand zugesetzt, das liegt doch auf der Hand. Begleitet mich bitte zum Trierischen Hof, hier stimmt was nicht.«

Als die vier Männer zu den Arrestzellen hinabstiegen, mussten sie erleben, dass die schlimme Ahnung des Schöffen Höner bestätigt wurde, Caspar Busch war verschwunden!

»Mach dir keine Sorgen, wir wissen, dass du treu zu uns und zu Gesetz und Ordnung stehst, Hannes«, beruhigte ihn der Hummesbauer.

»Wer hat ihm zur Flucht verholfen? Wenn es keiner von den Schöffen war, wer wohl dann?«, sinnierte der Schultheiß laut nach.

»Friedrich, du bist hier das Gesetz, schick Nachricht nach Meien zum Amtmann, der soll den Vogt von Ulmen rufen lassen. Soll der sich darum kümmern, dafür bekommt er ja schließlich seine Lehen bezahlt«, riet Jan Keip.

»Und du Hannes mach dir mal keine Sorgen, aber zu niemandem ein Wort über den Vorfall in deinem Hof und zu der Flucht, irgendwie bringen wir die Wahrheit schon ans Licht, da bin ich mir sicher«, tröstete er den Hummes, »mach dich jetzt nach Hause.«

Kapitel 4

Als die Bewohner von Nydermennich sich auf den Weg zur Messe machten, sahen sie fassungslos zu den rauchenden Trümmern der Hummesscheune hinüber. Der ganze Hof war noch in Unordnung und es roch überall nach kaltem Rauch. Zum Glück hatte der Türmer von Sankt Cyriaci das Unheil früh genug bemerkt, wer weiß was sonst noch alles geschehen wäre. Die Leute auf der Strasse zerrissen sich das Maul und schwadronierten:

»Der Caspar Busch? Das hätte ich nicht gedacht, er war doch ein ruhiger und braver Mann.«

»Niemandem kann man hinter die Stirn sehen.«

»Wen der Teufel verhexen will, den verhext er.«

»Egal, Brandleger müssen brennen!«

Hinter dem halbverschlossenen Fensterladen hörte sich Marie, die Frau von Caspar Busch, erschüttert und gequält das Getratsche der frommen Kirchgänger an. Heute an diesem Sonntag wollte sie sich nicht aus dem Haus trauen. Andauernd dachte sie daran, was jetzt aus ihr selbst und den Kindern werden soll.

Ihr Mann ein Brandstifter, wie konnte das sein? Caspar lag die ganze Nacht neben ihr, genau so lange bis die Brandglocke zu hören war. Sie wusste es ganz genau, sie hatte doch ihren Arm um ihn geschlungen. Ihr war der ganze nächtliche Spuk unerklärlich. Es dauerte nicht allzu lange, bis es an der Tür der Buschs klopfte.

Ängstlich öffnete Marie die Tür: »Was wollt Ihr von mir, Herr?«

»Wir möchten mit dir reden Marie, lass uns eintreten.«

Unsicher gab sie nach und ließ den Schultheiß zusammen mit Jan Keip eintreten. Ohne lange zu fragen setzten sich die beiden Männer an den Tisch der kleinen Stube und Jan Keip kam sofort auf den Grund des Besuches zu sprechen.

»Frei heraus damit, was hat sich gestern hier zugetragen?«, fragte er, ohne Marie zu berichten, dass ihr Mann auf der Flucht ist.

»Nichts hat sich hier zugetragen, Caspar war die ganze Nacht in meiner Bettstatt, solange bis die Brandglocke läutete, das schwöre ich bei der heiligen Jungfrau.«

Sie trug ihre Sache ehrlich vor, Marie war eine fromme und brave Frau, sie könnte nicht lügen, schon gar nicht in dieser schlimmen Lage, dachte sich Jan Keip.

»Was geschah dann?«

»Als die Brandglocke schlug, sprang er natürlich zum Fenster und sah nach dem Rechten. Er sah sofort, dass der Feuerschein von gegenüber kommt. Beim Hummes brennt es, hatte er gesagt. Geschieht ihm Recht dem Halsabschneider, für den hebe ich keine Hand und dann schaute er von hier aus zu, wie die Leute da draußen gegen das Feuer kämpften.«

Die Männer schauten sie fragend und wortlos an, Marie saß da wie ein verlorenes Schaf, aber sie schien die Wahrheit zu sprechen.

»Aber letzten Sonntag hat dein Mann den Hummes laut und deutlich bedroht, warum?«, bohrte der Schultheiß.

»Caspar hatte ihn um einen Aufschub der Hauspacht gebeten, nur so lange bis er wieder arbeiten kann, aber der Gerber

Jacobus blieb hart, er habe seine Pflichten als Hummes zu erfüllen«, erzählte Marie, »darauf hat Caspar gemeint: Das wirst du noch büßen, schneller als du denkst.«

»Dann hat er ja schon gedroht, dass er dem Hummes etwas antun will, ein Geständnis also!«, stellte der Schultheiß fest.

»Ich war doch dabei, gegenüber im Hof, so hatte Caspar das nicht gemeint«, verteidigte Marie ihren Mann, »solches Unrecht bestraft der liebe Gott eben schneller, als man sich versieht. So hat er das gemeint.«

Schweigen erfüllte die kleine Kammer, Marie stiegen wieder die Tränen in die Augen, bettelnd sah sie die Besucher an: »Ihr beide kennt doch meinen Mann, er würde niemandem etwas zuleide tun. Dazu ist mein Caspar viel zu gottesfürchtig.«

Die beiden Männer erhoben sich, ohne sich weiter über den Verbleib von Caspar auszulassen und verabschiedeten sich von Marie Busch.

»Das kann man sehen wie man will, wenn er keinen Dreck am Stecken hat, braucht er ja nicht wegzulaufen«, antwortete Jan Keip zweifelnd, als er mit dem Schultheiß wieder auf der Gasse stand.

Hier war die überzeugende Aussage von Marie, dort das mysteriöse Verschwinden von Caspar Busch, schweigend gingen die beiden Männer durch die Brunnengasse und verschwanden im Anwesen von Jan Keip.

Zu Hause wurde Jan schon auf das Sehnlichste erwartet, Claas Brewer war wie angekündigt aus Lechenich zurückgekehrt. Katrein saß mit ihm einträchtig in der Wohnstube und hatte ihn schon ausgiebig über das Feuer auf dem Hummeshof informiert, so konnte sich Jan eine mühevolle Wiederholung der nächtlichen Ereignisse ersparen.

Der Schultheiß verabschiedete sich in Anbetracht des Besuches und machte sich auf den Heimweg, nach diesen turbulenten Ereignissen stand ihm ohnehin nicht der Kopf nach Gesprächen, er war total übernächtigt und zudem froh in sein Bett zu kommen.

Jan ließen die Erlebnisse der Nacht und die Ausführungen von Marie nicht zur Ruhe kommen, er zog Claas Brewer ins Vertrauen. Er wollte endlich mit jemandem reden, der sich wirklich ein neutrales Urteil über die Ereignisse bilden konnte.

Nachdem er zum Ende gekommen war, saß Claas zunächst wortlos da und kombinierte, aber zu einer logischen Antwort kam er auch nicht.

»Irgendwas an der Geschichte stimmt nicht, Täter und Handlung stimmen doch gar nicht überein!«, sinnierte er. »Ich muss nachdenken, das ist mir zuviel auf einmal.«

Dann riefen die Glocken von Sankt Cyriaci zur Sonntagsmesse, Katrein kam aufgeputzt in die Stube und forderte ihren Vater zum Kirchgang auf.

»Ich gehe nirgendwo mehr hin! Ich bin am Ende, ich muss auf mein Nachtlager«, brummte Jan zu seiner Tochter.

»Meister Keip, es wäre mir eine Ehre Eure Tochter in die Kirche zu begleiten«, meldete sich Claas Brewer zu Wort.

Jan Keip besah sich die beiden jungen Leute skeptisch und lächelte: »In unserem kleinen Dorf wird so etwas schnell zur Unterhaltung der alten Weiber beitragen.«

»Macht Euch keine Sorge, ich weiß was sich gehört, Meister Keip«, entgegnete Brewer.

Ein seltsames Leuchten erhellte die Augen von Katrein, als sie mit dem jungen feinen Herrn aus Coellen das Haus verließ und den Kirchberg hinaufzog. Aber auch Claas Brewer war von seiner hübschen Begleitung sichtlich angetan.

Stolz thronte die kleine romanische Kirche mit ihrem hochgestreckten Westturm auf der hohen Felsnase über dem Dorf. Die halbfertige, aber anmutige Ringmauer aus Basalt, welche den fast senkrecht abfallenden Kirchenfelsen einmal umkleiden sollte, wuchs mäßig aber regelmäßig in die Höhe. In einigen Jahren würde sich die Kirche mit dem kleinen Friedhof, in der Art einer kleinen Gottesburg über dem Ort erheben.

So wie bei seinem ersten Besuch, damals vor zwei Jahren, betrat Brewer das kleine Kirchenschiff und war von den sauberen und klaren Proportionen beeindruckt. Reinste Romanik, in der Art einer Basilika, sicher ein halbes Jahrtausend alt, dachte er sich wieder. Besonders der schöne Flügelaltar hatte es ihm angetan, er kam aus dem Staunen nicht heraus.

»Bernhard Keip, mein Urgroßvater, hat diesen Altar aus den spanischen Niederlanden mitgebracht und ihn unserer Kirche vermacht«, flüsterte ihm Katrein voller Stolz ins Ohr.

Die Weiber tuschelten, als sich das Paar auf der kleinen Bank der Familie Keip niederließ. Katrein genoss es sichtlich, das die Leute in der Kirche über sie redeten, sie hatte sich ohnehin schon längst in den jungen Baumeister verguckt. Auch Claas machte nicht unbedingt den Eindruck als sei er an der jungen Frau nicht interessiert.

Andächtig nahmen die beiden nun an der Messe teil, wobei Pastor Rosenbaum während seiner ellenlangen Predigt gnadenlos auf dem armen Caspar Busch herumtrampelte, so als sei er schon überführt oder gar verurteilt:

»… so wie euch der Evangelist Lukas schreibt, nur so sollt ihr es halten: Gebet dem Kaiser was dem Kaiser ist und gebet Gott was Gottes ist! Der jeweilige Zehnte an den Erzbischof ist also des Schöpfers Fügung und Gesetz. Wehe den armen Sündern die sich in billiger Rache über den Willen des Herrn erheben! So also wird der Herr den unglücklichen Caspar Busch mit den Gesetzen des Weistums zur Rechenschaft ziehen. Unter harter und bitterer Strafe wird seine Seele dem Fegefeuer zugeführt um sich dort bis zum jüngsten Tag zu läutern! Brüder und Schwestern, wer sich von euch mit frevlerischen Gedanken gegen die von Gott gegebene Ordnung erhebt, der lebt jetzt schon in Sünde und verwirkt sein Seelenheil, wenn er nicht auf der Stelle bereuet und umkehrt!«

Schweigsam, gläubig und folgsam, lauschte das einfache Volk dem Pastor, der schwieg kurz und ließ seine Worte auf die Gläubigen einwirken, dann wartete er mit einer Überraschung auf:

»Der Teufel hat dem unseligen Caspar Busch bei der Flucht geholfen, seine Zelle ist leer, jeder anständige Christenmensch ist nun aufgefordert das nötige zu tun, um den Brandstifter der gerechten Bestrafung zuzuführen!«

Sichtlich beeindruckt, oder besser gesagt zutiefst einge-schüchtert, verließen die Gläubigen nach der Messe die Kir-che und verbreiteten die Nachricht von Caspars Flucht wie ein Lauffeuer.

»Glaubt Ihr, dass der Caspar Busch den Hof vom Hummes angezündet hat?«, fragte Claas die schweigsame Katrein. »Wie gut kennt Ihr ihn?«

»Nach dem was mein Vater heute Morgen berichtet hat, passt das gar nicht zusammen. Er hat vollkommen Recht, wenn er zweifelt, irgendetwas an dieser Geschichte ist nicht so, wie es den Anschein erweckt.«

Anstatt sofort nach Hause zu gehen, spazierten sie durch das kleine Pförtchen hinter dem Pfarrhaus, hinauf in Richtung der Zeypmühle mit dem kleinen Weiher. Aber einige Schrit-te nachdem sie an dem Fischteich vorbei waren, blieb Katrein abrupt stehen, ging keinen Schritt weiter und wollte ängstlich umdrehen.

»Da vorne kommen wir schon auf Schrof, dort steht der Urteilsstein der kleinen Pellenz. Die Leute berichten immer wieder von den bösen Geistern der Hingerichteten, die gerade an den Sonntagen dort oben umhergehen, ich möchte zurück«, bat sie ihren Begleiter.

»Ihr habt doch einen starken Mann an Eurer Seite, was soll Euch schon geschehen?«, scherzte Claas.

»Und um Euch soll ich mir keine Sorgen machen?«

Angenehm überrascht drehte Claas den Kopf zu Katrein. Als sich ihre Augenpaare trafen berührten sich ihre Blicke wie Blitze, keiner von beiden brauchte nur ein Wort zu verlieren um zu erkennen, wie es um den Anderen stand.

Mit einem langen und innigen Kuss erwiderten sie ihre Gefühle, dann aber drängte Katrein wieder zum Aufbruch: »Ich will jetzt hier weg! Bitte Claas, ich will jetzt nach Hause, Vater wartet sicher schon.«

Gut gelaunt trafen die beiden in der Brunnengasse ein. Jan Keip wartete schon: »Wo ward ihr solange? Ich habe mir schon Gedanken gemacht.«

»Wir haben uns noch ein wenig die Beine vertreten, Vater«, antwortete Katrein verschämt und ein wenig verlegen.

Jan Keip schmunzelte in sich hinein, einen erwachsenen Mann von über vierzig Jahren auf den Arm nehmen? Das konnte auch seiner Tochter nicht gelingen.

Claas Brewer reagierte für einen Moment verlegen, aber dann nutzte er geistesgegenwärtig die Situation und trat spontan die Flucht nach vorne an: »Meister Keip, ich möchte bei Euch um die Hand Eurer Tochter Katrein anhalten!«

Die Überraschung war gelungen, keiner sprach nun ein Wort!

Claas war verwundert über seinen eigenen ungestümen Mut und Jan Keip war überrascht über den schnellen Vormarsch des jungen Herrn.

Katrein, so schien der Eindruck, fühlte sich dagegen völlig überfahren, aber andererseits leuchteten ihre Augen glücklich.

»Willst du ihn denn, Katrein?«, brach Jan das Schweigen.

Sie zögerte keinen Moment: »Ja Vater, den will ich!«

Das Mädchen ist alt genug zum Heiraten und Claas ist eine solide Partie, so dachte sich Keip, er nahm die Hände der beiden, legte sie zusammen und machte es feierlich.

»Meinen Segen sollt ihr haben, viel Glück. Eines aber sage ich Euch Claas Brewer, passt gut auf sie auf, Katrein ist alles was ich habe.«

»Das werde ich tun, Meister Keip«, versprach der junge Mann.

Nach diesem überraschenden Heiratsantrag setzten sich die drei an den reichlich gedeckten Mittagstisch. Zur Feier des Tages schickte Jan die Magd in den Keller, um einen guten Krug Moselwein zu kredenzen.

»Ich meine, wir sollten uns auf ein »Du« verständigen«, bot Jan Keip seinem angehenden Schwiegersohn an.

Schüchternheit war keine der schwachen Seiten von Claas: »Gerne Jan, ich hoffe wir vertragen uns.«

Natürlich vertrugen sich die beiden Männer und das schon seit ihrem ersten Zusammentreffen an der Dombauhütte in Coellen. Jan Keip schätzte schon damals die talentierte und unkomplizierte Art des jungen Baumeisters, einen besseren Schwiegersohn konnte er sich nicht wünschen.

Über eine Stunde lang saßen sie zusammen, Zukunftspläne wurden geschmiedet und man überlegte, wann wohl die Hochzeit stattfinden soll. Dann ließ Katrein die Männer alleine, ging auf die Gasse und vertrat sich ein wenig die Beine.

»Nun, da ist noch etwas, wenn wir jetzt schon einmal alleine sind«, druckste Claas nun sichtlich verlegen herum.

»Was drückt dich? Heraus damit!«, forderte ihn Jan auf.

Brewer wusste nicht genau wie er es angehen sollte, es war ihm peinlich: »Jan, es ist mir unangenehm darüber zu sprechen, aber wir sollten darüber reden.«

»Nun mach es kurz, sind wir Keips nicht gut genug für dich?«

»Im Gegenteil, ich frage mich, ob ich gut genug für deine Familie tauge, ich komme aus einem armen Elternhaus.«

»Heißt das, du bist vielleicht verschuldet?«, fragte Keip sichtlich besorgt.

»Nein, wo denkst du hin, nicht verschuldet. Ich bin, um es ohne viele Worte auszudrücken, einfach nur mittellos. Ich verdiene erst seit einem guten Jahr mein Brot als Architekt, vorher musste ich mir neben meiner Ausbildung den Lebensunterhalt als Helfer auf der Dombauhütte verdienen«, gestand Claas Brewer.

»Aber das ist doch nichts Verwerfliches!«

»Das nicht, aber die Mitgift! Ich habe eigentlich nichts in einen Hausstand einzubringen.«

»Wenn das alle deine Sorgen sind, dann bin ich ja beruhigt. Meine Tochter war mir stets zu schade für irgendeinen dieser ungehobelten Pächtersöhne hier aus Nydermennich. Claas, beruhige dich, die Verbindung von euch beiden macht mich sehr glücklich.«

»Und die Mitgift?«

»So wie ich dich kennen gelernt habe und einschätze, bringst du mehr an Mitgift mit in diese Ehe, als mancher andere hochwohlgeborene Freier.«

»Nein! So glaub mir doch, gemessen an euren Maßstäben habe ich so gut wie nichts in der Tasche«, beteuerte Claas.

Jan Keip lachte mit einem leichten Augenzwinkern zu seinem zukünftigen Schwiegersohn hinüber: »Was du im Kopf hast, das ist mir als Mitgift viel mehr wert, als Güter und Besitz, mit dem andere Werber hier schon zu protzen pflegten. Mychel Blohm war der letzte dieser ungehobelten und derben Klötze, die hier ihr Glück versuchten. Ich habe ihn rausgeworfen, das ist auch der eigentliche Grund für seinen Groll auf meine Person.«

Dankbar, aber dennoch verlegen nahm Claas Brewer die Worte seines künftigen Schwiegervaters zur Kenntnis. Keip machte ihm klar, wie er die neue Situation sah.

»Seit meine Söhne gestorben sind, habe ich mir immer wieder die Frage gestellt, wie es ohne einen männlichen Nachfolger in einem der größten Steinbrüche von Nydermennich weitergehen soll, nun weiß ich es. Komm ganz zu uns, arbeite mit mir zusammen und übernimm irgendwann mit Katrein unsere Ley.«

»Aber das geht doch zu schnell mein Herr, wir kennen uns schließlich noch viel zu wenig!«

Jan Keip lächelte: »Ich kenne dich besser als jeden anderen Freier der bis heute um die Hand meiner Tochter angehalten hat. Alle diese Heuchler, die daher kamen um mir irgendetwas vorzugaukeln, letzten Endes wollten sie nur meine Basaltley heiraten und nicht meine Tochter!«

Claas sah betreten zu Jan Keip hinüber, seine Augen trafen den festen und unerschütterlichen Blick des Grubenherrn.

»Ich weiß was ich tue Claas. Ich vertraue dir, außerdem heißt es Jan, schon vergessen?«

Kapitel 5

Zwei Tage lang war Brewer zu Pferd unterwegs gewesen, bis er dann endlich wieder in Coellen eintraf, er war wie gerädert als er aus dem Sattel seines Pferdes stieg.

Für Claas wurde es nun Zeit seinem Lohnherrn mitzuteilen, wie seine Zukunft aussehen sollte. Der Werkmeister der Dombauhütte, war nicht besonders glücklich über die überraschende Entscheidung seines gelehrigen Schülers und Mitarbeiters.

»Ich lasse dich nur ungern deines Weges ziehen, aber ich möchte dir nicht im Wege stehen. Nun denn, als Schwiegersohn von Jan Keip werden sich unsere Wege sicherlich noch oft genug kreuzen. Ich hoffe allerdings, du triffst die richtige Entscheidung für deine Zukunft«, meinte der Werkmeister. »Aber den Lanz, den lässt du hier bei mir, der wird gebraucht.«

Claas sah seinen Meister und Förderer verwundert an, so als wenn er die Frage nicht verstanden hätte, was hatte denn er mit der Zukunft von Jacob Lanz zu schaffen?

»Ich kann mir nicht vorstellen, dass unser Jacob Coellen den Rücken kehren wird, er hat schließlich Weib und Kinder von hier und obendrein eine gute und feste Anstellung, warum sollte er wohl zurück nach Mennich gehen?«, lächelte Claas.

»Wir machen es so«, schlug der Werkmeister entschlossen vor, »du bleibst noch bis Weihnachten bei mir und übergibst deine Projekte in Lechenich und Rheinbach an Balthasar Menzel, den ich wohl zu deinem Nachfolger machen werde, dann haben wir einen geordneten Übergang erreicht.«

»Einverstanden, bis Mitte Dezember. Spätestens zu Weihnachten möchte ich die Katrein nämlich heiraten.«

Per Handschlag besiegelten die Männer ihre Abmachung. Claas war froh, dass ihn der Werkmeister in Frieden und ohne irgendein böses Wort ziehen ließ, auch für die zukünftigen geschäftlichen Beziehungen war dies durchaus von Vorteil.

Sichtlich zufrieden machte sich Claas Brewer am nächsten Tag auf die kurze Reise nach Lechenich und Rheinbach, um auf seinen Baustellen nach dem Rechten zu sehen.

Obwohl die eigentliche Bautätigkeit an dem halbfertigen Coellener Dom schon seit über hundertfünfzig Jahren eingestellt war, gab es immer noch genug zu tun. Die Reparaturarbeiten am Torso des riesigen Gotteshauses bescherten einem festen Stamm von Handwerkern einen sicheren und krisenfesten Arbeitsplatz.

Dazu kamen noch etliche Bauaufträge im Umland, welche die Bauhütte für das Domkapitel von Coellen durchführte. Die Anstellungen auf der Dombauhütte waren daher sehr begehrt und so kamen fast täglich neue Handwerker in das Kontor des Werkmeisters, um sich hier um eine Arbeit zu bewerben.

»Eigentlich sind wir Leute genug«, erklärte der Werkmeister dem Steinmetzen der sich da soeben beworben hatte, »aber es trifft sich gut, einer unserer Leute verlässt uns demnächst, einen guten Mann kann ich jetzt sicher noch brauchen.«

»Herr, ich kann sofort anfangen, heute noch«, versicherte der Fremde.

»Melde dich bei Jacob Lanz, der wird dich eine Werkprobe fertigen lassen.«

Der Werkmeister gab ihm ein kleines Schriftstück mit und wies ihm den Weg zu den Steinmetzen.

»Ach, wie war noch dein Name?«

»Matthes Weyer ist mein Name, Herr«, antwortete der Fremde und begab sich hinüber zu den überdachten Arbeitsplätzen der Steinmetze.

Über eine Stunde lang überzeugte sich der Bildhauer Lanz von den Fertigkeiten und dem Können des Neuankömmlings und zeigte sich mit dessen Leistungen höchst zufrieden. Vor allen Dingen mit dem Basalt aus den Nydermennicher Leyen konnte er hervorragend umgehen, solche Leute konnte man immer gebrauchen.

»Wo kommst du eigentlich her?«, fragte er seinen neuen Kollegen.

»Aus Meien, das ist in der Eifel, am Laacher See.«

Seltsam dachte sich Lanz, aus Meien will der kommen? Die Meiener erkennt jedes Kind an ihrem fürchterlichen und breiten

Dialekt, der Fremde da sprach allerdings den gleichen Dialekt, wie einer der aus Nydermennich kam.

»Ach ja? So ein richtig waschechter, gebürtiger Meiener?«

»Waschecht, janz sechaa«, lachte der neue Steinmetz zurück.

»Hast du kein eigenes Werkzeug dabei?«

»Nein, leider nicht«, entschuldigte sich der Fremde.

Lanz, ließ den Mann alleine, schlurfte zum Kontor des Werkmeisters hinüber und dachte sich sein Teil.

»Warum lügt der mich wohl an?«, murmelte Lanz in seinen Bart, während er das Kontor des Werkmeisters betrat.

»Was hast du gesagt, Jacob?«

»Ach nichts Herr, ich habe nur laut gedacht.«

»Wie bist du mit der Arbeit von diesem Weyer zufrieden?«

»Sehr geschickter Steinmetz, er kennt sich auch gut mit dem Basalt aus«, lobte Jacob, »hat er denn auch eine Empfehlung vorzuweisen?«

»Nein, dummerweise nicht, aber ich glaube wir können ihm vertrauen, er macht mir einen braven Eindruck und wenn er gute Leistung zeigt, soll er mir recht sein.«

Jacob Lanz gab sich mit der Entscheidung des Werkmeisters zufrieden, trotzdem nahm er sich vor, ein Auge auf den Neuen zu werfen.

Gute Arbeit lieferte er, dieser Matthes Weyer aus Meien. Er war nun schon fast vier Wochen hier und es war eine Freude ihm bei der Arbeit zuzusehen, selten hatte man einen so geschickten und fleißigen Steinmetz an der Dombauhütte beschäftigt. Lanz war sehr zufrieden mit dem neuen Gehilfen und seine Bedenken gegen den Mann aus Meien, der nicht einmal im Ansatz seinen Heimatdialekt beherrschte, verflüchtigten sich zusehends. Er hatte schließlich andere Sorgen.

Der Sonntag stand vor der Tür und Claas Brewer kam von den Baustellen zurück. Gemeinsam mit seinem Nachfolger, dem Balthasar Menzel, kam er am Samstag gegen Mittag in den Hof der Dombauhütte geritten. Claas ließ sich von Lanz die neu eingetroffenen Werksteine aus Nydermennich zeigen, welche schon von Matthes Weyer in Form gehauen wurden.

»Gute Arbeit, du verstehst dein Handwerk«, lobte Claas den neuen Steinmetz.

»Wie geht es auf den Baustellen voran?«, fragte Lanz.

»Bestens, ich will nicht klagen, aber wir können später reden Jacob, mein zukünftiger Schwiegervater und meine Braut sollen eigentlich heute Mittag hier eintreffen, mir drängt die Zeit«, antwortete Claas und machte sich auf den Weg zum Kontor des Werkmeisters.

»Wer war das?«, fragte Matthes seinen Vorarbeiter.

»Das war Claas Brewer, einer unserer Baumeister«, antwortet Lanz. »Er arbeitet meistens draußen auf unseren Baustellen im Land. Wenn deine Arbeit vor ihm besteht, dann hast du auch den Domwerkmeister auf deiner Seite.«

Zufrieden setzte Matthes seine Arbeit fort, ohne zu ahnen, welches Unglück sich für ihn anbahnte. Irgendwann, so zur vierten Stunde am Nachmittag, rollte eine Kutsche vor das Kontor der Bauhütte und ein beleibter, gut gekleideter Herr stieg aus dem Verschlag des Gefährts.

»Meister Keip! Wir haben uns ja schon lange nicht mehr gesehen«, begrüßte der Werkmeister seinen Gast.

Galant half der Werkmeister der Angebeteten seines Baumeisters aus der Kutsche: »Und Ihr, gnädiges Fräulein? Ihr seit dann sicher diejenige, die mir meinen Meister Brewer entführt hat?«

»So ist es!«, antwortete Claas, der nun mit fliegenden Schritten aus dem Kontor kam.

Eine gute Stunde lang bewirtete der Werkmeister seine Gäste, dann stand Claas von seinem Schemel auf: »Wenn dem nichts entgegensteht meine Herren, möchte ich mit Katrein die Domkirche besuchen.«

»Warum nicht, dann sehen wir uns derweil noch ein wenig auf der Dombaustelle um«, schlug der Werkmeister vor.

Nachdem sich das junge Paar verabschiedet hatte, machten sich die beiden Männer auf den Weg zur Bauhütte.

Jan Keip verschlug es fast den Atem, wie angewurzelt stand er neben einer der Steinmetzhütten und konnte kaum glauben, was er da sah. Nur wenige Schritte vor ihm bearbeitete Caspar Busch, der flüchtige Brandstifter aus Nydermennich, einen Kapitellstein.

Auf der Stelle machte Keip kehrt und verließ den Bauhof, der Werkmeister folgte ihm verdutzt und mit fragender Miene.

»So klein ist die Welt!«, stellte Keip fest.

»Meister Keip, ist Euch nicht gut? Kann ich irgendetwas für Euch tun?«

Jan hatte sich wieder gefangen: »Wie lange dauert es bis Ihr mir einige Bewaffnete nach hier beordern könnt?«

»Bewaffnete, wozu?«

»Das erkläre ich Euch gerne, dieser Mann dort wird bei uns in Nydermennich gesucht, ein flüchtiger Brandstifter!«

Das Gesicht von Caspar Busch wirkte wie zu einer Maske erstarrt, als er von seiner Arbeit aufblickte und Jan Keip in die Augen sah. Kaum hatte er den Schrecken verdaut, stieß er den Grubenpächter zur Seite und wollte davon laufen, die harten Spitzen von zwei Hellebarden vereitelten seine Flucht.

»Keinen Schritt weiter mein Freund, wir spaßen nicht!«

Als er von den Bewaffneten in Ketten gelegt wurde, war Caspar die Verzweiflung ins Gesicht geschrieben. Wie konnte er auch damit rechnen, dass ihn ausgerechnet hier, im so weit entfernten Coellen, irgendwer erkennen würde und dann noch jemand aus Nydermennich.

»Hab ich's mir doch gedacht, das irgendetwas mit dem Kerl nicht stimmt«, stellte Jacob Lanz mit Genugtuung fest. »Der kann ja nicht einmal richtiges Meiener Platt. Schade um ihn, ein hervorragender Handwerker.«

Das schwere Eisenschloss fiel in seine Falle und Caspar Busch war in einem der dreckigen Verliese des Cunibert-Turms inhaftiert. Schlimmer hätte es ihn kaum treffen können, für Brandstifter gab es auch hier in Coellen wenig Pardon.

Seine Auslieferung in die Hände des benachbarten Kurtrier war lediglich eine Formsache, nur die »peinliche Befragung« in der Folterkammer des gefürchteten Coellener Gefängnisturms blieb ihm erspart.

»Das Geständnis zu erwirken, überlasse ich der trierischen Gerichtsbarkeit, damit haben wir hier nichts zu schaffen«, entschied der Schöffe mehr oder weniger gelangweilt, er hatte besseres zu tun, als sich um irgendwelche Übeltäter aus der Eifel zu kümmern.

In schweres Eisen gelegt trat Caspar Busch, begleitet von drei Bewachern, seine Heimreise an. Zügig gallopierte die Truppe rheinaufwärts, bereits anderthalb Tage später übergaben die Bewaffneten ihren Gefangenen an die Soldaten des Kurfürsten von Trier, welche ihn daraufhin in der Burg in Meien inhaftierten. Das Schicksal von Caspar Busch war endgültig besiegelt.

Für die Schöffen des Hochgerichtes der Pellenz gab es nicht viel zu zweifeln, obwohl Caspar Busch kein Geständnis abgelegt hatte und beharrlich immer wieder seine Unschuld beteuerte. Auch die Tortour einer peinlichen Befragung ließ der Angeklagte über sich ergehen, ohne die Tat zuzugeben. Die Aussage von Marie nützte ihm wenig, niemand glaubte ihr ein Wort.

»Es ist verständlich das du deinen Ehemann schützen willst Marie, aber uns fehlt der Glaube«, meinte Jacobus Gerber.

Der Andrang vor der kleinen Fraukirch, dem Versammlungsort des Hochgerichtes der kleinen Pellenz war groß, jeder wollte sofort erfahren wie das Gericht entschieden hatte.

Laux, der Amtmann von Meien, verkündete als Oberschultheiß endlich das Urteil: »Entsprechend den Erkenntnissen des Hochgerichtes und nach den Vorschriften des Weistums wird der Zündeler Caspar Busch zum Tode durch das Schwert verurteilt.«

Seine letzte Nacht hatte der Verurteilte in der miefigen Verwahrzelle des Trierischen Hofs in Nydermennich verbracht, dieses Mal mit entsprechender Bewachung vor der Tür. Ein unfreundliches Herbstwetter erwartete den Delinquenten zu seiner Hinrichtung, es nieselte leicht und die Temperaturen waren nicht mehr die angenehmsten.

Die Geschworenen des Hochgerichtes warteten mit den Schöffen und dem Schultheiß vor der Tür des Marstalls. Ritter Godfried von Ulmen, der kurfürstliche Vogt über die kleine Pellenz, war höchstselbst in Nydermennich erschienen, um an der Hinrichtung teilzunehmen.

»Worauf warten wir noch?«, fragte von Ulmen den Schultheiß.

»Der Amtmann aus Meien lässt noch auf sich warten, Herr«, entschuldigte Augst unterwürfig die Verzögerung.

Nun öffnete sich endlich die Tür zu dem Gewölbekeller und der zum Tode Verurteilte trat in Begleitung von Pastor Rosenbaum ans Tageslicht. Mit gesenktem Kopf stand Caspar Busch nun auf der Wollgasse und ertrug den Spott und das Gegeifer der Menge. Der Pastor murmelte unentwegt seine Gebete für den Todgeweihten.

Endlich kam nun auch Amtmann Laux aus Meien in Begleitung seines Schreibers angeritten, die Hinrichtungszeremonie konnte endlich beginnen.

Feierlich setzte sich der kleine Zug in Bewegung, während die Bevölkerung das Spektakel neugierig begaffte. Niemand war heute auf dem Grubenfeld oder an seinem Arbeitsplatz, jeder wollte dabei sein, wenn der Scharfrichter des Vogtes das Urteil vollstreckte. Es geschah schließlich nicht alle Tage, dass ein Verurteilter hier in Nydermennich sein Leben lassen musste. Schweigend marschierte der Zug nach Schrof hinauf, Caspar Buschs Beine waren derweil schwer wie Blei. Angeführt vom Henker, der mit beiden Händen das Richtschwert der Pellenz präsentierte, erreichte die Abordnung einige Zeit später den Urteilsstein.

Dieser riesige Basaltbrocken, den einer der umliegenden Vulkane einmal nach hierhin ausgespukt hatte, diente schon seit Menschengedenken als jener Ort, wo das Urteil über den Angeklagten noch einmal laut und deutlich für das ganze Volk verkündet wurde.

Feierlich verlas der Amtmann Hieronymus Laux die Anklage und danach das einstimmige Urteil des Hochgerichtes, anschließend begab sich der ganze Zug hinüber zum Richtplatz.

Hier, von dem Bergkamm zwischen Thur und Nydermennich, hatte man einen imposanten Blick über den ganzen Landstrich. Das letzte was ein Delinquent in seinem Leben sah, war diese anmutige Aussicht über Crufft und Pleitt hinweg, hinüber zu den Höhenzügen von Rhein und Mosel.

Marie Busch stand ein wenig abseits und verfolgte mit verheulten Augen, wie der Henker ihrem Mann diesen dreckigen Leinensack über den Kopf zog. Kraftlos wendete sie sich ab und vergrub ihr Gesicht in der wollenen Cotte ihrer Mutter, die eigens aus Sankt Johann angereist war, um ihrer armen Tochter den nötigen Beistand zu leisten.

Nun endlich ertönte die Totenglocke von Sankt Cyriaci und läutete das grausige Finale des Spektakels ein. Alle Anwesenden entblößten ihr Haupt und das Geschwätz der Leute verstummte.

Der Delinquent wurde in die Knie gezwungen, von Busch war nur noch ein leises Schluchzen zu hören, mutlos ließ er seinen Kopf nach vorne sinken.

»Reiß dich zusammen, Kerl!«, raunte ihn der Amtmann ärgerlich an und richtete den Kopf des Verurteilten wieder auf.

Der Scharfrichter sah zu Godfried von Ulmen hinüber und wartet auf das Zeichen. Als die Totenglocke verstummte, nickte der Vogt kurz mit dem Kopf, nun holte der Henker aus und trennte dem Caspar Busch mit einem gezielten und wuchtigen Hieb den Kopf vom Rumpf.

Das Urteil war vollstreckt.

Unterstützt von den Umstehenden, betete Pastor Rosenbaum für die arme Seele des Verstorbenen.

Im gleichen Moment wo die Totenglocke verstummte und der Henker das Richtschwert sausen ließ, stieg auf der anderen Seite des Dorfes, draußen auf den Grubenfeldern, eine pechschwarze Rauchsäule empor.

»Da! Was ist das?«, riefen die Menschen durcheinander und unterbrachen das Totengebet.

Jetzt waren Flammen zu sehen, zweifellos war eines der Göpelwerke in Brand geraten.

»Verdammt, das ist auf unserer Ley!«, fluchte Jost Mettler.

Fast alle Männer die hier oben am Richtplatz zu Pferde anwesend waren, machten sich jetzt schleunigst auf den Weg zu den Grubenfeldern, um zu retten was noch zu retten war.

»Das geht doch nicht mit rechten Dingen zu«, fluchte Mychel Blohm zum Schultheiß hinüber, der mit offenem Maul herumstand und ungläubig zu der Rauchsäule hinüber sah.

»Folgt mir sofort!«, befahl der Vogt einigen Bewaffneten aus seinem Gefolge und lenkte sein Pferd ebenfalls schleunigst zu den Grubenfeldern.

Als die ersten Männer auf dem Gelände der Mettler'schen Ley eintrafen, kam für das Göpelwerk bereits jede Hilfe zu spät. Der Lastbaum, der Hebebaum und das Traggestell, alles stand in hellen Flammen und verwandelte sich in Windeseile zu Holzkohle. Wasser gab es hier oben weit und breit keines, die Leute waren ohnehin alle auf Schrof und so konnte man auch keine Menschenkette bilden.

Davon abgesehen war dies kein gewöhnliches Feuer, es roch nach Pech! Jemand hatte das hölzerne Hebewerk mit Pech übergossen und dann, als alle bei der Hinrichtung zugegen waren, angezündet.

»Was ist das da?«, rief Matheis Blohm und zeigte auf eines der Göpelwerke der Nachbarsley.

Schnell ritt er mit Jost Mettler hinüber auf die Ley der Kleins, nur hundert Fuß von der Brandstelle entfernt.

Ein »X«, war da mit flüssigem Pech auf den Lastbaum geschmiert, genauso wie in den Stallungen des Hummeshofes.

Die Umstehenden sahen sich fragend an, der vermeintliche Brandstifter war hingerichtet und trotzdem folgte sogleich ein weiterer Feuerspuk.

Keip und Brewer kamen zusammen mit dem Vogt und den Bewaffneten auf das Grubenfeld geritten.

»Was gibt es da hinten zu gaffen? Hier brennt der Göpel!«, raunte der Vogt die Männer an und zeigte auf die rauchenden Trümmer.

»Dann lasst es doch brennen edler Herr, und schaut Euch das hier an. Ich habe den leisen Verdacht, dass unsere Probleme gerade erst beginnen«, antwortete Matheis Blohm zynisch.

Wortlos betrachtete Jan Keip gemeinsam mit dem Vogt das Geschmiere auf dem Hebekran, dies hier war der sichere Beweis, hier war eine Revolte im Gange. Auch in Godfried von Ulmen keimte nun die sichere Erkenntnis, es ging um mehr, als nur um die Zündeltat eines Einzelnen.

Kapitel 6

Während die Männer auf dem Grubenfeld nach dem Rechten sahen, nahm Hieronymus Laux, der Amtmann von Meien selbstherrlich die weitere Prozedur am Urteilsstein in die Hand, ohne zu ahnen welches Unheil er heraufbeschwor.

»Hängt seine Leiche in den Baum und spießt seinen Kopf daneben«, befahl er den verbliebenen Bewaffneten des Vogtes.

»Aber Herr, wie kann das angehen?«, entrüstete sich Pastor Rosenbaum, »er ist verurteilt und enthauptet worden, das Hochgericht hat kein weiteres Exempel angeordnet!«

»Seit wann habt Ihr mir etwas zu sagen? Hochwürden, schert Euch um Eure Sachen, dies hier geht Euch nichts an!«

Die Umstehenden empörten sich und machten ihrem Ärger Luft, der Widerling aus Meien überschritt klar und erkennbar seine Kompetenz.

»Dies hier ist ausschließlich meine Sache mein Herr«, drohte der Pastor, »ich möchte dem Caspar Busch ein würdiges Begräbnis zukommen lassen, wagt es Euch nicht seinen Leichnam zu entweihen!«

»Mach das du weiterkommst du Drecksack, wo du auftauchst gibt es stets Ärger, niemanden kannst du in Frieden lassen«, tönte es dem Amtmann aus der wütenden Menschentraube entgegen.

Die Stimmung unter den Zuschauern schlug um, Hieronymus Laux blies nun der kalte Wind des Zorns ins Gesicht. Zu oft hatte er die Zehntforderungen des Domkapitels mit brutaler und überzogener Gewalt durchgesetzt, jetzt traf ihn der Unmut der Bevölkerung mit voller Wucht.

»Verschwinde, du Schinder!«, rief es aus der Menge und ein erster Feldstein flog durch die Luft.

Die Bewaffneten postierten sich schützend vor Hieronymus Laux, aber das Unheil nahm ungehindert seinen Lauf. Drohend näherte sich der Mob, weitere Steine flogen und so blieb dem verhassten Amtmann nur der sofortige Rückzug.

»Das werdet ihr büßen, dafür werdet ihr bezahlen«, schnauzte Laux die Meute an und ritt mit seinem Schreiber schleunigst den Berg nach Thur hinunter.

Die Leute des Vogtes wichen leicht verängstigt und unsicher zurück, die Meute war jetzt unberechenbar. Pastor Rosenbaum stellte sich zwischen die Bewaffneten und das Volk und versuchte zu vermitteln: »Beruhigt euch in Gottesnamen, lasst ab, diese Männer haben euch nichts getan. Macht euch nicht unglücklich, weder vor der Obrigkeit noch vor euerem Herrn und Gott.«

Rosenbaum war im Dorf beliebt, niemand würde es ernsthaft wagen Hand an den Pastor zu legen. So wie er auf die Menschen zuging, so wichen sie vor ihm zurück und beruhigten sich allmählich.

»Verbringt den Leichnam von Busch hinunter ins Dorf«, wandte sich der Pastor an die Leute des Vogtes, »macht schon, ich weiß was ich tue.«

Begleitet von der Dorfbevölkerung wurde der enthauptete Caspar in einer makaberen Prozession ins Dorf zurückgebracht, kaum einer sprach ein lautes Wort.

Kaum war die Menge wieder in Nydermennich angekommen, waren schon die ersten Nachrichten vom Grubenfeld eingetroffen. Im Nu verbreitete sich die Nachricht von der Brandstiftung an dem Göpel und jenen Schmierereien, welche auch den Pferdestall des Hummes zierten.

Fast zeitgleich mit den Männern vom Grubenfeld traf der Leichenzug am Trierischen Hof ein.

»Ihr habt einen Unschuldigen hingerichtet, das Feuer an dem Göpel ist der Beweis!«, schrie Veit Höner, der Bruder von Hannes Höner und heizte die brisante Stimmung unter den Menschen wieder auf.

»Auf der Stelle kehrt hier Ruhe ein, sonst ziehe ich andere Seiten auf und lasse blank ziehen!«, resolut verwarnte der Vogt die Bevölkerung. »Der Nächste der es wagt, lautstark hier herumzustänkern, den nehme ich wegen Landfriedensbruch fest. Ich warne euch alle, schert euch nach Hause, denkt an eure Familien und an euren Broterwerb!«

Während die mittlerweile wieder vereinte Wachmannschaft des Vogtes drohend auf die Menge zuging, wurden die meisten der Umstehenden von ihrem Mut verlassen. Eingeschüchtert trollten sie sich auf den Heimweg, vor allen Dingen bei den Frauen zeigte die Drohung ihre Wirkung, wer wollte schon seine Anstellung auf den Leyen einbüßen oder die Familie gefährden.

Ratlos saßen sie im Trierischen Hof zusammen, der Schultheiß, der Vogt und die Herren des Mühlsteinkartells. Alle waren sich bewusst, dass es mit dem gewohnten Gehorsam der Arbeiterschaft nicht mehr weit her war. Was sollte geschehen, wie konnte man die notwendige Ruhe in dem kleinen Mühlsteindorf wiederherstellen?

»Selbst die Bauern und die Handwerker standen am Urteilsstein auf der Seite der Meute, die ganze Dorfbevölkerung beginnt sich aufzulehnen«, resümierte der Schultheiß.

»Man sollte dem Pöbel das Maul stopfen. Ich nehme mir diesen Höner vor und statuiere ein Exempel, dann ist hier schnell wieder Ruhe«, schlug Vogt Godfried vor.

»Mein Herr, wir entzünden ein Pulverfass ehe wir uns versehen. Statt den Unmut dieser Menschen mit einem weiteren Schauprozess noch mehr zu schüren, sollten wir schleunigst den oder die wahren Übeltäter überführen. Besonnenheit ist gefragt, die Tagesleistungen auf den Grubenfeldern dürfen nicht unter unserem Handeln leiden«, warnte Keip.

»Wir sollen uns vor diesem Pöbel ducken? Dann ist es bald um uns alle geschehen«, beschwerte sich Jodokus Geylen.

»Wenn wir in Coellen jede unaufgeklärte Freveltat mit einem Exempel beantworten würden, hätten wir jeden Tag einen neuen Aufstand in den Straßen«, entgegnete Claas. »Meister Keip hat recht, Besonnenheit ist gefragt.«

Kaum hatte Claas seinen Satz beendet, da ging die Butzenscheibe des Gastraumes zu Bruch und eine brennende Fackel flog in den Raum.

»Verdammt«, schrie der Schankwirt und kippte geistesgegenwärtig seinen großen Weinkrug über das Wurfgeschoss. Die Bierhumpen der anderen Gäste löschten die Fackel endgültig.

»Jetzt langt es, mir nach!«, fluchte der Vogt und stürmte wütend aus dem Wirtsraum ins Freie.

Im Hof war niemand mehr zu sehen, aber man hörte wie sich eilige Schritte entfernten, hinauf in Richtung des Dorfbrunnens.

»Haltet ihn!«, gellte der Ruf des Vogtes durch die Gassen.

Aus den kleinen Arbeiterhütten war keine Regung zu vernehmen, die Leute lagen wohl schon auf ihrem Nachtlager. Nur die Bewaffneten des Vogtes, die im Hummeshof ihr Lager aufgeschlagen hatten, waren noch auf den Beinen und das wurde Servatius Monschauer nun zum Verhängnis.

»Bleib stehen!«, schnauzte der Bewaffnete den Flüchtigen an, als er ihm entgegen lief.

Servatius war ihm zwar geradewegs in die Arme gelaufen, aber fest entschlossen sich zu wehren. Mutig zog er ein Langmesser unter seinem Wams hervor und ging den Wachmann ohne zu zögern an.

Bevor der Wachmann begriff wie ihm geschah, brach er wortlos und mit weit aufgerissenen Augen zusammen, während ihn der kalte Stahl der scharfen Klinge durchbohrte.

Von der einen Seite stürmten nun die Verfolger aus dem Trierischen Hof heran und von der anderen Seite näherten sich weitere Bewaffnete aus dem Hummeshof.

Ohne lange zu zögern bog Servatius ab und setzte seine Flucht durch den kleinen Brunnenpfad fort. Schon leicht außer Atem rannte er die Gasse hinauf und bog vor der kleinen Schutzpforte in den Pfad nach Döhmchen ab. Hier oben in den Gärten konnte er über die Schutzmauer verschwinden, dachte er sich und gab Fersengeld.

Ohne Licht war es war nicht einfach auf dem Weg zu bleiben, der bewölkte Nachthimmel ließ den Flüchtenden nur langsam vorankommen. Hinter Servatius kamen die Verfolger näher und die hatten Fackeln zur Hand.

»Da vorne läuft er!«, rief einer der Schergen, er konnte den Schatten des Flüchtigen schon ausmachen.

Statt auf den Weg zu achten drehte sich Servatius um, die Männer waren nun schon beängstigend nahe gekommen. Jetzt stolperte er auch noch über einen dicken Feldstein und stürzte kopfüber in einen der Gärten.

Zügig holte die Wachmannschaft auf, gegen die Leute des Vogtes hatte er keine Chance, trotzdem zog er seine Waffe und setzte sich entschlossen zur Wehr. Den ersten der Männer konnte er überraschen und setzte ihn mit seinem Langmesser außer Gefecht, blutüberströmt sackte der Angreifer zusammen.

Die Übermacht war jedoch zu groß, gleich drei Bewaffnete auf einmal traktierten ihn nun, nach wenigen Augenblicken war das Scharmützel zu Ende und Servatius fiel schwer getroffen zu Boden.

»Lasst ihn leben, wir brauchen ihn lebend!«, rief der Vogt seinen Leuten zu, während er sich keuchend näherte.

Mehrere Fackeln erleuchteten nun die Stelle, an der Servatius am Boden lag. Zwei Mann zerrten ihn zurück auf den Pfad und drehten ihn auf den Rücken. Blut rann aus seinem Mund während er dem Vogt in die Augen sah.

»Wer bist du und was soll das?«, fauchte der Vogt.

»Übt Gerechtigkeit«, röchelte Servatius, »lasst uns leben wie Menschen und der Spuk ist vorbei.«

»Wer bist du, Elendiger?«

Servatius hustete und spukte Blut und seine Augen begannen ins Leere zu starren, dann sackte er in sich zusammen.

»Verdammt noch mal, ich sagte doch lebend ihr Tölpel«, fluchte Vogt Godfried.

»Aber er hat uns mit seinem Langmesser angegriffen und als Ihr gerufen habt Herr, da war es schon zu spät«, verteidigte sich der Anführer der Wache.

»Bringt ihn hinunter zum Trierischen Hof und lasst den Leichnam heute Nacht nicht aus den Augen«, befahl der Vogt verärgert und machte sich auf den Rückweg.

Auch auf die Hauswand des Trierischen Hofes war ein großes »X« gepinselt worden. Der Schultheiß hatte es soeben im Schein seiner Fackel entdeckt, während sich der Vogt völlig außer Atem näherte.

»Wir haben den Dreckskerl.«

»Wer ist es denn, Herr?«, frage der Schultheiß.

»Wir kennen ihn nicht, meine Leute bringen ihn gleich.«

Es dauerte seine Zeit, bis die Bewaffneten am Trierischen Hof eingetroffen waren. Alle Teilnehmer der Versammlung drängten sich um den Toten, der mit dem Kopf nach unten auf dem Pflaster lag.

»Nun dreht ihn schon endlich«, forderte Geylen neugierig.

Die Anwesenden staunten nicht schlecht als sie dem Toten ins Gesicht sehen konnten, das konnte doch wohl nicht wahr sein, das war Servatius Monschauer! Vor lauter Überraschung brachte niemand einen Laut heraus.

»Was ist mit Euch, haben wir einen Geist erlegt?«, fragte der Vogt.

»Edler Herr, das ist Servatius Monschauer, der Sprecher der Steinhauer«, meinte der Schultheiß entgeistert und beugte sich ungläubig über den Toten.

Ein Raunen ging durch die Umherstehenden, damit hatte wohl niemand gerechnet.

»Mir deucht, es gibt noch viel zu bereden«, stellte Jan Keip besorgt fest. »Lasst uns wieder hinein gehen.«

»Zwei Mann von euch bleiben zur Bewachung hier im Hof«, ordnete der Vogt an und folgte den Männern in den Schankraum.

»Seht Ihr meine Herren, viele Sorgen lösen sich von ganz alleine auf, das ging doch viel schneller als wir gedacht haben. Der Spuk ist vorbei«, lächelte Claas.

»So einfach ist das nicht, Meister Brewer«, meldete sich der Schultheiß zu Wort, »Servatius hat uns zwar zweifellos heute Abend diese Fackel in die Schänke geworfen, aber bei der Hinrichtung von Caspar Busch war er die ganze Zeit am Richtplatz zugegen. Das Feuer am Göpel hat Monschauer also nicht gelegt, dies ist eine handfeste Verschwörung.«

Fragend sahen sich die Männer an, tatsächlich hatten alle Anwesenden diesen Monschauer bei der Hinrichtung gesehen, er war die ganze Zeit über anwesend und hatte das Geschehen am Richtplatz verfolgt.

»Ob am Ende die Steinhauerzunft dahinter steckt?«, mutmaßte der alte Theis Klein.

»Die ganze Steinhauerzunft? Das kann ich mir nicht vorstellen«, beschwichtigte Mychel Blohm, »die Mehrheit der Steinhauerzunft bringt nicht einmal den Mut zusammen ihren Anführern zu gehorchen. Die meisten haben viel zu viel Angst um ihr kümmerliches Dasein und um das Wohl ihrer Familien.«

»Übt Gerechtigkeit und der Spuk ist vorbei«, wiederholte der Vogt die letzten Worte von Servatius Monschauer. »Was hier gerecht oder ungerecht vonstatten geht, das soll nicht meine Sache sein sondern die Eure meine Herren, aber lasst Euch endlich etwas einfallen. Ich dulde keine Revolte hier im Ort, habt ihr mich verstanden?«

»Edler Herr, wir lassen uns auf keinen Fall von diesem Pöbel erpressen!«, rief der Hummes erbost, »was bilden sich diese Leute ein?«

»Das weiß ich nicht«, antwortete der Vogt gereizt, »aber mir persönlich gehen diese Umtriebe jetzt doch zu weit, ich werde ihre Durchlaucht und auch den kurfürstlichen Hof informieren.«

»Herr, bis jetzt konnten wir unsere Dinge immer alleine regeln, da ist es nicht nötig gleich den Landesherrn zu behelligen«, meldete sich einer der Blohms.

Godfried von Ulmen hob die Augenbrauen und sah missbilligend zu dem vorlauten Pächter hinüber.

»Ihr habt den Landesherrn doch bereits behelligt, seit dem heutigen Tage ist der Kurfürst direkt betroffen, einer seiner Bewaffneten wurde hier in eurem Dorf ermordet und ein weiterer schwerverletzt. Habt Ihr das schon vergessen?«

Betreten wich Mychel Blohm den funkelnden Augen des Vogtes aus und zog es vor den Mund zu halten.

»Augst, du bist Schultheiß und Vogt des Domkapitels, was sagst du dazu? Entscheide!«, verlangte der Hummes.

Immer wieder versuchten die Vertreter des Domkapitels die Stellung des kurfürstlichen Vogtes zu schmälern, von Ulmen hatte dieses Problem nicht zum ersten Mal. Säuerlich fiel Godfried dem Hummes ins Wort: »Auch wenn Ihr es nicht gerne hört, ich wiederhole es gerne noch einmal, Euer Schultheiß ist der Vogt des Domkapitels. Er untersteht, ebenso wie der Pastor, lediglich den Herren in Trier. Hier und jetzt ist nur meine Meinung als Vertreter des Kurfürsten entscheidend!«

»Ihr habt ja Recht edler Herr, aber wir haben unsere Anliegen stets selbst geregelt, wir dienen doch schließlich dem gleichen Herrn«, wendete der Hummes ein.

»Ich vertrete den kurfürstlichen Hof in Coblentz, und Augst das trierische Domkapitel, somit übe ich, als der kurfürstliche Vogt, die territoriale Gewalt aus. Johann VIII. ist Erzbischof und Kurfürst, wann werdet ihr begreifen in wessen Händen die Macht in diesem Lande ruht?«

Schweigend nahm die Runde den Groll Godfrieds zu Kenntnis, von Ulmen ließ seine Muskeln spielen und zeigte sich nun ziemlich schlecht gelaunt.

»Zwei Bewaffnete begleiten mich morgen früh nach Schloss Philippsburg zum Kurfürsten, die anderen Männer nehmen hier bei euch im Trierischen Hof Quartier, außerdem schicke ich eine gebührende Verstärkung von Burg Ehrenbreitstein herüber.«

»Herr, Ihr werdet aber doch nicht den Amtmann Laux, diesen Despoten nach hier beordern?«, fragte Geylen besorgt.

»Beruhigt Euch, Laux muss sich erst einmal fragen lassen, ob er seinem Amt in Meien überhaupt gewachsen ist, der soll vorläufig mal bleiben wo er ist«, meinte der Vogt und verabschiedete sich in sein Nachtlager.

Auch die anderen Männer machten sich auf den Heimweg. Die Beratungen drehten sich immer wieder im Kreis, nirgendwo war ein logischer Ansatz auf die etwaigen Hintermänner einer Verschwörung zu finden.

»Man sollte diesen Veit Höner im Auge behalten, immer wieder mischt er sich ein, der Kerl erscheint mir höchst verdächtig«, riet Claas Brewer seinem angehenden Schwiegervater, während sie nach Hause gingen.

»Der gehört aber nicht zur Steinhauerzunft, sondern zur Leyerbruderschaft«, antwortete Jan, »und das sind zweierlei Dinge. Die beiden Bruderschaften verfolgen zwar den gleichen Zweck, nämlich das soziale Wohlergehen ihrer Mitglieder, aber an ein einiges Handeln zwischen den beiden Zünften kann ich nicht so recht glauben.«

»Aber wenn sie doch das gleiche Ziel verfolgen?«

»Claas, du bist noch nicht lange genug hier in Nydermennich. Diese Leute, das musst du wissen, sind sich nicht grün, eifersüchtig wacht die eine Zunft darüber, dass ihr die andere Zunft nicht ins Handwerk geht.«

»Aber Not schweißt zusammen, ich wäre mir da nicht so sicher«, gab Claas zu bedenken.

»Wir werden sehen Claas, die Augen aufhalten schadet ja nichts.«

Kapitel 7

Der November ging zu Ende, es hatte noch nicht geschneit und das nasskalte Wetter schlug auf die Gemüter. Auch Mattes Breil war nicht bei bester Laune, als er am frühen Morgen die Ley »Auf Stürmerich« erreichte. Als Aufseher wollte er natürlich, wie immer, als einer der ersten an seinem Arbeitsplatz erscheinen.

Heute Morgen war Steffel Pauly bereits vor ihm auf der Ley und begann gerade damit die schweren Kaltblüter in die Hebebäume der Göpelwerke zu schirren.

Misslaunig begrüßte Breil den Pferdeführer und ging zu seiner kleinen Basalthütte, die ihm als »Aufsichtsgebäude« diente.

»Verdammt noch mal, wer war das?«, rief er verärgert.

Auf der Holztür seiner Hütte prangte ein großes »X«, so wie die anderen Symbole im Ort, mit Pech aufgepinselt.

»Steffel, komm mal hierüber und sieh dir die Sauerei an.«

Pauly kam zu ihm und besah sich staunend die Schmiererei: »Wer erdreistet sich denn so etwas?«

»Wenn ich den erwische, dann gnade ihm Gott«, fluchte Breil, stutzte und sah ungläubig an Pauly herab. Der Ärmel des Pferdeführers war mit frischem Pech beschmiert.

»Kannst du mir das erklären?«, fragte er drohend, während er auf den Fleck zeigte.

»Was soll ich dir erklären?«

»Stell dich nicht dümmer an als du bist Steffel, der Flecken auf deinem Wams ist ganz frisch, seit wann hast du denn mit Pech zu schaffen?«

Steffel Pauly sah bestürzt auf den Fleck an seinem Ärmel und suchte Ausflüchte: »Als ich die Pferde aus dem Stall geholt habe, da war es noch dunkel und …«

»Das kannst du irgendeinem alten Weib erzählen, die Pferde standen die Nacht über hinten auf der Koppel, ich lasse mich doch hier von dir nicht verschaukeln«, drohend ging Breil auf Steffel zu.

»Ich habe nichts verbrochen, was willst du von mir?«, wehrte sich Pauly vehement.

»Gleich kommen die Anderen, ich lasse dich festsetzen, du Brandstifter.«

Ein dumpfer Schlag auf den Hinterkopf beendete Breils Drohungen, ein dicker Basaltbrocken beförderte ihn unvermittelt ins Jenseits.

»Und jetzt?«, fragte Steffel ängstlich.

»Jetzt schnell in den Schacht mit ihm, bevor die anderen Leyer hier sind«, drängte Johan Frederich, der sich lautlos von hinten genähert hatte.

Ohne Zeit zu verlieren schafften die beiden den toten Aufseher zum Schachtrand und mit einem kräftigen Tritt von Frederich stürzte die Leiche abwärts, in das unterirdische Reich der Leyer.

»Mach dich hier weg Steff, pack die Gäule, bring sie zur Koppel zurück und dann lass dich nicht gleich mit den ersten Arbeitern hier sehen. Los nun beeil dich und mach ein wenig Dreck auf den Flecken«, drängte Frederich.

Eine Stunde später wurde es laut in der Brunnengasse, unsanft wurde die Tür zum Kontor von Jan Keip aufgestoßen, selbst das Anklopfen ersparte sich der aufgeregte Arbeiter, als er in den Raum polterte: »Meister Keip, kommt schnell, Mattes Breil ist in den Schacht gestürzt!«

Jan und Claas sahen sich ungläubig an und machten sich sofort auf den Weg zur Ley.

»Kaum zwei Tage sind vorbei und schon wieder gibt es Grund zum Ärger«, fluchte Jan Keip lautstark.

Als die beiden Männer auf der Stürmericher Ley eintrafen, fanden sie die Arbeiter in heller Aufregung. Gestikulierend und schwafelnd standen sie vor der Hütte des Aufsehers.

»Ist er hier drin?«, fragte Jan einen der Leute.

»Nein Herr, aber beseht Euch das hier«, zeigte Steffel Pauly scheinheilig und besorgt auf die Tür.

»Sicher ist er vor Angst in den Tod gesprungen«, meinten die Umstehenden.

Jan und Claas sahen sich wortlos an, dann wandte sich Claas an den Pferdeführer: »Wo ist Mattes?«

»Liegt unten im Schacht Herr, die Leyer haben ihn eben gefunden.«

»Bringt uns sofort darunter«, befahl Claas.

Die steile gemauerte Basalttreppe in die Unterwelt von Nydermennich wollte nicht enden und das spärliche Licht der Pechfackel wies nur notdürftig den Weg. Ein Fehltritt, dachte sich Claas, dann brichst du dir hier den Hals.

Dann endlich war das Ende der Treppe in Sicht und Claas Brewer bekam zum ersten Mal diese riesigen unterirdischen Abbauflächen zu Gesicht.

Kleine Stollen hatte er vermutet, so wie man es mit dem Begriff »Bergwerk« eben verbindet, aber was er hier zu sehen bekam versetzte ihn schier ins Staunen. Im Schein der vielen Pechfackeln tat sich eine hohe und breite Halle auf. In regelmäßigen Abständen hatte man Säulen aus Basaltgestein stehen gelassen und so wirkte das Ganze wie ein riesiges Kirchenschiff tief unter der Erdoberfläche.

»Meister Brewer, hier hinüber«, bat ihn der Führer.

»Jaja, ich komme«, entgegnete Claas, immer noch tief beeindruckt.

Der Führer lotste ihn und Jan Keip um einen der dicken Pfeiler herum. Dort wo er das Ende der Höhle vermutet hatte, tat sich sogleich die nächste Halle auf und die war nicht minder groß.

»Wie groß ist dieses Höhlensystem?«

»Weiß ich nicht genau Claas, aber du kannst unter der Erde bis nach Nydermennich laufen. An den Hundskullen kann man einsteigen und dann bis nach hier oben marschieren«, erklärte sein angehender Schwiegervater.

Einige Schritte weiter waren die Männer am Ziel, die umherstehenden Arbeiter ließen den Fundort von Mattes Breil erahnen.

»Geht zur Seite«, wies Claas die Männer an und verschaffte sich energisch ein Durchkommen.

»Leute! Macht euch wieder an die Arbeit«, rief Jan Keip durch die Halle. »Es ist niemandem geholfen, wenn ihr hier die ganze Zeit herumsteht.«

Widerwillig aber folgsam löste sich die Gruppe auf und wandte sich wieder dem Tagwerk zu. Jan, Claas und der Führer standen nun alleine bei der Leiche des Aufsehers.

»Warum mag er wohl gesprungen sein?«, ließ der Führer vernehmen.

»Hol mal mehr Licht herbei«, bat Claas den Mann, der sich gehorsam auf den Weg machte.

Jan schaute Claas fragend an: »Hier ist doch wohl Licht genug.«

»Ich wollte dir alleine etwas zeigen Jan. Sieh mal hier, Mattes Breil ist gesprungen worden.«

»Wieso?«

»Hier unten war noch jemand bei ihm, das ›X‹ ist ihm hier auf den Rücken gemalt worden, sonst wäre es so verdreht wie die Leiche auch.«

Zu dieser Feststellung gehörte nicht allzu viel an Scharfsinn, aber der Tod des Aufsehers erschien nun in einem anderen Licht. Die Umtriebe der Despoten gingen also unvermindert weiter, im Gegenteil, was mit Brandlegung begonnen hatte, wurde jetzt mit Mord fortgesetzt.

Einige Männer brachten, an schweren Knüppeln getragen, einen brennenden eisernen Kessel herbei. Gefüllt mit Holz und Pech leuchtete der Behälter den ganzen Hallenbereich aus.

»Danke Männer, geht mal einen Schritt zur Seite«, wandte sich Jan an seine Arbeiter.

Er stutzte einen Moment lang, dann schickte er seine Leute zurück an die Arbeit. Jan Keip ließ sich nichts anmerken, unübersehbar führten Fußspuren aus frischem Pech von der Leiche weg.

»Sieh dir das an«, flüsterte er zu Claas.

Mit zwei Pechfackeln bewaffnet folgten sie der Trittspur, aber bereits nach zwanzig Ruten wurden die Abdrücke auf dem Basaltgeröll zu schwach um ihnen zu folgen.

»Wo geht es da hin?«, wollte Claas wissen.

»Zu den Blohms, auf die Weishert Ley.«

»Dann wissen wir soviel wie vorher«, antwortete Claas enttäuscht.

71

»Nein Claas, ein wenig mehr wissen wir schon, nur wenige kennen sich hier unten sehr gut aus. Die meisten Leyer kommen morgens nach hier unten und arbeiten hart und schwer, wenn der Tag sich dem Ende zuneigt, sind diese Leute froh wenn sie wieder das Tageslicht sehen und endlich den Heimweg antreten können. Nur einige kundige Männer laufen zielsicher durch dieses recht verwinkelte Höhlensystem, das würde ich mir auf meine alten Tage nicht einmal selbst zutrauen.«

»Wir haben genug gesehen Jan, lass uns nach oben gehen.«

»Komm hier herüber Claas, da ist noch einer von unseren Schächten.«

Claas und Jan keuchten nicht schlecht, bis sie endlich die lange Treppe hinter sich lassen konnten und wieder an der Oberfläche angelangt waren.

Jan fluchte: »Verdammt noch mal meine Knochen, früher hätte ich diese Treppe spielend erklommen.«

»Übertreibe nicht so maßlos«, keuchte Claas mit einem gequälten Lächeln.

Vor der Basalthütte des toten Aufsehers standen mittlerweile ein dutzend Bewaffnete. Wimpel und Harnische der Soldaten zeigten das kurfürstliche Wappen, Godfried von Ulmen war aus Schloss Philippsburg zurück. Als Jan und Claas sich der Hütte näherten trat der Vogt durch die Tür und hielt ein Stück Papier in der Hand.

»Gut das Ihr kommt Keip, beseht Euch das hier einmal!«

Jan nahm das Schriftstück in Augenschein, was er da zu lesen bekam, war wohl die größte Dreistigkeit die ihm bis zum heutigen Tage untergekommen war.

»Wer wagt es, wer besitzt die Stirn eine solche Unverschämtheit zu verfassen?«, regte er sich auf und übergab das Papier wortlos an Claas.

Brewer staunte nicht schlecht, drei Forderungen waren da zu lesen, jede davon, vorne mit einem »X« markiert:

X   Gerechte Entlohnung für harte Arbeit.

X   Eines Menschen würdige Arbeitsbedingungen.

X   Fürsorge bei Unfällen und bei Not.

»Edler Herr, das sollten wir nicht hier vor den Leuten besprechen«, wandte sich Claas an Jan Keip und den Vogt.

Der Vogt beendete das Gespräch, Meister Brewer hatte Recht, hier wohnten zu viele Ohren der Unterredung bei.

»Meister Keip, wo können wir uns in Ruhe unterhalten?«

»Wir sollten uns in meinem Hause zum Mittagsmahl treffen«, schlug Jan vor.

»Wann?«

»Ich erwarte Euch zur zwölften Stunde, auch den Prior von Laach werde ich rufen lassen.«

Der Vogt machte sich mit seinen Berittenen auf den Weg ins Dorf hinunter. Gemäß den Befehlen des kurfürstlichen Hofes wurden die Schutzpforten und auch die kleinen Durchlasspförtchen des Dorfes mit Wachen besetzt. Auch auf dem weitläufigen Grubenfeld waren ab sofort überall bewaffnete Patrouillen unterwegs.

Im Schloss Philippsburg hatte Godfried von Ulmen klare Anweisungen erhalten, die Ereignisse in Nydermennich und die Umstände um den Tod des kurfürstlichen Bewaffneten hatten spürbare Konsequenzen zur Folge.

Argwöhnische Blicke aus der Bevölkerung folgten dem Aufgebot der Reiter, als sie durch die Andernacher Pforte zum Trierischen Hof hinüberritten. Längst hatte sich herumgesprochen, dass man Mattes Breil tot im Schacht vorgefunden hatte.

»Ich glaube, die Pachtherren schlagen sich aus lauter Raffgier gegenseitig die Köpfe ein«, lästerte der Bauer Simon Brohl, während die Bewaffneten an seinem Hof vorbei ritten.

»Die dauernde Unruhe im Dorf hilft aber doch niemandem, wem soll das wohl nützen?«, fragte Baltes, sein Knecht.

»Die großen Grubenpächter haben nicht eher Ruhe, bis sie sich den letzten der kleinen selbstständigen Pächter einverleibt haben, da kannst du dir ausrechnen, wem das nützt. Seit dieser Brewer aus Coellen hier im Dorf ist gibt es Unfrieden und ein Schrecken jagt den anderen«, entgegnete ihm der Bauer.

»Du glaubst wirklich, dass dieser Baumeister hinter alledem steckt, was sollte er für einen Nutzen haben?«

»Das ist doch nicht schwer, er ist bald Keips Schwiegersohn und Jan setzte schon immer alles daran, den Mühlsteinhandel in Nydermennich alleine zu beherrschen.«

»Aber dann bringt er doch nicht seinen eigenen Aufseher um, Simon!«

»Ablenkung Baltes, reine Ablenkung und nun mach dich in die Ställe und kümmere dich um die Ferkelzucht, ich entlohne dich nicht fürs Palavern.«

Simon Brohl hatte es eilig, er hatte schon den Viehwagen angespannt und wollte zwei Schweine zum Florinshof nach Owermennich bringen. Kaum war der Bauer vom Hof gefahren, marschierte Baltes gutgelaunt und zielstrebig auf das Wohnhaus zu.

»Morgen Maria, ich soll mich um die Ferkelzucht kümmern«, grinste er die Bäuerin an.

»Du gieriger Bock, kannst du wieder nicht abwarten? Stell dir vor, Simon kommt noch mal zurück!«

Ohne zu antworten fasste Baltes die Bäuerin von hinten, fackelte nicht lange und raffte ihre Röcke nach oben, dann bedrängte er sie mit seiner prallen Männlichkeit.

Während er in sie eindrang stöhnte die Bäuerin lustvoll auf: »Der Bauer würde sich höchst glücklich schätzen, wenn er über solche Manneskraft verfügen würde.«

»Jedem das was er am Besten kann, ich bin nun mal der Ferkelzüchter hier auf dem Hof«, sagte Baltes und besah sich schelmisch den kleinen Paul, der hinten am Kamin in seiner Krippe lag.

Kaum hatte er sich seiner überschüssigen Kraft entledigt, da klopfte es draußen an der schweren Haustüre. Die Bäuerin drehte sich schnell aus der Umklammerung des Knechtes, ließ ihre Röcke fallen und ging eilig zur Haustür.

»Guten Morgen Katrein, du bist aber früh heute«, begrüßte sie, immer noch leicht außer Atem, ihre Nachbarin.

»Ja Maria, ich habe viel zu tun, heute Mittag haben wir einige Leute mehr am Tisch, ich muss mich sputen.«

Ein wenig verlegen ging Maria mit Katrein Keip über den Hof, hinüber zur Milchkammer und füllte ihr die beiden tönernen Krüge.

»Wer kommt denn mitten in der Woche bei euch zu Besuch, Katrein?«

»Der Vogt hat sich angemeldet und der ehrwürdige Prior aus Laach wird auch zu Gast sein.«

»Oh, gibt es etwas Besonderes?«

»Weiß ich nicht, es geht wohl um den Tod von Mattes Breil«, antwortete Katrein.

»Es ist schon ein Gräuel was sich in letzter Zeit alles in Nydermennich zuträgt, manchmal meine ich das Dorf ist verhext und der Teufel hat seine Hände im Spiel«, sorgte sich die Bäuerin.

Achselzuckend und ohne einen Kommentar, packte Katrein ihre vollen Krüge und machte sich auf den Heimweg.

Sie war leicht verärgert, immer wieder dieses bösartige Teufelsgeschwätz! Schon ihr Urgroßvater, der Bernhard Keip, hatte zu seinen Lebzeiten unter solchen Verdächtigungen zu leiden und bezahlte damals mit dem Leben.

Kapitel 8

Dreh- und Angelpunkt für alle Neuigkeiten im Ort, war die kleine Baderstube von Hein Berreshem, neben der Fraukircher Pforte. Jeden Tag gaben sich hier etliche Bewohner des Ortes die Klinke in die Hand. Berreshem vernahm dankbar jedes Gerücht, denn ein guter Bader sollte schließlich überall mitreden können.

»Geschieht ihm doch ganz Recht, dem Mattes, der hat doch immer nur im Sinne der Obrigkeit die Leyer geknutet«, bemerkte der alte Hubertus zum Bader, während der ihm, in der gewohnten grobschlächtigen Art, das schüttere Haar zurechtstutzte.

»Das will ich so nicht sagen«, meinte der Bader, »Mattes hat immer aufrichtig zwischen Meister Keip und den Leuten gestanden. Schon oft hat er es verstanden als Mittler aufzutreten und hat dabei meist mehr erreicht, als die Herren der Leyerbruderschaft.«

»Er hat aber auch schon so manchen nach Hause geschickt und um Lohn und Brot gebracht.«

»Dann wird er wohl seine guten Gründe gehabt haben, es war schließlich seine Bestimmungspflicht im Sinne seines Herrn zu handeln«, verteidigte der Bader den toten Aufseher.

»Ich könnte dir mindestens ein halbes Dutzend Leyer nennen, die in den letzten fünf Jahren ihren Broterwerb eingebüßt haben, nur weil sie gegen die Raffgier von Jan Keip lautstark angegangen sind«, schimpfte Hubertus.

»Es gibt Dinge, die man nicht ändern kann, die muss man eben so nehmen wie sie sind«, beschwichtigte der Bader.

Der alte Hufschmied grinste verschmitzt zurück: »Es gibt immer etwas zu ändern, hin und wieder gibt es Leute die eben nicht alles erdulden und sich wehren.«

»Wen meinst du Hubertus?«

»Aber Hein, du kennst doch diese Leute die sich wehren, du bist doch der Bader. Aber nimm es mir nicht für Übel wenn ich mich auf meine alten Tage aus solchen Sachen heraus halte.«

Berreshem hob die Augenbrauen: »Hubertus, wir kennen uns nun schon so lange, du glaubst doch nicht im Ernst, ich würde irgendeinem erzählen was du mir anvertraust?«

»Nein Hein, das ist es nicht, aber stell dir vor ich würde in solche Machenschaften hineingezogen, versteh mich auch mal, ich werde bald vierundfünfzig, lasst mir meine Ruhe.«

»Wenn du mir nicht traust, dann behalt es eben für dich«, antwortete der Bader beleidigt und zog ein missmutiges Gesicht.

»Stell dich nicht so an, was ich weiß, weißt du doch sowieso schon. Der Frederich und auch der Pauly Steff haben es faustdick hinter den Ohren. Als wenn gerade du das nicht wüsstest, jeder redet schon hinter der Hand darüber, mach du mir also nicht den Ahnungslosen.«

»Ach so, die beiden, stimmt, weiß ich, da munkelt das ganze Dorf drüber«, beruhigte Berreshem seinen Kunden und war sichtlich erfreut etwas Neues erfahren zu haben.

Scheinbar gelangweilt schnippelte er wieder an der zottigen Haarpracht von Hubertus, dann bohrte er weiter: »Wer hängt denn da sonst noch drin?«

Bevor Hubertus antworten konnte öffnete sich die Tür, der Bauer vom Kinkelshof betrat den Raum und hielt seine Backe fest. Der Bader reagierte schnell und wechselte das Thema: »Du hast Recht Hubertus, hier in Nydermennich ist es genauso trostlos wie in der hohen Eifel.«

»Was redet ihr denn für einen Mist? Hier in Nydermennich ist sogar der Teufel los, wisst ihr beide denn nicht, was sich heute oben auf Stürmerich zugetragen hat?«

»Was ist denn passiert?«, fragte der Bader scheinbar verwundert.

Clemens Hirt, der Kinkelspächter verkündete voller Stolz, wenn auch mit Zahnschmerzen, was er über den Tod von Mattes Breil zu erzählen hatte. Hubertus und Berreshem waren ganz Ohr, obwohl Hirt ihnen ja eigentlich nichts Neues zu berichten hatte.

Der alte Hubertus verabschiedete sich mit frisch getrimmtem Haupthaar und machte sich auf den Heimweg, während der Kinkelsbauer mit bangender Miene auf dem Stuhl des Baders Platz nahm.

»Lass sehen«, forderte ihn der Berreshem mitleidig aber entschlossen auf.

Zögernd öffnete Hirt seinen Mund, sein marodes Gebiss erinnerte an eine Ruinenlandschaft, aber wer hatte schon im fortgeschrittenen Alter von achtunddreißig Jahren noch ordentliche Zähne?

»Tut mir Leid Clemens, der muss auch raus«, bedauerte der Bader seinen Patienten und griff nach seiner schmuddeligen Zange.

Die Angelusglocke läutete zur elften Stunde, als Jan Keip die Baderstube betrat. Clemens Hirt hatte soeben die schmerzliche Tortur überstanden und stank nun auffallend nach billigem Fusel. Von starken Schmerzen geplagt, verdrehte er immer noch seine Augen, obwohl ihn Hein gerade von dem faulen Zahn befreit hatte.

»Hier nimm noch einen guten Schluck, das nimmt dir die Pein«, riet der Bader.

»Oh, du armer Hund, hat Berreshem dich traktiert?«, begrüßte Jan Keip den Bauer mitleidig.

»Jaja, aber es geht schon wieder«, antwortete er gepresst, während er sich langsam von seinem soeben erlittenen Martyrium erholte.

»Was gibt es Neues?«, begrüßte Berreshem seinen nächsten Kunden.

»Was soll es geben? Die Sache mit Mattes Breil hat sich ja bestimmt schon herumgesprochen«, entgegnete Keip.

»Wisst ihr schon wer der Meuchelmörder ist?«

»Wer sagt dir denn dass es Mord war, Clemens? Bis jetzt sieht alles so aus, als sei er in den Tod gesprungen, wie kommst du also auf Mord?«, wollte Jan Keip von dem Bauern wissen.

»Meine Alte hat es aber so von Johan Frederich seinem Weib gehört und deshalb dachte ich …«

»Denk nicht soviel und hör nicht immer auf den Dorftratsch, wir werden bald wissen, was sich zugetragen hat«, unterbrach Keip. »Und nun mach voran Hein, ich muss zurück in mein Kontor.«

Nachdem Clemens Hirt den Bader bezahlt hatte, machte er sich unter Schmerzen auf den Heimweg, während er sich ein wenig über die herablassende Art des fülligen Grubenpächters ärgerte.

»Und, was weißt du denn Neues?«, fragte Keip den Bader, der gerade damit begonnen hatte, den Bart des Grubenpächters in Form zu bringen.

»Wahrscheinlich weniger als du, aber wer könnte hinter dem ganzen Spuk der letzten Zeit stecken? Wer ist so mit Hass geblendet, dass er das ganze Dorf in Atem hält?«

»Gute Frage, wir haben im Moment nicht den geringsten Anhaltspunkt«, erwiderte Keip. »Hast du vielleicht irgendwas gehört?«

»Hören tue ich hier vieles, aber du kennst das ja, meistens sind es doch nur haltlose Gerüchte und Ammenmärchen«, manövrierte sich Berreshem um den Kern des Gesprächsthemas herum.

»Ich bin für jeden Hinweis dankbar, auch für Ammenmärchen und Gerüchte. Erzähl's mir, was gibt es zu berichten? Du weißt doch, es bleibt unter uns.«

»Johan Frederich und Steffel Pauly sind wohl in aller Munde, hat man mir so zugetragen, aber von mir hast du das nicht erfahren.«

»Natürlich nicht, du kannst dich auf mich verlassen, ich untergrabe ja wohl nicht den Ruf meines besten Freundes. Keine Angst Hein, dein Name fällt nirgendwo.«

Entspannt ließ Keip die Rasur über sich ergehen, als schon der nächste Kunde die Baderstube betrat. Damit waren die vertraulichen Gespräche der beiden Männer ohnehin zu Ende.

»So Hein, dann will ich mich auf den Heimweg machen, bis zum nächsten Mal.«

Keip verabschiedete sich und bedachte den Bader zusätzlich zu seinem Lohn mit einem recht ansehnlichen Obolus.

Pünktlich zur Mittagszeit saßen der Laacher Prior, Vogt Godfried, Claas Brewer und Jan Keip an der großen Tafel zusammen.

Katrein und die Magd hatten sich alle Mühe gegeben, den Herren einen reich gedeckten Tisch anzubieten, es gab Kochbohnen mit einem guten Stück Speck, Fisch mit Graubrot und dazu Katreins selbst gemachtes Pflaumenmus. Dazu ließ der Hausherr einen Krug Moselwein auftischen.

»Ich will es kurz machen, ihr Herren«, eröffnete der Vogt das Tischgespräch.

»Ich habe klare Anweisung vom kurfürstlichen Hof, ab sofort jedes weitere gewalttätige Vorgehen zu unterbinden. Sollten sich solche Vorfälle, wie etwa die Vertreibung des Amtmanns aus Meien wiederholen, dann wird hier Blut fließen.

Außerdem habe ich den Auftrag diese gottlosen Hunde dingfest zu machen, welche allmählich Ihrer Eminenz Erlöse aus den Steinbrüchen gefährden. Sollte noch einer meiner Männer zu Schaden kommen, bin ich beauftragt mit aller Härte durchzugreifen. Es ist wohl in eurem eigenen Interesse, wenn wir diesem Spuk ein schnelles Ende bereiten.

Und da wäre noch ein letzter Punkt und der dürfte vor allen Dingen für Euch wichtig sein Meister Keip: Ihre Durchlaucht steht dem Entlohnungsgebaren der hiesigen Grubenpächter sehr verwundert und befremdlich gegenüber.«

»Wieso richtet Ihr diesen Vorwurf an mich, mein Herr? Ich zahle den gleichen Lohn wie die anderen Grubenpächter, keiner meiner Arbeiter erleidet einen Nachteil«, verteidigte sich Keip.

»Ich sprach von allen Grubenpächtern, nicht nur von Euch alleine. Alle, von hier bis hoch auf die Meiener Gruben. In Coblentz ist man der Ansicht, dass ihr Grubenpächter mit eueren geringen Löhnen, in erheblichem Maße den Landfrieden gefährdet. Macht Euch Gedanken Meister Keip, sonst wird man am kurfürstlichen Hof für Euch nachdenken.«

»Dann sollten wir uns tunlichst daran setzen, die Übeltäter dingfest zu machen, edler Herr«, mischte sich Claas Brewer in das Gespräch ein. »Mattes Breil wurde zweifellos ermordet, das ›X‹ wurde auf sein Wams gepinselt nachdem er in den Schacht gestürzt war. Eine Spur aus frischem Pech führte von der Leiche weg, in Richtung der Weisherter Ley zu den Blohms.«

»Ich muss doch sehr bitten, ihr wollt doch nicht die Brüder Blohm in Verdacht stellen?«, protestierte Josef Dens, der Prior von Laach und nahm seine Pächter in Schutz.

»Um Gottes Willen hochwürdiger Prior«, beruhigte Jan Keip, »es geht doch lediglich darum, die Ereignisse näher zu betrachten und zu bewerten, die Blohms sind über jeden Zweifel erhaben, sie würden sich doch ins eigene Fleisch schneiden, aber der Übeltäter ist nun einmal in diese Richtung verschwunden.«

»Den interessantesten Punkt an den heutigen Ereignissen sehe ich in der Botschaft, welche wir in der Hütte des Aufsehers gefunden haben«, meinte der Vogt, »mindestens einer der Aufrührer versteht sich auf das Schreiben und er schreibt sehr schön.«

Von Ulmen zog die besagte Botschaft aus seiner Ledertasche und breitete sie vor den anderen aus. Tatsächlich, das war nicht irgendein Geschmiere, diese Botschaft war in feinen und sauberen Buchstaben zu Papier gebracht worden.

»Das ist Hadernpapier und zwar von hoher Güte.« Josef Dens war erstaunt. »Und das ist keine gewöhnliche Tinte, sondern Bister, seht euch die schöne tiefbraune Farbe an.«

»Was heißt das, Hochwürdiger Herr?«

»Bistertinte wird eigentlich zum Zeichnen verwendet, nicht zum Schreiben. In unseren Schreibzimmern werden damit die Abbildungen in Büchern laviert. Aber jemand aus dem Kloster? Das halte ich dann doch für an den Haaren herbeigezogen.«

»Ich halte nichts für unmöglich hochwürdiger Herr, vielleicht ist es nur ein Handlangerdienst, wer weiß es genau?«, meinte Claas.

»Nun, wir schlagen jetzt einmal einen Kreis um diejenigen, die in Verdacht kommen«, schlug Jan Keip vor. »Mir wurden heute gleich zwei Namen zugetragen, die in Frage kommen. Da wäre Johan Frederich, früher bei Geylens, jetzt bei den Blohms beschäftigt und als lautstarker Stänkerer bekannt.«

»Ja, den kenne ich doch, das ist doch dieses grobschlächtige Großmaul aus dem Gezänke im Hummeshof«, gab Brewer zum Einwand.

»Genau den meine ich.«

»Und wer soll der zweite im Bunde sein?«, fragte der Vogt.

»Steffel Pauly wurde mir benannt, Pferdeführer auf meiner Ley, den kann ich mir zwar nicht als Aufrührer vorstellen, aber die Quelle ist sicher.«

»Wie hieß dieser Querulant, den ich nach der Hinrichtung festnehmen wollte?«

»Veit Höner edler Herr, auch bei den Blohms beschäftigt«, erwiderte Keip.

»Man sollte diese Leute eingehend beobachten, aber wie kann man das wohl bewerkstelligen, ohne einen Verdacht zu erregen?«, gab der Prior zum Einwand.

Claas hatte eine brauchbare Idee: »Wir benötigen einige Gefolgsleute, die für uns diese Leute bespitzeln. Wir schleusen die Männer unter die Arbeiter und dann werden wir sehen, oder besser gesagt hören.«

»Aber Claas, willst du die Leute aus deiner Kappe zaubern, oder wie stellst du dir das vor?«, warf Jan Keip dazwischen.

»Eigentlich ganz einfach, der Vogt muss uns helfen, unter den Bewaffneten auf Burg Ehrenbreitstein werden sich doch drei handwerklich kundige Burschen finden, die sich als Schmied oder Steinhauer auf den Gruben unterbringen lassen.«

»Eine sehr gute Idee, Meister Claas«, meldete sich der Vogt, »wenn wir aber den Kreis der Eingeweihten nicht über diesen Tisch hinaus erweitern wollen, wie bringt ihr diese Blohms dazu noch ein oder zwei Leute einzustellen?«

»Das lasst mal meine Sorge sein, das Kloster Laach ist der Grundherr der Blohms, wenn ich als Prior eine entsprechende Bitte an die Brüder Blohm herantrage, können die wohl schlecht ›Nein‹ sagen.«

»So soll es geschehen«, stellte der Vogt zufrieden fest, »noch heute schicke ich einen Kurier nach Schloss Philippsburg und lasse dort nach geeigneten Männern suchen. Bereits übermorgen könnten sie bei Euch im Kloster vorstellig werden, hochwürdiger Herr.«

»Da wäre noch etwas hochwürdiger Prior«, tastete sich Claas vorsichtig nach vorne. »Natürlich können wir nicht von Euch verlangen, das Ihr Euren Mitbrüdern nachstellt, aber es ist doch bestimmt nicht zuviel verlangt, wenn Ihr vorsorglich die Augen offen haltet.«

»Das hätte ich sowieso getan, Meister Claas«, antwortete Dens gelassen, »aber versteift Euch nicht zu sehr auf meine Mitbrüder, fast jeder Pastor in der Gegend verfügt über dieses hochwertige Papier und ist zudem auch des Schreibens kundig.«

Zufrieden beschloss Vogt von Ulmen das Gespräch: »Ich hoffe wir bewegen uns endlich zum Ziel, ich bitte Sie alle noch einmal eindringlich, alles was wir besprochen haben bleibt in dieser Runde.«

Kapitel 9

Müde und abgespannt erreichte Theo Cüntzer die Klosterpforte in Laach und zog an dem schweren Eisengriff der Türglocke.

»Gelobt sei Jesus Christus mein Sohn, was ist dein Begehr?«, vermeldete der alte Mönch an der Pforte des Klosters.

»Ich komme von der Mosel, aus eurem Lehensort Alcken, ich soll mich bei dem hochwürdigen Herrn Prior einfinden.«

»Gedulde dich mein Sohn, ich lasse ihn suchen«, antwortete der Mönch und schloss die Sichtklappe.

Kurze Zeit später kam der Prior und nahm den Ankömmling in Empfang. Nach einer kurzen und knappen Begrüßung führte der Prior seinen Besucher in das Gästehaus und ließ keine Zeit verstreichen, Cüntzer in seine Aufgabe einzuweisen.

»Denk daran, Weib und Kind sind dir an der Ruhr gestorben, dein Leben in Alcken bedeutet dir nichts mehr, die Obrigkeit an der Mosel hat dir keinen Beistand leisten wollen.«

»Verehrter Prior, ich kenne meine Geschichte schon, ich weiß sehr gut was ich zu sagen habe. Aber wieso duzt Ihr mich wie einen Bauern? Ihr seid doch sicher über meine Person informiert, ich bin Ritter Gerulf von Manderscheid, Hauptmann in den Diensten des Fürsterzbischofs von Trier. Ich bin nicht irgendein Jemand. Theo Cüntzer? Das ist mein Name lediglich während dieser Mission, hochwürdiger Herr.«

»Dann entschuldigt meine gewöhnliche Anrede, aber Euer Auftreten ist sehr überzeugend, ich hielt Euch doch tatsächlich für einen richtigen Steinmetz, ihr spielt Eure Rolle famos, mein Herr.«

»Nun verehrter Prior, das ist Sinn und Zweck unseres Tuens in dieser verlassenen Gegend. Ich leite übrigens die nötigen Erkundungen auf den Gruben von Nydermennich. Ich bin von ihrer Eminenz im Rang und in meinen Befugnissen, dem Vogt von Ulmen gleichgestellt. In drei Tagen wird ein gewisser Caspar Henseler hier im Kloster vorstellig werden, den solltet Ihr als Steinhauer auf der Grube von Jodokus Geylen unterbringen, so möchte es der Vogt.«

»Was ist mit dem Horchposten auf der Ley von Jan Keip?«, fragte Josef Dens neugierig.

»Der dürfte zur Stunde schon in Nydermennich verweilen und sein Quartier beziehen.«

»Gott gebe uns ein gutes Gelingen, mit diesen Aufrührern im Dorf ist nicht zu spaßen«, betete der Prior laut vor sich hin.

Bereits nach der Mittagsstunde wurde der Prior mit Theo Cüntzer auf der Blohm'schen Ley vorstellig, wo sie schon von Matheis, dem ältesten der beiden Brüder erwartet wurden.

»Hast du denn schon einmal im Basalt gearbeitet?«

»Nein, ich habe in den Schiefergruben von Altlay an der Mosel mein Brot verdient«, entgegnete Cüntzer.

»Schiefer?«, lächelte Matheis ein wenig abfällig. »Hier erwartet dich harter Basalt, aber Hauptsache du kannst ordentlich anpacken, wo wirst du wohnen?«

»Auf der Klostermühle in der Bachgasse, da habe ich ihn untergebracht«, klärte ihn der Prior auf und verabschiedete sich auch sogleich wieder: »Ich muss weiter Meister Blohm, die Pflicht ruft, ich muss zurück nach Laach.«

»Dann würde ich sagen Cüntzer, du fängst morgen an«, beschloss Matheis und rief seinen Bruder herbei. »Mychel, hier hast du einen neuen Mann für unter Tage. Zeig ihm, was er zu tun hat.«

Theo folgte Mychel, der wortlos auf einen der Treppeneingänge zuging, die hinab in die unterirdischen Hallen führten. Nachdem sie dann endlich unten angelangt waren, staunte Theo Cüntzer genauso wie Claas Brewer vor drei Tagen.

Noch nie im Leben hatte er so etwas zu Gesicht bekommen, von oben trafen ihn vereinzelte Wassertropfen, es war ziemlich feucht in den riesigen Kellern. Zusammen mit dem Echo der vielen Hammerschläge die durch das Gewölbe hallten, sowie dem Lichtschein, den die großen Pechfackeln verbreiteten, erschien ihm sein neuer Arbeitsplatz in einer unwirklichen und eher gespenstisch anmutenden Atmosphäre.

Wäre es hier unten nicht so kühl, sondern heiß, dann hätte man diesen Ort mit dem Vorhof zur Hölle verwechseln können.

Kein Wunder das diese Menschen, die hier unten ihren Lebensunterhalt verdienen mussten, mit dem Lauf der Jahre missmutig wurden, dachte er sich und sah sich dabei sprachlos um.

»Du bist kräftig genug um den Leyern zur Hand zu gehen, du meldest dich morgen früh hier bei Johan, der wird dich in deine Arbeit einweisen.«

Nachdem Mychel Blohm ihn bei Johan Frederich vorgestellt hatte, verließen die Männer das Gewölbe und stiegen wieder hinauf zum Tageslicht. Theo Cüntzer war höchst zufrieden, man hatte ihm sofort dem richtigen Mann zugewiesen, besser konnte es nicht von der Hand gehen.

Jäckel Oelrich, von Beruf Hufschmied, der Informant für die Ley der Keips hatte es noch besser getroffen. Er wurde von Jan Keip als Grubenschmied eingesetzt und hatte dafür zu sorgen, dass die Werkzeuge der Leyer und Steinhauer stets gut geschärft waren. Für seinen geheimen Auftrag war dies ein idealer Arbeitsplatz, er kam zwangsläufig mit vielen Arbeitern zusammen und konnte so, ohne viel Verdacht zu erregen, den Grubenarbeitern aufs Maul schauen.

»Du wohnst in den Unterkünften hier hinter meinem Haus, das ist für Neue von außerhalb nichts ungewöhnliches und so haben wir regelmäßig Kontakt«, informierte Jan Keip den Spitzel. »Berichte mir nur dann, wenn ich dich persönlich dazu auffordere, hier haben die Wände Ohren, ansonsten zu niemandem ein Wort!«

»Meister Keip vertraut mir, das ist nicht mein erster Auftrag. Ich meine doch, ich habe genug Übung für diese Aufgabe.«

»Wie sieht es mit deinen Fertigkeiten als Schmied aus, wenn wir schon von Übung reden?«

»Vorgestern habe ich noch das Pferd des Erzbischofs beschlagen und ich lebe noch.«

»Gut, dann wird dir die Pflege der Werkzeuge einfach von der Hand gehen.«

»Gibt es irgendeine bestimmte Person, der ich besondere Aufmerksamkeit widmen muss?«, erkundigte sich Jäckel.

»Oelrich, kümmere dich einfach um jeden. Damit ist uns bestimmt am meisten geholfen«, erwiderte Jan dem Spitzel.

Ganz bewusst erwähnte er den Pferdeführer Steffel Pauly mit keinem Wort, wenn der wirklich Dreck am Stecken hatte, dann würde Jäckel das schon herausfinden.

Es war schon dunkel geworden, als Jan und Claas nach dem Nachtessen im Kontor zusammen saßen.

»Ich bin gespannt wie lange die Spitzel brauchen, um uns brauchbare Ergebnisse zu liefern«, sinnierte Jan vor sich hin.

»Wenn die Aufrührer ihren Spuk so fleißig weitertreiben wie bisher, werden wir bereits in kurzer Zeit mit Erfolgen zu rechnen haben«, entgegnete Claas.

»Ich hoffe, du behältst Recht«, antwortete Jan. »In drei Wochen feiern wir Hochzeit und ich wäre froh, wenn bis dahin wieder Ruhe und Frieden im Dorf eingekehrt ist.«

»In drei Wochen Ruhe und Frieden? Stell dir das mal nicht so einfach vor, der anonyme Schreiber war kein Dummkopf, das konnte man schon an seiner feinen Federführung erkennen«, bemerkte Claas. »Ungeduld wäre jetzt fehl am Platz, es kommt nicht auf zwei Wochen mehr oder weniger an.«

»Wir werden sehen, unser Spitzel macht jedenfalls einen recht gescheiten Eindruck und außerdem kannst du ihn aufgrund seiner gelungenen äußeren Erscheinung nicht einmal von den anderen Leyern unterscheiden.«

»Wo lässt du ihn arbeiten?«

»Er ist Hufschmied, das ist sehr gut, ich habe ihn in der Werkzeugschmiede eingesetzt, da kommt er dauernd mit verschiedenen Leuten zusammen.«

»Gut Jan, ich reise morgen früh zurück nach Coellen und übergebe meine Projekte an Balthasar Menzel, ich möchte in einer Woche wieder hier sein.«

»Dann lass uns schlafen gehen, die Nacht ist schnell vorbei«, mahnte Jan Keip.

Während sie über den Hof zum Wohnhaus hinübergingen, hielt Jan plötzlich inne und lauschte in die Nacht.

»Du widerliches Schwein, ich bringe dich um!« Deutlich hörte man, wie da jemand beschimpft und bedrängt wurde.

»Ruhig!«, flüsterte Claas. »Hörst du das?«

Es hörte sich so an, als wenn nebenan in der Remise des Bauern Brohl, eine Rauferei zugange war. Das Gerangel war nicht besonders laut, aber die Faustschläge und das Gestöhne waren deutlich zu hören. Jan und Claas waren mittlerweile an der hölzernen Wand zu dem benachbarten Gehöft angekommen, die mäßig gearbeiteten Bretter boten zwar genügend Spalten und Astlöcher um hinüber zusehen, aber es war zu dunkel um mehr als die schemenhaften Gestalten von zwei Männern zu erkennen.

Plötzlich glaubten beide ein deutliches Röcheln zu vernehmen und eine der beiden Gestalten sackte wohl zusammen. Die andere Gestalt hantierte noch herum, beugte sich über jenen der zu Boden gegangen war und entfernte sich danach recht zügig.

»Halt, stehen bleiben!«, rief Jan durch die Bretterwand.

»Schnell, wir müssen nachsehen!«, drängte Claas.

Jan und Claas liefen hinaus auf die Brunnengasse und dann hinüber zu dem benachbarten Brohlhof, das schwere Holztor war zugesperrt, da war kein Reinkommen.

»Wir müssen durch den Hof von Bauer Breuch, schnell«, rief Jan und lief noch ein Haus weiter.

Auch hier war zwar das große Tor verschlossen, aber das kleine Pförtchen daneben ließ sich öffnen.

»Schnell, komm!«, rief Jan zu Claas.

Der Grubenpächter legte trotz seiner Körperfülle ein gehöriges Tempo vor, Claas hatte Mühe ihm zu folgen. Schnell durchquerten die Männer den Hof und standen an jener Gartenmauer, die Breuchs Anwesen vom Brohlhof trennte.

»Wer ist da?«, bellte Bauer Breuch durch seinen Hof.

»Ich bin's, Jan Keip! Mach schnell Jost, beim Brohl ist irgendwas passiert!«, rief Jan dem Bauern zu, der jetzt in seiner wollenen Nachtcotte auf dem Hof stand.

Das fahle Licht des Nachthimmels machte es nicht einfach durch das dichte Gestrüpp zu steigen, welches die locker aufgesetzte Trockenmauer durchwachsen hatte.

Jan Keip musste passen, mit seiner beleibten Statur kam er da nicht drüber, aber Claas war bereits auf der wackeligen Mauerkrone angekommen und sprang in das Anwesen der Brohls.

»Mach keinen Fehler Claas, lauf nicht alleine in die Remise, öffne uns das Tor, wir kommen!«

Breuch und Keip verloren keine Zeit und liefen zurück auf die Gasse und dann zum Brohlhof. Claas warf unterdessen den schweren Holzbügel zurück und öffnete einen der großen Torflügel. Gemeinsam hasteten die Männer hinüber zur Remise, wo eben noch diese beiden Gestalten gerangelt hatten.

Es war ein gespenstischer Anblick, der sich da im Schein von Breuchs Pechfackel darbot. Simon Brohl lag röchelnd vor ihnen, mit einer dreizackigen Mistforke im Bauch.

»Claas, du bist der jüngste von uns, lauf hinüber zum Trierischen Hof und alarmiere die Wachen des Vogts.«

»Gut, ich eile mich«, antwortete Claas und machte sich schnell auf den Weg in die Wollgasse.

»Nimmt das denn gar kein Ende mehr, mit diesem Morden und Zündeln?«, fragte Jost Breuch besorgt.

»Jost, ich glaube nicht, dass es da einen Zusammenhang gibt, oder siehst du hier irgendwo das besagte Zeichen aus Pech?«

Breuch leuchtete das Umfeld um den Toten aus. Nur zwei Schritte entfernt, neben der Leiche von Brohl stand ein Gefäß mit Fackelpech und darüber an dem schweren Stützpfeiler fand sich tatsächlich ein Zeichen, kein »X« sondern ein normales Kreuz.

»Sieh mal einer an«, staunte Jan, »das ist aber mehr als seltsam!«

»Was?«, fragte Breuch.

»Egal«, murmelte Jan Keip.

Kurze Zeit später traf Claas mit den Leuten des Vogts ein, im Schein der vielen Fackeln zeigte sich das Szenario in der Remise in ganz neuem Licht. Der Pechkrug so schien es, war wohl im Handgemenge umgefallen und dann wieder aufgestellt worden. Der Täter hatte bei seiner Flucht eine schöne, triefende Trittspur hinterlassen. Anders als vorige Woche unter Tage, ließen sich die Spuren dieses Mal ohne große Mühe verfolgen. Der Weg des Flüchtigen führte quer über den Hof und dann ließen sich die Spuren eine steile Stiege hinauf verfolgen.

Von dem Lärm im Hof aufgeschreckt, kam Maria, die Frau vom alten Brohl in den Hof gelaufen: »Was ist hier los, was wollt ihr von uns?«

»Niemand will etwas von dir, komm hierhin Maria, komm zu deinem Mann«, meinte Breuch zu der aufgeregten Frau des Bauern.

Ein spitzer Aufschrei entglitt der Bäuerin, als sie ihren Mann regungslos am Boden liegen sah: »Was habt ihr gemacht, was hat er euch getan?«

»Wir haben nichts gemacht, wir sind hier um zu helfen«, entgegnete Claas.

»Wer haust hier?«, wollte der Führer der Wachleute wissen und zeigte die Stiege hinauf.

»Baltes, der Knecht«, erwiderte Breuch.

Leise zogen die Bewaffneten blank, dann drangen sie mit einem kräftigen Tritt gegen die Türe in die Kammer ein.

Baltes stand mit erhobenen Händen und angsterfülltem Blick vor ihnen und machte sich fast in die Beinkleider.

»Gnade, tut mir nichts, ich habe mich nur gewehrt«, stammelte der Knecht.

»Das kannst du dem Vogt und den Schöffen erklären«, raunte ihn der Bewaffnete an.

Ohne große Umschweife wurde Baltes in die Arrestzelle im Trierischen Hof verbracht. Für alle Anwesenden war klar, dass man nun endlich einen der Aufständischen gefasst hatte.

Jan Keip besah sich das Geschmiere an dem Stützbalken der Remise und wandte sich an Claas: »Siehst du das Zeichen, was Baltes dahingekrakelt hat? Das ist nicht das Zeichen des Widerstandes, Baltes wollte ablenken.«

»Glaubst du wirklich?«

»Dieser Baltes ist doch blöd, der kennt nicht mal den Unterschied zwischen einem ›X‹ und einem Kreuz.«

»Die Folter wird es an den Tag befördern, der Vogt will jeden der im Verdacht steht, auf die Burg nach Meien bringen lassen.«

Es war schon fast Mitternacht als Jan und Claas in ihre Schlaflager fielen, also eine kurze Nacht. Trotzdem machte sich Claas bereits mit dem ersten Hahnenschrei aus dem Bett und bereitete sich für die Reise nach Coellen vor. Katrein war bereits in der Küche und bereitete ihm sein Morgenessen, währenddessen berichtete Claas von den nächtlichen Ereignissen im Nachbarhof.

»Kannst du dir Baltes als Mitstreiter der Aufrührer vorstellen, Katrein?«

»Ehrlich gesagt ja, Baltes ist ein ziemlicher Grobklotz und zudem mit wenig Geist ausgestattet, solche Leute kann man bekanntlich fast für jedes Tun gewinnen.«

»Naja, wie es auch sein mag Katrein, wenn ich aus Coellen zurück bin, wird sicherlich Klarheit herrschen.«

Kapitel 10

Baltes befand sich in einer äußerst schwierigen Situation, den Beweisen nach war er zweifelsfrei als Mörder von Simon Brohl überführt, aber er schwieg dennoch beharrlich zu seinem Motiv.

Obwohl er immer wieder zu dem Symbol aus Pech befragt wurde, welches er neben dem Bauern auf den Pfeiler gepinselt hatte, wollte oder konnte er keine Aussage über die Hintermänner der aufständischen Bewegung in Nydermennich machen.

»Ich weiß von nichts, der Bauer hat mich mit dem Mistgreif angegangen, ich habe mich lediglich gewehrt«, beteuerte Baltes.

»Warum hat er dich angegangen?«

»Wir hatten einen persönlichen Streit, sonst nichts«, verteidigte sich Baltes.

»Es ist jetzt genug, Baltes«, meinte Amtmann Laux, der ihn bereits seit zwei Stunden ausquetschte. »Es liegen schwerwiegende Verdachtsgründe vor, die dich als Mittäter der Revolte in Nydermennich ausweisen.«

»Ihr seid ein Arsch, ihr werdet mich für den Tod des alten Brohl sowieso hinrichten. Selbst wenn ich etwas wüsste, warum soll ich ausgerechnet Euch bei Eurer Arbeit helfen, dreckiger Mistkerl?«

Laux wurde nun höchst missgelaunt, dieser flachgeistige Knecht hatte ihn tatsächlich einen »Arsch« genannt, mit der Geduld des Amtmanns war es nun vorbei.

»Ich habe zwei Zeugen, die dich bei deiner Tat gesehen haben, du wirst gestehen, spätestens unter der Folter. Ich werde dir heute Nachmittag beibringen lassen, wie man mit dem Amtmann spricht und außerdem wirst du mir alles erzählen, was ich über die Revolte hören will. Ich schwöre dir Baltes, bevor die Sonne untergeht, wirst du singen wie ein Zaunkönig.«

Wütend knallte Laux seinen Stuhl in die Ecke der Arrestzelle und verließ den Raum.

»Sorgt mir dafür, dass sich unverzüglich ein Schinder nach hier trollt und schafft diesen Kerl in die Folterkammer«, wies er die Wache mürrisch an.

Hätte Baltes geahnt was ihm bevorsteht, dann hätte er seinen Mund sicher nicht so voll genommen, der nachtragende Amtmann war bis zum Kragen mit Racheschwüren beladen und wollte natürlich auch vor dem Vogt mit Ergebnissen glänzen.

Laux war zu allem bereit, als er zusammen mit einem Gerichtsschreiber die Folterkammer betrat.

»Mach den Daumenstock fertig«, maulte der Amtmann den Schinder an.

Baltes wollte sich wehren, als der Folterknecht ihn zu dem Tisch mit den Daumenschrauben führen wollte, ein Schlag mit der Neunschwänzigen Katze machte ihn gefügig. Mit beiden Daumen wurde Baltes nun in diesen seltsamen Schraubstock eingespannt und erwartete sehr verunsichert, was da auf ihn zukam.

»Rede«, befahl Laux.

»Was denn?«

»Alles über die Revolte, sofort!«, knurrte ihn der Amtmann drohend an.

»Ich weiß nichts, verdammt!«, kam die Antwort.

Ein Wink von Laux genügte und der Schinder begann damit die Schrauben zu drehen. Langsam knebelte das Folterinstrument die Daumengelenke von Baltes zusammen, solange der Amtmann nichts anderes sagte, drehte der Folterknecht immer weiter.

Baltes spürte mit jeder Umdrehung den stetig wachsenden Schmerz. Die beiden Klammern um seine Daumen wurden unerträglich, der Schweiß brach ihm aus. Nein, dachte er, du schreist nicht, diesen Gefallen wirst du diesem Hund nicht tun. Er begann vor Schmerz wie ein Tier zu hecheln und dann überkam es ihn doch, während ihm ein stechender Schmerz durch die Gelenke fuhr, schrie er auf.

Der Schinder hielt inne, löste die Schrauben um eine Umdrehung und gönnte ihm eine kleine Ruhepause, aber Laux war anderer Meinung.

»Hab ich irgendetwas von aufhören gesagt?«, zischte er den Folterknecht an.

Gehorsam setzte der die Tortour fort, während Baltes vor Schmerzen seltsame Grimassen zog und aufschrie. Ganz langsam schlossen sich die Daumenschrauben, bis ein lautes und deutliches Knacken den Bruch des ersten Gelenkes verkündete.

»Um Gottes Willen, haltet ein, Herr!«, wimmerte Baltes.

»Ach so? Nun heiße ich wohl wieder Herr? Das war für den ›Arsch‹ mein lieber Baltes, zu dem ›Mistkerl‹ kommen wir als Nächstes.«

Ein Wink zu dem Schergen und die Qualen gingen weiter, Baltes schossen die Tränen in die Augen.

»Bitte lasst ab Herr, ich sage Euch was ihr wollt.«

Unerbittlich und langsam ließ Laux die Daumenschrauben weiterdrehen, bis mit dem nächsten deutlichen Knacken auch das andere Daumengelenk gebrochen war.

Ein kurzes Zeichen von Laux genügte und der Schinder löste die Schrauben ein wenig, dann wandte sich Laux an den Knecht.

»So, damit wäre auch der ›Mistkerl‹ verbüßt, nun können wir endlich mit der eigentlichen Folter beginnen Baltes, oder ziehst du es vor gleich zu reden?«

»Aber ich weiß doch nichts von der Revolte, ich habe das Zeichen doch nur zur Ablenkung an den Pfeiler gepinselt«, jammerte der Knecht.

»Zeig ihm die Katze, fünfmal«, befehligte Laux seinen Schergen.

Baltes schrie vor Schmerz auf, als ihn der erste feste Schlag mit der Neunschwänzigen traf. Vorne war er stehend und leicht gebückt in den Daumenstock eingespannt und von hinten traf ihn nun der zweite Schlag mit dieser satanischen Peitsche.

Die kleinen Eisensplitter in den Lederriemen rissen ihm nicht nur das Hemd in Stücke, sondern auch die Haut vom Fleisch. Seine Knie begannen zu zittern, aber er konnte und durfte nicht zu Boden gehen, seine gebrochenen Daumen hingen ja noch in dem Schraubstock.

»Gnade«, wimmerte der Knecht.

Als ihn der fünfte Schlag der Katze traf, verlor er dennoch das Bewusstsein und brach zusammen. Seltsam verdreht hing sein Körper an dem Foltertisch herab, das ganze Gewicht seines Körpers hing nun lediglich an den beiden eingequetschten Daumengelenken.

»Mach ihn los und binde ihn auf die Streckbank«, befahl Laux, »ich bin gleich wieder da.«

Als Baltes wach wurde, lag er rücklings auf der Streckbank und war an Händen und Füßen gefesselt. Seine Daumen spürte er nicht mehr, aber die frischen Wunden auf seinem Rücken scheuerten auf dem Holztisch. Er kannte die Streckbank nur vom Hörensagen, aber er konnte sich ausmalen, was nun auf ihn zukam.

»W-was habt ihr vor?«, winselte er den Schreiber an.

»Das hängt ganz von dir ab«, antwortete dieser teilnahmslos, »erzählst du das, was Laux hören will, dann hast du schnell deine Ruhe, machst du aber weiterhin solche Mätzchen, dann gnade dir Gott.«

Baltes schossen panische Gedanken durch den Kopf, hätte er doch nur nicht mit dem Pech hantiert, wahrscheinlich hätte man ihm nicht einmal den Mord an Simon nachweisen können.

Für reuige Gedanken über sein voreiliges Handeln war es zu spät! Was tun? Nicht wieder Folter, er hatte reichlich genug davon, aber was sollte er denn diesem blutrünstigen Teufel erzählen? Doch dann brachte sein gemartertes Hirn einen Geistesblitz an den Tag: Kylburger, der Hannes, der war seine Rettung!

Kaum war seine Idee gereift, öffnete sich knarrend die Tür zur Folterkammer und Laux kam herein. Der Amtmann war aber nicht alleine, sondern wurde von Vogt Godfried begleitet.

»Nun mein Freund, wie geht es Ihm? Ich hoffe man behandelt Ihn hier unten fürsorglich, ich lege großen Wert auf gute Gastfreundschaft«, lästerte der Vogt, als er zu der Streckbank kam.

Eingeschüchtert und apathisch wagte Baltes es nicht einmal zu atmen, zu groß war seine Angst vor den Folterqualen. Die herablassende Anrede in der dritten Person machte ihn zusätzlich nervös. Godfried von Ulmen schritt derweil nachdenklich und schweigend um die Streckbank, so als wollte er den geschundenen Knecht psychisch zermürben.

Nach einer guten Minute setzte er sich neben den Delinquenten, sah ihm in die Augen und eröffnete ihm in aller Ruhe, was er von ihm wollte.

»Höre Er meinen Vorschlag: Er hat jetzt die Möglichkeit mir persönlich Rede und Antwort zu stehen, frei und ungezwungen. Zuerst berichtet Er mir lückenlos und ehrlich warum Er seinen Herrn getötet hat. Danach erzählt Er mir, was Er über die Revolte in Nydermennich weiß und was das eine mit dem anderen zu tun hat. Weicht Er auch nur im Geringsten von meinem Vorschlag ab, verlasse ich diesen Raum und Er ist wieder alleiniger Gast des Amtmanns. Ich hoffe, wir haben uns verstanden!«

Verängstigt schaute Baltes dem Vogt in die kalten grauen Augen. Der macht keinen Spaß, dachte er sich, dieser eisige und stechende Blick verhieß ihm nichts Gutes.

»Ich höre«, meinte der Vogt scheinbar gelangweilt.

Zögernd begann Baltes seine Geschichte zu erzählen, wie er mit dem Bauern in Streit geriet und wie der dann mit der Forke auf ihn zukam.

»... im Handgemenge ist es dann passiert, da hatte er die Forke selbst im Balg«, verteidigte sich der Knecht.

»Was war denn eigentlich der Anlass für euren Streit?«, hinterfragte der Vogt das Geständnis.

Baltes schwieg und zögerte.

»Ich soll schon gehen?«, drohte der Vogt. »Ganz wie Er möchte!«

»Halt, halt, nein Herr, bleibt bitte«, bettelte Baltes. »Ich rede doch. Wir hatten Streit bekommen, weil der Bauer dahinter gekommen war, dass ich sein Weib beschlafen habe. Das hat ihn zur Weißglut gebracht und er wollte mich umbringen, Herr.«

»Und das Pechgeschmiere?«

»Ich dachte, damit könnte ich von meiner Person ablenken, die Leute von der Revolte haben doch schon genug Dreck am Stecken, dachte ich mir so.«

»Dachte Er sich so. Und woher kennt Er das Zeichen dieser Bande?«, bohrte der Amtmann nach.

»Hannes Kylburger hat es mir mal gezeigt, damals als der Hummeshof brannte, der gehört zu denen, glaub ich wenigstens.«

»Wer ist Hannes Kylburger?«

»Der Hufschmied aus der Saurensgasse.«

»Wen von diesen Leuten kennt Er denn noch?«

»Niemanden Herr, ich schwöre Euch, ich kenne sonst niemanden von diesen Leuten.«

Der Vogt wandte sich an Laux: »Lass ihn für heute in seine Zelle bringen, ich muss hinüber nach Nydermennich.«

»Soll ich Euch begleiten Herr?«

»Um Gottes Willen, du hast genug Schaden im Dorf angerichtet, ich will dich dort vorläufig nicht sehen«, raunte Godfried den Amtmann an.

Begleitet von vier Bewaffneten und einem Pferd ohne Reiter machte sich Godfried von Ulmen unverzüglich auf den Weg in das Mühlsteindorf. Im zügigen Galopp donnerte der Vogt mit seinen Begleitern durch das Meiener Brückentor und dann den Weg hinauf an der Veitskapelle vorbei.

Bald wissen wir mehr, dachte er sich. Bevor irgendjemand Wind bekommt, sitzt dieser Schmied schon im Verlies.

Nach einem Weg von einer knappen Stunde ritten die Männer durch die Hohle Pforte nach Nydermennich hinein.

»Wo geht es hier in die Saurensgasse?«, fragte einer der Bewaffneten.

»Weiter runter bis zum Bach, danach links und dann die nächste Gasse rechts hoch«, antwortete einer der Leute, die sich an der Pforte aufhielten untertänigst.

Endlich hatten sie sich durchgefragt, am Ende eines dieser Sackhöfe in der Saurensgasse trafen sie auf die Werkstatt von Kylburger.

»Alles absitzen«, befahl Godfried und ging auf die Schmiedehütte zu.

»Was kann ich für Euch tun, Herr?«, fragte der Schmied, als er durch die Tür ins Freie kam.

»Seid Ihr Hannes Kylburger?«

»Jawohl der bin ich, edler Herr«, antwortete der Hufschmied.

»Festsetzen!«, lautete der kurze und knappe Befehl des Vogts.

Bevor sich Kylburger bewusst wurde wie ihm geschah, war er von den Bewaffneten umringt, an eine Möglichkeit zu entwischen brauchte er keinen Gedanken zu verschwenden.

»Mit Verlaub Herr, darf ich erfahren, was Ihr von mir wollt?«, fragte Hannes vorsichtig.

»Geduld Kylburger, in aller Kürze werdet Ihr Gehör finden«, lächelte der Vogt.

Zusammen mit einem Bewaffneten inspizierte er die kleine Schmiede, aber hier war nichts Verdächtiges zu finden. Entspannt verließ von Ulmen die Hütte und ging zu seinem Wachführer hinüber.

»Bringt ihn auf die Genovevaburg und richtet dem Amtmann aus, er soll so verfahren wie vorhin, ich komme in einer Stunde nach.«

Die Männer zerrten den gefesselten Schmied auf den Rücken des freien Pferdes, banden ihn an den Sattel und brachen dann nach Meien auf.

»Geissler du bleibst hier bei mir«, rief der Vogt seinem Wachführer zu, »die anderen reiten voraus.«

Während die Truppe des Vogts die Gasse hinunter ritt und sich auf den Rückweg machte, führte der Vogt sein Pferd hinauf in die Brunnengasse, zum Hof von Jan Keip.

»Welch' eine Überraschung mein Herr, Ihr hier in Nydermennich?«, meinte Jan verdutzt, als der Vogt in der Tür seines Kontors stand.

»Wir hatten rechtes Glück Meister Keip, dieser Knecht hat uns heute Mittag einen der Aufrührer benannt, es ist der Schmied Hannes Kylburger aus der Saurensgasse. Meine Leute sind mit ihm bereits auf dem Weg nach Meien.«

»Kylburger?!« Jan stutzte. »Sicher! Das ich da nicht früher drauf gekommen bin, natürlich Kylburger!«

Der Vogt sah ihn fragend an: »Auf was seid Ihr gekommen?«

»Setzt Euch mein Herr«, lud Jan den Vogt ein und bot ihm einen Becher vom Gewürzwein an, dann wurde der Grubenpächter konkret.

»Beachtet bei dem Verhör dieses Kerls folgende Umstände sehr genau: Kylburger humpelt, ebenso wie Caspar Busch. Normalerweise nicht arg, aber wenn er zügig gehen muss, sieht man es deutlich.«

»Keip, worauf wollt Ihr eigentlich hinaus?«, unterbrach von Ulmen.

»Langsam mein Herr, genau das erkläre ich Euch jetzt«, unterbrach er seinerseits den Vogt, »ich hatte immer die größten Zweifel, dass dieser harmlose und gottesfürchtige Caspar Busch die Zehntscheune angezündet hatte. Kylburger wohnt genau rückseitig an den Gärten des Hummeshofes, es wäre für ihn ein Kinderspiel gewesen dieses Feuer zu legen und dann zu verschwinden. Nur die Aussage der Magd hat ein weiteres Nachforschen zu dem Brandstifter überflüssig gemacht.«

»Aber die Magd hatte es doch gesehen, wie dieser Busch humpelnd den Hof verlassen hatte«, warf der Vogt ein.

»Sie hat jemanden zügig vom Hof humpeln sehen, den Rest hat sie sich arglos zusammengereimt, es war doch dunkel. Das

Weib von Caspar Busch, ich beschwöre Euch mein Herr, ist zu keiner Lüge fähig und ich habe sie direkt befragt.«

»Ich weiß nicht recht Meister Keip«, zweifelte Godfried.

»Kommt mit mir, gehen wir der Sache noch einmal ganz kurz auf den Grund«, bedrängte Jan den Vogt. »Kommt bitte mit!«

Godfried von Ulmen ließ sich breitschlagen, ging mit Jan die Gasse hinauf und bog in den kleinen Brunnenpfad ab, gleich am ersten Haus klopfte er an.

»Wer wohnt hier?«

»Die Witwe von Caspar Busch, noch wohnt sie hier mein Herr.«

Knarrend öffnete sich die niedrige Holztür der Wohnhütte und eine zierliche Gestalt stand fragend und schüchtern in der Schwelle. »Wir haben mit euch zu reden, lasst uns eintreten«, forderte Jan die Frau auf.

Sie zögerte einen Moment, aber dann ließ Marie die beiden Männer in die niedrige Stube. Der Vogt und Jan ließen sich noch einmal in aller Ruhe von der Witwe erklären, wie sich die Dinge in jener Nacht aus ihrer Sicht zugetragen hatten.

Von Ulmen ließ die Frau keinen Moment aus den Augen und hörte ihr genau zu – und er konnte sehr gut zuhören. Dieses Weib log nicht, das war ihm sehr schnell klar, eher würde diese Frau vor Angst umkommen, bevor sie die Obrigkeit belügen würde. Nachdem Marie ihre Geschichte erzählt hatte, sah sie die Männer mit fragenden Augen an.

»Warum fragt ihr das alles noch einmal?«

»Danke Weib, ihr habt uns geholfen, wir hören noch voneinander«, brach der Vogt das Gespräch ab. Ohne weiter auf ihre Frage einzugehen, verließ er mit Jan das kleine Haus.

»So mein Herr, nun folgt mir gegenüber in den Hummeshof«

Gespannt folgte Godfried von Ulmen dem Grubenpächter, der nun ein recht forsches Tempo vorlegte. Jan führte den Vogt an der Zehntscheune vorbei, hinüber in den Gemüsegarten und bereits nach wenigen Schritten standen sie an einer niedrigen Begrenzungsmauer.

»Würdet Ihr mir bitte folgen, mein Herr?«

»Wenn es denn sein muss«, antwortete Vogt Godfried.

Obwohl sein Maß an Geduld eigentlich erschöpft war, stieg er zusammen mit Keip über die kleine Mauer und ging mit ihm durch den nächsten Garten.

Bevor sich der Vogt versah, stand er mit Jan neben der kleinen Schmiede in jenem Sackhof, der ganz vorne in die Saurensgasse mündete.

»Meister Keip, genau hier haben wir eben diesen Schmied, diesen Kylburger dingfest gemacht!«, stellte Godfried überrascht fest.

»Erkennt ihr den Zusammenhang mein Herr?«

»Schon, aber dann hat diese Magd vom Hummes doch gelogen.«

»Warum?«

»Wenn Kylburger, den Hof wirklich gezündelt hat, dann wäre er doch genau diesen Weg zurückgelaufen.«

»Vielleicht mein Herr, vielleicht auch nicht. Fragen wir ihn doch, warum er durch das Tor weggelaufen ist.«

»Aber die Fluchthilfe an Busch«, zweifelte Godfried von Ulmen.

»Gerade dieser Umstand macht die Sache für mich schlüssig, der Verdacht war zu Unrecht auf Busch gelenkt, also wollte man den Unschuldigen vor dem Gericht schützen«, folgerte Jan Keip.

»Busch hätte aber doch nach seiner Verhaftung den Mund aufmachen können, aber dieser Kerl hat doch so gut wie kein Wort von sich gegeben.«

»Was sollte er denn schon von sich geben, mein Herr? Die sogenannte Beweislage und seine Flucht sprachen eindeutig gegen ihn, was sollte er denn schlüssiges zu seiner Verteidigung vorbringen?«

»Ihr meint also sicher, dieser Schmied ist der Zündeler vom Hummeshof?«, resümierte der Vogt.

»Ich weiß nicht, was sicher ist, ich kann mich auch irren, aber ich glaube fest daran, dass meine Deutung der Ereignisse, der Wahrheit wesentlich näher kommt.«

Godfried von Ulmen setzte sich auf den schweren Amboss vor der Schmiedehütte und verinnerlichte sich die Version von Jan Keip noch einmal langsam und mit Bedacht.

Die Bewohner des Sackhofes waren unterdessen schon lange auf die beiden Männer aufmerksam geworden und tuschelten untereinander. Der Vogt und der Keip hier im Hof? Was sollte das wohl bedeuten?

»Ich werde diesen Schmied zum Reden bringen, ich werde ihn mit einer List in die Ecke treiben, vielleicht gelingt es, Meister Keip.«

So wie sie gekommen waren, verschwanden sie wieder über die kleine Mauer hinweg in den Hummeshof.

Nachdem sich der Vogt von Jan Keip verabschiedet hatte, machte er sich nebst seinem Begleiter auf den Rückweg in die Meiener Burg. Jetzt trieb ihn die Neugier an, nun wollte er genau wissen, welche Rolle Hannes Kylburger in diesem bösen Spiel darbot.

Kapitel 11

Hanna, die Frau des Schmieds hatte dem seltsamen Treiben der beiden Herren unterdessen sorgenvoll zugesehen, alleine schon an der Gestik der Männer hatte sie ablesen können, dass sie wahrscheinlich der Wahrheit um die Brandstiftung bedrohlich nahe gekommen waren. Sie warf sich einen Umhang über und verschwand durch die Gassen. Sie hatte es eilig, nur flüchtig grüßte sie die Leute unterwegs. Sie war froh, als sie endlich das Haus von Veit Höner an der Schäferspforte erreicht hatte.

»Margarethe, es wird gefährlich! Hannes ist von den Leuten des Vogtes mitgenommen worden.«

»Das hat sich schon herumgesprochen, was wirft man ihm vor?«

»Ich habe keine Antwort erhalten, sie haben ihn einfach abgeführt. Aber kurze Zeit später kam der Vogt zusammen mit Keip über die Gartenmauer des Hummeshofes gestiegen. Sie zeigten zur Scheune und sahen zu unserer Schmiede hinüber, ich glaube die Herren sind der Wahrheit auf die Schliche gekommen.«

»Wenn Veit von der Ley kommt, werde ich ihm sofort Bescheid sagen«, beruhigte Margarethe.

»Die Männer müssen aufhören mit diesem Irrsinn, unsere Familien sind in Gefahr, das ist die Sache nicht wert. Ich habe direkt gesagt, dass wir gegen die Herrschaft nichts ausrichten können.«

»Beruhige dich Hanna, niemand hat behauptet, dass der Kampf um Gerechtigkeit ein Kinderspiel wird. Wir waren uns alle, Männer wie auch Frauen, im Klaren darüber, was jedem Einzelnen von uns dabei passieren kann. Vergiss bitte nicht, wie es Monschauer gegangen ist, dagegen hat dein Hannes großes Glück, er wurde nur verhaftet.«

»Sei es wie es will«, erregte sich Hanna, »ich habe Angst! Veit hat uns allen versprochen, dass die Obrigkeit schnell einlenken wird. Nichts ist derweil geschehen, im Gegenteil, das Handeln der Herrschaft wird immer heftiger.«

»Ich beschwöre dich Hanna, verliere jetzt nicht die Nerven, sonst bringst du uns alle in Gefahr. Es genügt schon das Caspar Busch völlig ahnungslos für unsere Sache sterben musste.«

»Und warum?«, eiferte sich Hanna, »weil dein Mann das Göpelwerk viel zu spät angezündet hat, sonst hätte man den armen Kerl befreien können! Und was war mit Mattes Breil? Hätten Frederich und Pauly sich früher von ihrem Nachtlager erhoben, dann wäre auch sein Tod nicht nötig gewesen. Es ist genug, wir müssen aufhören.«

»Hanna, du weißt zuviel! Du weißt sogar mehr als ich. Sobald Veit zu Hause ist, wird er sich mit den anderen zusammensetzen und beraten, aber bitte bleib jetzt besonnen Hanna!«

»Aber verstehst du mich denn nicht, Margarethe? Hannes ist in den Fängen des Vogtes, weiß Gott was sie mit ihm auf der Genovefaburg anstellen, ich habe Angst!«

»Das glaube ich dir gerne, ich hätte auch Angst«, tröstete Veits Frau, »aber jetzt geh nach Hause, ich komme morgen in der Früh direkt zu dir und berichte dir, wie die Männer nun vorgehen wollen.«

Niedergeschlagen machte sich Hanna Kylburger auf den Heimweg, ihr war nicht mehr wohl bei der Sache.

Alles ging schief!

Zwei Wochen Aufruhr und man muss uns anhören, dann eine schriftliche Forderung und man wird uns zuhören, sie konnte das Geschwätz nicht mehr hören. Hanna fing an innerlich zu kochen, hätte sie ihren Mann doch nur von diesem Abenteuer abgehalten, jetzt war es zu spät.

Nach Einbruch der Dämmerung herrschte im Haus von Veit Höner reger Betrieb, der harte Kern der Revolte traf ein und verschwand über die steile Treppe nach unten.

Das Haus von Veit Höner verfügte über einen fensterlosen Kellerraum, der in den Basalt des dahinter liegenden Bergs geschlagen war. Ein idealer Treffpunkt um Dinge zu besprechen, die nicht für fremde Ohren bestimmt waren.

Alle waren gekommen, die Nachricht von der Festnahme des Schmieds war mittlerweile bis zum letzten verschlafenen Geißenhirten durchgedrungen. Jeder war sich über den Ernst der Lage im Klaren, Hannes Kylburger wusste viel, zuviel, er war schließlich neben Veit Höner die treibende Kraft dieses Widerstandes. Wehe wenn man ihn zum Reden brachte!

»Wieso weiß seine Alte eigentlich so gut Bescheid?«, beschwerte sich Steffel Pauly, »wir hatten irgendwann einmal Stillschweigen beschlossen, wenn jedes der Weiber über unser Tun im Bilde ist, dann können wir einpacken.«

»Reg dich nicht auf, Hanna hat unserer Sache schon manchen guten Dienst erwiesen, es war nie zu vermeiden, dass sie mehr wusste, als die anderen Weibsleute«, beruhigte ihn Johan Frederich.

»Bevor wir uns über solchen Kleinkram aufregen, sollten wir endlich zur Sache kommen«, energisch übernahm Veit Höner das Wort. »Hannes ist in großer Gefahr und somit auch unsere Sache. Wir müssen schnell und überlegt handeln, wenn wir nicht sang und klanglos untergehen wollen. In jedem Falle muss verhindert werden, dass man Hannes unter der Folter zum Reden bringt.«

»Wie willst du das machen?«, fragte Steffel Pauly. »Willst du auf die Meiener Burg reiten und ihn befreien?«

»Schwafele keinen Blödsinn, lass dir lieber etwas einfallen, deswegen sitzen wir schließlich hier.«

Die Männer diskutierten hin und her, aber ein fruchtbares Ergebnis kam nicht zu Tage, irgendwie konnte man bei so manchem der Männer auch eine gewisse Panik erkennen. Mehr oder weniger ratlos drehte sich das Gespräch im Kreis, bis dann einer der Steinbrecher mit einer neuen Idee herüberkam.

»Wir tauschen ihn aus!«

»Wie, wir tauschen ihn aus?«

»Die haben einen von uns, also holen wir uns einen von denen, wir entführen einen der Herrschaften und pressen Hannes Kylburger frei.«

»Friedel, bist du schon wieder betrunken? Wie stellst du dir das denn vor?«, fragte Veit.

»Wenn wir jetzt nicht entschlossen und beherzt handeln, dann war alles umsonst. Hört mir zu«, beschwor der Steinbrecher die Runde. »Das es einen organisierten Widerstand gibt, ist der Obrigkeit mittlerweile bekannt, also können wir auch getrost härtere Mittel an den Tag legen.«

»An was hast du denn so gedacht?«, lästerte Steffel Pauly, »sollen wir vielleicht Truppen aus den spanischen Niederlanden herbeirufen und einen Bürgerkrieg anzetteln?«

Friedel begann sich zu ärgern: »Nun hört mir doch wenigstens erst einmal zu! Wir entführen einen der Grundherren, setzen ihn an einem geheimen Ort fest und fordern dann die Freilassung von Kylburger, ist unsere Forderung erfüllt, darf dann der Grundherr wieder seines Weges ziehen.«

»Im ganzen Dorf wimmelt es zurzeit von Soldaten des Erzbischofs, wie sollen wir das anstellen ohne dabei aufzufallen? Abgesehen davon, wir haben nicht mehr viel Zeit, unterzieht man Kylburger der Folter, dann ist es lediglich eine Sache von ein oder zwei Tagen bis er gesteht«, warf Pauly ein.

»Rede nicht so einen Blödsinn«, antwortete Veit Höner verärgert, »Hannes ist hart im Nehmen, so schnell lässt der sich nicht auspressen.«

»Hoffentlich!«

»Genug gequatscht«, mischte sich Frederich ein. »Wir handeln noch heute, die Gelegenheit ist gut. Die Herren Grubenpächter sitzen zur Stunde in der Kronenschänke bei ihrer Versammlung und irgendwer geht immer als erster nach Hause.«

Frederich erläuterte seinen Kumpanen wie die Aktion vonstatten gehen soll, jeder erhielt seine Aufgabe und bereits eine halbe Stunde später nahm das Schicksal seinen Lauf.

Die Versammlung der Grundherren in der Schankstube »Zur Krone« verlief sehr unbefriedigend. Niemand der Pächter hatte irgendetwas zur Aufklärung der verbrecherischen Umtriebe unter der Arbeiterschaft beizutragen.

Auch Jan wusste nichts Neues, die Informationen der Spitzel waren absolut unbefriedigend und über deren Existenz und Anwesenheit hielt er tunlichst den Mund.

Keiner auf der Ley verbrannte sich das Maul und ein Neuer, der erfuhr schon mal gar nichts. Ob die Bespitzelungen also überhaupt etwas zu Tage bringen würden, begann Keip langsam aber sicher zu bezweifeln.

»Komm, es ist Zeit für den Heimweg«, wandte sich Jan an den alten Theis Klein, »lass uns nach Hause gehen, hier kommt sowieso nichts Vernünftiges mehr zu Gehör. Sollte Hannes Kylburger zu den Aufrührern gehören, werden wir sehr schnell mehr wissen, da bin ich sicher.«

Klein und Keip verabschiedeten sich und verließen die Schänke in dem alten Fachwerkhaus. Kaum hatten sie die Holzstiege über den Kehlbach genommen, wurde es schlagartig dunkel um die Männer, jeweils von einem Knüppel am Kopf getroffen sanken sie lautlos zu Boden.

»Jetzt schnell!«, flüsterte Höner den anderen zu.

Mit vereinten Kräften wurden die bewusstlosen Männer durch den langen Sackhof gegenüber, in einen kleinen Stall gezogen. Wenig später lagen sie in einem fensterlosen Raum, der ebenso wie der Keller von Veit Höner in den Fels gehauen war.

»Zwei sind besser als einer. Fesseln, aufwecken, abfüllen!« Veit wirkte nervös.

Ein Ledereimer voll Wasser brachte Jan Keip wieder zu Bewusstsein, sofort hielt ihm einer der Männer die Nase zu und füllte ihn mit billigem Fusel ab. Da nützten ihm weder Spucken noch Fluchen, in kürzester Zeit war die Wahrnehmung von Jan durch eine gehörige Menge Schnaps vernebelt.

»Der hier rührt sich nicht!«, stellte Steffel Pauly fest.

Trotz einer zweiten Wasserdusche kam Theis Klein nicht zu sich.

»Verdammt«, fluchte Frederich, nachdem er den alten Pächter näher in Augenschein genommen hatte, »geht denn hier einfach nichts mehr ohne Ärgernisse?«

»Was ist mit ihm?«

»Er ist tot Veit! Er hat den Schlag mit dem Knüppel nicht verdaut«, erwiderte Frederich.

Betroffen sahen sich die Männer an, die Pechsträhne riss nicht ab, spätestens jetzt waren sie so tief im Morast der Gewalt eingesunken, dass es kein zurück mehr gab.

»Das ist nicht gut, hier kann er nicht bleiben und finden darf ihn auch keiner, wir vergraben ihn oben auf Döhmchen«, beschloss Veit Höner.

»Alles muss weiterlaufen wie geplant«, forderte Frederich, »Pauly und Bolen, ihr macht euch rüber zum Pfarrhaus und lasst Rosenbaum unsere neue Forderung niederschreiben. Schwört den Pfaffen um Gottes Willen auf das Beichtgeheimnis ein, es ist schon wieder genug daneben gegangen.«

Pauly und Bolen machten sich sofort auf den Weg zum Pfarrhaus, während sich Veit und Johan um den toten Theis Klein kümmern mussten.

»Los Veit, je eher er verschwunden ist, je besser ist es für uns«, drängte Johan Frederich.

Es war eine mühselige Angelegenheit bis sie den alten Klein endlich über die steile Basalttreppe hinauf in die Gärten bugsiert hatten, schließlich mussten sie sich leise verhalten, niemand durfte sie erwischen.

Jetzt, Ende November, begann der Winter damit sein grimmiges Gesicht zu zeigen. Der feuchtkalte Wind vermischte sich mit vereinzelten Regentropfen und machte diesen schaurigen Leichentransport zur Schwerstarbeit.

»Ich hole die Schaufeln, warte hier Veit.«

Während Johan Frederich den steilen Berg hinunter hastete, starrte Veit Höner auf die Leiche des alten Grubenpächters. So hatte er das alles nicht gewollt, Klein stand zwar auf der Gegenseite, aber er war dennoch immer einer der humansten unter den Lohnherren gewesen. Langsam aber sicher wurde er sich über den Wahnwitz des ganzen Unterfangens klar.

»Wo soll das enden?«, murmelte er vor sich hin.

Endlich kam Frederich mit zwei Schaufeln zurück und die beiden konnten mit dem eingraben der Leiche beginnen. Zum Glück war der Boden noch nicht gefroren, so kamen sie wenigstens halbwegs zügig voran.

»Klopf du«, forderte Steffel seinen Begleiter leise auf.

»Zieh deine Kapuze über und halt den Mund, meine Stimme kennt er nicht«, flüsterte Friedel zurück.

Es war mittlerweile nach elf Uhr, eine Stunde vor Mitternacht und der Pastor war nicht gerade erfreut über die späte Störung.

»Wer ist da draußen?«

»Ich muss beichten, Hochwürden, sofort!«

»Ich lasse mich nicht länger vor den Karren eurer Machenschaften spannen, wenn du wirklich beichten willst, dann komm zur Tageszeit!«

»Öffnet, sonst findet Ihr Euch schneller im Visier des Vogtes als Ihr Euch das vorstellen könnt«, drohte Friedel dem alten Pastor.

Widerwillig öffnete Rosenbaum die Tür, ehe er sich versah wurde er von den vermummten Männern in seine Stube geschoben und die Tür wurde wieder verschlossen.

»Was wollt ihr?«

»Nimm Feder und Papier, schreibe uns eine Botschaft, mach schon!«

Zögernd und mürrisch ging der Pastor zu seinem Schreibpult und machte sich bereit.

»Ich höre!«

»Schreibe«, forderte ihn Friedel auf, »Auge um Auge, Zahn um Zahn. Kylburger gegen die Pächter, wir fordern gleiches Recht für Alle! Und wir fordern erneut:

X   Gerechte Entlohnung für harte Arbeit

X   Eines Menschen würdige Arbeitsbedingungen

X   Fürsorge bei Unfällen und bei Not

Gebt uns unseren gerechten Frieden, dann geben wir euch ebenso Frieden, macht endlich ein Ende.«

Rosenbaum hatte gehorsam mitgeschrieben, wie es ihm aufgetragen wurde, so sehr er sich auch anstrengen mochte, er kannte diese Stimme beim besten Willen nicht. Aber den zweiten Besucher, den erkannte er! Wenn das nicht Steffel Pauly war, dann soll mich der Blitz treffen, dachte er sich, er konnte es instinktiv fühlen, wer da vor ihm stand.

Der Pastor ließ sich nichts anmerken, beim letzten Mal hatten sie ihn bei der Beichte zum Schreiben gezwungen, so schützte das Beichtgeheimnis diese Unholde. Dieses Mal habt ihr einen großen Fehler gemacht dachte er, jetztl darf ich reden!

»Und denkt an Eure Schweigepflicht«, drohte Friedel, krallte sich das Papier und machte sich schleunigst mit Steffel aus dem Haus des Pastors. Auf schnellstem Weg machten sie sich zurück in den Stall von Johan Frederich, wo Jan Keip als Geisel versteckt war.

»Hoffentlich hat der Pfaffe keinen erkannt, Friedel.«

»Bleib ruhig Steffel, er kann meine Stimme nicht kennen, ich hab noch nie ein Wort mit ihm gewechselt, seit ich von Owermennich hierunter gezogen bin.«

Keip lag gefesselt und geknebelt, mit einer Kapuze über dem Kopf, auf dem blanken Steinfußboden, Veit und Johan waren noch nicht vom Berg zurück, also hieß es warten.

»Wir geben dem Herrn Keip noch etwas zu saufen, er soll nicht behaupten, er wäre schlecht bewirtet worden«, grinste Friedel.

So wie vorhin bekam Keip, der immer noch im Rauschzustand war, eine gute Ration von dem derben Schnaps eingeflößt, willenlos ließ er die ekelhafte Prozedur über sich ergehen und versank wieder im Tiefschlaf. Mit dieser Dosis Fusel hätte man sogar einen Bären schlafen legen können.

Nachdem sie Klein vergraben hatten, kamen auch Veit und Johan, ziemlich außer Atem, vom Berg zurück. Es war schon ein hartes Stück Arbeit gewesen den Alten zu verbuddeln.

»Habt ihr das Schriftstück?«, kam Veit ohne Umschweife zur Sache.

»Haben wir, alles ist gut gegangen, der Pfaffe hat vor Angst geschlottert«, prahlte Steffel.

»Gut Steffel, auf dem Heimweg schiebst du das Papier unter der Tür vom Trierischen Hof durch, liegt ja sowieso auf deinem Weg.«

»Mach ich«, antwortete Steffel. »Lasst uns endlich verschwinden, es ist schon verdammt spät.«

Während sich die anderen auf den Heimweg machten, schlich sich Steffel Pauly in den Hof der kurtrierischen Herberge, leise schob er das Papier mit den Forderungen unter der schweren Eichentür hindurch. Geschafft, dachte er und wollte sich aufrichten, aber ein spitzer Gegenstand in seinem Nacken hinderte ihn schlagartig an jeder Bewegung.

»Ein falsches Zucken mein Freund und du bist tot! Und nun dreh dich ganz langsam um«, forderte der Bewaffnete der hinter ihm stand.

Steffel erfroren schlagartig die Gesichtszüge, sein Herz hammerte, er war starr vor Schreck.

»Du sollst dich umdrehen, habe ich dir gesagt, Bursche.«

Langsam und ungläubig drehte er den Kopf und sah den Lederharnisch des Wachmanns. Man hat mich am Kragen, dachte er und drehte sich weiter.

»Beweg dich, sonst mach ich dir Beine!«, schnauzte ihn der Bewaffnete an.

»Was ist da unten los?«, rief jemand von oben aus dem Fenster.

»Ich hab hier ein seltsames Früchtchen eingefangen, das sich gerade an der Tür zu schaffen gemacht hat.«

Jetzt hilft mir nur noch beherztes Handeln, zuckte es Steffel durchs Hirn. Er griff nach der Hellebarde, die auf ihn gerichtet war, um sie dem Wächter zu entreißen, doch das Handgemenge entwickelte sich nicht so, wie er sich das eigentlich gedacht hatte.

Steffel hatte den Dolch des Bewaffneten an sich gebracht und wollte den Angreifer bändigen, aber nun wurde aus seinem Überraschungsangriff eine handfeste Keilerei. Er schaffte es einfach nicht diesen Kerl kalt zu stellen. Bevor er die Oberhand gewinnen konnte, standen bereits zwei weitere Schergen des Vogtes über ihm. Angesichts seiner Drohgebärden mit dem Dolch, machten die Männer kurzen Prozess, fast gleichzeitig bohrten sich die Spitzen ihrer Hellebarden in seinen Rumpf und bliesen ihm das Lebenslicht aus.

»Was wollte der denn hier?«, fragte der angegriffene Wachmann, während er sich vom Boden aufrappelte.

Knarrend öffnete sich die Herbergstür und der Anführer der Bewaffneten kam mit dem Schriftstück nach draußen.

»Das hier wollte er, eine Botschaft überbringen.«

»Da wird sich der Vogt aber freuen, soviel Jagdglück zur Nachtzeit haben wir selten«, frohlockte einer der Schergen.

»Da bin ich mir nicht so sicher, der Vogt wollte jeden dieser Rebellen lebend haben«, entgegnete der Wachführer ein wenig besorgt.

Kapitel 12

Es war zur achten Stunde, der Vogt war gerade erst aus seinem Bettkasten gestiegen, als es an die Tür seines Gemachs pochte. Ein Bote bat dringend darum zu Godfried von Ulmen vorgelassen zu werden.

»Was habt ihr es so eilig? Der Tag ist noch jung«, fragte der Vogt den Boten, während er auf dem Abortstuhl saß und entspannt sein morgendliches Geschäft erledigte.

Seine gutgelaunte Miene wich einigen finsteren Stirnfalten, nachdem er die Nachricht gelesen und einen Blick auf das anonyme Schriftstück geworfen hatte.

»Dieses verdammte Pack!«, fluchte er laut durch das Gemach. »Ruft mir auf der Stelle den Amtmann hierher.«

Es dauerte seine Zeit bis Laux in den Räumen des Vogtes aufkreuzte, eilig unterrichtete Godfried den Amtmann über die neue Situation.

Aus der Nachricht der Wache ging hervor, dass die Herren Keip und Klein spurlos verschwunden waren, das Schriftstück gab unmissverständlich zu verstehen, was den beiden Männern zugestoßen war.

»Herr, was nun?«

»Hast du den Kylburger schon durch die Mangel gedreht?«

»Nein Herr, gestern als sich der Tag neigte, war es zu spät, ich werde gleich damit anfangen lassen.«

»Untersteh dich, ihm auch nur ein Haar zu krümmen, die Kerle sind zu allem fähig. Versuch es mit der Territion, zeig ihm was auf ihn zukommt wenn er nicht redet, ermüde ihn im Verhör, aber lass ihn um Gotteswillen unversehrt.«

Nachdem der Vogt dem Amtmann seine Weisungen erteilt hatte kleidete er sich an, nahm ein flüchtiges Morgenessen, und machte sich danach mit seinen Bewaffneten auf den Weg in das Mühlsteindorf.

Während Godfried noch auf dem Weg war, stand Nydermennich bereits Kopf. Der Tod von Steffel Pauly löste überall Bestürzung aus, niemand hätte auch nur im Geringsten damit gerechnet, dass der zurückhaltende und biedere Pferdeführer irgendetwas mit den Aufständischen zu tun haben könnte.

Auch Veit Höner und Johan Frederich waren wie am Boden zerstört, als sie heute Morgen auf der Blohm'schen Ley vom Tod ihres Freundes erfuhren.

»Wir haben uns zu weit nach vorne gewagt, wir verlieren die Oberhand«, flüsterte Veit, während sie ihre Werkzeuge zur Schmiede brachten.

»Blödsinn, der Tag der Entscheidung rückt näher! Dass dieser Weg zu mehr Gerechtigkeit kein Spaziergang wird, das war doch von vornerein klar«, beschwichtigte ihn Johan.

Theo Cüntzer war ebenfalls auf dem Weg zur Schmiede und direkt hinter ihnen. Aufmerksam hörte der Spitzel zu, endlich wurde er Ohrenzeuge gewisser Unterredungen, der Verdacht des Vogtes bestätigte sich, er war tatsächlich auf die richtigen Leute angesetzt.

»Der Tod von Steffel ist eine gute Gelegenheit den alten Klein zu entsorgen, Auge um Auge haben wir geschrieben. Heute Abend graben wir ihn wieder aus und schmeißen seine Leiche auf die Gasse, das ist dann eben unsere Genugtuung für den Tod von Steffel«, beschloss Frederich, »danach werden die Herren schon wissen was zu tun ist.«

»Wird auch Zeit, wir sind nur noch zu dritt«, entgegnete Veit.

Cüntzer hatte genug gehört, gemächlich schlich er sich vom Acker. Für den Moment bemerkte ohnehin niemand sein Fehlen, erst wenn Frederich unter Tage auf seine Hilfe angewiesen war, würde seine Abwesenheit auffallen. Zügig marschierte der Spitzel zurück ins Dorf um im Trierischen Hof Meldung zu machen.

Der Vogt und seine Begleiter kamen die Niedergasse hinaufgeritten und nahmen Kurs auf den Trierischen Hof. Als die Bewaffneten am Anwesen Keip vorbei ritten, kam Katrein aus dem Haus gelaufen: »Mein Herr, habt Ihr schon gehört was mit meinem Vater geschehen ist?«

»Beruhigt Euch Katrein, ich werde alles tun um das Leben Eures Vaters nicht zu gefährden«, tröstete der Vogt die Tochter des Grubenpächters.

»Schickt mir bitte Meister Claas in den Trierischen Hof, wir müssen uns dringend beraten.«

»Das wird nicht gehen Herr, er weilt in Coellen in der Dombauhütte und kommt erst in zwei oder drei Tagen zurück.«

»Nun gut, ich werde eine Lösung finden, das verspreche ich Euch.«

Cüntzer kam fast gleichzeitig mit dem Reitertross am kurfürstlichen Marstall an. Als von Ulmen von seinem Pferd stieg, ging er direkt auf ihn zu, die Begleiter des Vogtes hielten ihn allerdings unvermittelt fest.

»Was willst du hier, Kerl?«

»Bleibt ruhig Männer, alles hat seine Ordnung, geht mir aus dem Weg, ich möchte zum Vogt«, beschwichtigte er die Wachen.

»Bist du noch ganz bei Trost, Mann? Wie sprichst du eigentlich mit mir, du dreckiges Grubenkarnickel?«, fuhr ihn der Wachführer verächtlich an.

»Lass mich zu Vogt Godfried und reg dich ab.«

Von Ulmen drehte den Kopf als er seinen Namen hörte: »Was ist da los?«

»Ich bin's Godfried!«

»Gerulf! Was ist das für ein Aufzug?«

»Lass uns reingehen, ich muss dringend mit dir reden.«

Der Wachführer im Hof hätte sich am liebsten in den Hintern gebissen, jetzt erst erkannte er das vermeintliche Grubenkarnickel! Es war sein eigener Befehlshaber aus Ehrenbreitstein. Gerulf konnte sich ein schadenfrohes Grinsen nicht verkneifen.

»Oh, edler Herr! Ich habe Euch gar nicht erkannt, entschuldigt bitte mein ungehöriges Benehmen«, sagte der Wachführer beschämt.

»Schon gut Mann, das war ja auch der Sinn der Sache«, beruhigte Gerulf seinen Untergebenen.

Der Vogt schnappte sich seinen unverhofften Gast und verschwand mit ihm im Wirtsraum der Herberge.

»Alle raus hier, ich habe zu tun«, bellte er laut durch die Schänke. Nachdem sich die handvoll Bewaffneter vor die Tür begeben hatte, tauschten die beiden Ritter ihr Wissen aus. Von Manderscheid berichtete ausführlich über das Gespräch der Herren Höner und Frederich. Nachdem man dann die Informationen des Vogtes hinzugefügt hatte, ergab sich ein relativ klares Bild der derzeitigen Situation.

Godfried rechnete zusammen: »Drei der Kerle sind noch auf freiem Fuß, der Pächter Klein ist tot und vergraben. Keip ist dann scheinbar noch am Leben und irgendwo versteckt, also was tun wir jetzt ohne ihn zu gefährden?«

Während sich die beiden Ritter den Kopf zermarterten klopfte es an der Tür und Augst kam herein. Schnell wurde der Schultheiß über den Sachstand informiert und nahm an der Beratung teil. Dann wurden sie schon wieder gestört, es klopfte erneut und Pastor Rosenbaum stand im Türrahmen.

»Entschuldigt die Störung Ihr Herren, aber ich muss Euch dringend Mitteilung machen.«

Der Pastor berichtete ausführlich, wie es ihm letzte Nacht ergangen war, »... und wenn das nicht Steffel Pauly war, der wortlos dabei stand, dann fresse ich einen Besen.«

»Das könnt ihr Euch ersparen, der Lump liegt tot unter der Remise. Für die Sterbesakramente ist es zu spät, er ist schon einige Stunden kalt«, erklärte ihm Gerulf ironisch.

»Aber wieso habt Ihr nach der ersten Botschaft nicht hier vorgesprochen, das hätte uns viel Blutvergießen erspart, mein lieber Rosenbaum«, fuhr ihn der Schultheiß verärgert an.

»Wie schon gesagt, das Beichtgeheimnis hinderte mich daran, ich habe das getan, was ich als Hirte meiner Schäflein tun muss«, entschuldigte sich der Pastor.

»Und ich naiver Tropf hatte in meiner Jugend immer geglaubt, die Vertreter der Kirche seien mit klarem Verstand ausgestattet«, feixte der Vogt und schlug sich genüsslich aufs Bein.

Der Pastor machte zuerst ein betretenes, und dann ein beleidigtes Gesicht, dann rechtfertigte er sein Vorgehen: »Spart

Euch Eure Sprüche, ich habe ebenso meine Obrigkeit wie Ihr mein Herr.«

Nun kam Gerulf von Manderscheid mit einem recht brauchbaren Vorschlag: »Meine Tarnung ist jetzt sowieso dahin, man wird mich sicher schon auf der Ley vermissen. Die beiden Kerle haben mich nicht wahrgenommen, während ich hinter ihnen her lief, sie fühlen sich bestimmt noch unerkannt. Wir räumen jetzt, während die Kerle noch auf den Grubenfeldern sind, hier im Dorf auf und durchkämen alle Häuser die in Frage kommen. Das erregt erst einmal keinen besonderen Verdacht, denn das würde jeder andere an unserer Stelle auch tun. Ab heute Abend lassen wir weder Höner noch den Frederich auch nur einen Moment aus den Augen.«

Der Schultheiß kombinierte weiter: »Die Pächter saßen in der Schänke in der Wollgasse zusammen. Hier am Trierischen Hof, wo es vor Bewaffneten gewimmelt hat, haben sie die Geiseln mit Sicherheit nicht vorbeigetragen, außerdem wohnt Frederich fast gegenüber der Kronenschänke, in einem dieser Sackhöfe. Auch Höner wohnt nur eine Gasse weiter in der Schäferspforte, genau an diesen Häusern müssen wir ansetzen und am besten sofort.«

»Alles was wir da draußen tun, verbreitet sich unter den Leuten wie ein Lauffeuer, ich möchte in jedem Fall vermeiden das Höner und Frederich verunsichert werden, sie sollen sich unerkannt fühlen. Von hier aus zerpflücken wir jedes Haus hinauf in Richtung der Schäferspforte, die Häuser von Höner und Frederich nehmen wir uns dabei besonders gründlich vor.«

Gerulf von Manderscheid besah sich sein Äußeres und blickte zum Vogt hinüber: »In diesem Aufzug dürfte es mir schwerfallen irgendwen da draußen zu befeligen, wie komme ich an gebührliche Kleidung?«

»Gerulf, du befindest dich in einem kurtrierischen Marstall, also gibt es hier auch Kleidung für die Bediensteten des Kurfürsten«, lächelte Godfried, ging zur Tür und rief einen seiner Leute herbei: »Ruf mir den Marstaller, er soll sich sofort bei mir melden.«

Kurze Zeit später war Gerulf von Manderscheid seiner Rolle als »Theo Cüntzer« entschlüpft und entsprechend seinem Rang gekleidet.

»Dann lasst uns anfangen Godfried, wir haben keine Zeit zu verlieren«, meinte von Manderscheid zufrieden, während er an sich herabsah.

Knarrend öffnete sich die Tür zu dem Verschlag in dem Jan Keip versteckt war. Wortlos nahm jemand seinen Kopf zurück und flößte ihm, wie zu jeder Stunde, von diesem grässlichen Schnaps ein.

Keip war mittlerweile sturzbetrunken und kaum zu einer Regung fähig. Seit man ihn in Gewahrsam genommen hatte, war er an diesen Stuhl gefesselt und trug einen Leinensack über dem Kopf. Lediglich ein kleines Loch war in den Stoff geschnitten worden, damit man ihn regelmäßig mit diesem Fusel abfüllen konnte.

Mittlerweile hatte er seine Beinkleider eingenässt und auch sein Darm hatte sich in die Kleidung entleert. Jan Keip stank wie ein Jauchefass, aber sein alkoholvernebeltes Hirn nahm das alles nicht mehr war. In diesem dunklen Loch hatte er jedes Gefühl für die Tageszeit verloren, das einzige was er in seinem Dusel wahrnehmen konnte, war hin und wieder die Uhrglocke von Sankt Cyriaci.

Während er vor sich hindämmerte, wurde es draußen vor der Tür seines Verschlags ziemlich laut, er hörte Befehle und Stimmen.

»Hierher«, lallte Jan hustend und röchelnd.

Das nasskalte Loch in dem er kauerte, hinterließ seine Spuren, Keip hatte sich in dem feuchten Milieu stark erkältet. Er war zu schwach und auch zu betrunken, um lautstark auf sich aufmerksam zu machen.

Die Leute des Vogtes waren nicht gerade zimperlich, besonders in den Häusern Höner und Frederich gingen sie hart zur Sache. Schränke fielen um und Tische wurden beiseite gerückt, jeder Winkel wurde abgesucht.

»Wo ist der Keller, Weib?«

»Wir haben keinen Keller!«, antwortete Margarethe Frederich schnippisch.

»Hierher«, murmelte Jan erneut, doch seine schwächliche Stimme war da draußen nicht zu hören.

Weder auf dem Dachboden, noch im Rest des kleinen Hauses war eine Spur von Keip oder Klein zu finden. Die ersten Bewaffneten nahmen sich bereits das Nachbarhaus vor, während Gerulf von Manderscheid mit zwei von seinen Leuten ratlos in dem Ziegenstall von Frederich herumstand.

Da war ein Klopfen zu hören!

»Ruhe!«, befahl Gerulf, »was war das?«

Das hörte sich so an, als wenn jemand gegen eine Holzwand pochte, aber da war beim besten Willen nichts zu sehen, außer einer meckernden Ziege und der Bretterwand dieses Stalls.

Wieder pochte es gegen die Bretterwand, jetzt aber hatten es beide Männer deutlich gehört!

»Was ist dahinter Weib?«, schnauzte von Manderscheid die Frau an, die jetzt sichtlich nervöser wirkte.

»Der Berg, was denn sonst?«

Gerulf ließ einige Männer herbeirufen und ließ die Bretter einreißen, schon in kürzester Zeit gab die Wand ihr Geheimnis preis. Sie fanden einen Raum von gerade mal acht mal acht Fuß in den Basalt gehauen und mittendrin lag die armselige Gestalt des Grubenpächters Keip. Jan hatte sich mitsamt seinem Stuhl umgeworfen und konnte so gegen die Bretterwand treten.

»Wer seid Ihr?«, fragte Gerulf angespannt.

»Jan Keip«, stöhnte der Gefesselte erschöpft.

»Holt ihn da raus.«

»Damit habe ich aber nichts zu tun!«, wehrte sich Margarethe.

Von Manderscheid platzte der Kragen, mit voller Wucht knallte er dem feisten Weib des Aufrührers seine Hand ins Gesicht. Margarethe überschlug sich von der Wucht des Schlages und landete blutend im Ziegenmist.

»Noch so ein blödes Wort und du lernst mich richtig kennen, du Dreckstück. Nehmt das Weib mit und verbringt sie in den Arrest.«

Zufrieden saßen Vogt Godfried, Ritter Gerulf und der Schultheiß Augst in der Schänke zusammen.

»Damit ist die Schlacht so gut wie geschlagen«, freute sich der Schultheiß.

»Aber nur, wenn wir jetzt schnell handeln«, antwortete Godfried. »Ich schlage vor: Gerulf, du nimmst dir genügend Bewaffnete, reitest unverzüglich auf die Ley der Blohms und setzt Höner und Frederich fest, bevor noch jemand die beiden warnen kann und sie die Flucht antreten.«

»Bleibt immer noch einer auf freiem Fuß, wer mag es sein?«, meinte der Schultheiß nachdenklich.

»Bleib ruhig Augst, das bringen wir schon ans Tageslicht. Gerulf, wenn du die Kerle dingfest gemacht hast, bringst du sie am besten direkt auf die Burg nach Meien«, schlug der Vogt vor. »Wäre doch gelacht wenn wir nicht wenigstens einen der Kerle zum Reden bringen.«

Ruhig und gelassen ritt die kurfürstliche Truppe auf das Grubengelände der Blohms. Niemand erkannte in der frisch rasierten und neu gekleideten Person des Anführers den Leyerhelfer Theo Cüntzer wieder.

Vor der Holzbude des Aufsehers sprang Gerulf aus dem Sattel und ging zu Mychel und Matheis Blohm.

»Ohne viel Aufsehen Ihr Herren Blohm, zwei Verhaftungen liegen an und zwar kurz und schmerzlos, bevor die Gesuchten begreifen, um was es geht.«

Mychel betrachtete ungläubig sein Gegenüber und überlegte woher er den Mann kannte, aber er kam zu keinem Ergebnis.

»Um wen dreht es sich?«, wollte er erfahren.

»Veit Höner und Johan Frederich sind einwandfrei als Aufrührer überführt, wir müssen jetzt lediglich verhindern, dass sie uns unter Tage entkommen, dazu ist das Gelände da unten zu unübersichtlich.«

»Woher wollt Ihr beurteilen, wie es da unten aussieht, mein Herr?«

»Ihr habt mich doch selbst hinabgeführt, an meinen Arbeitsplatz«, grinste Gerulf.

»Cüntzer! Also habe ich mich eben doch nicht geirrt!«

»Meister Blohm, lasst mich das später erklären. Wie schaffen wir es die beiden zu stellen, ohne das ihnen eine Flucht möglich ist?«

Matheis, der ältere der Brüder ergriff das Wort: »Cüntzer, oder wie soll ich Euch nennen? Ihr nehmt die Treppe bei unserem Schacht, da kennt ihr Euch ja aus. Mychel du nimmst dir einige seiner Leute und führst sie von der Keip'schen Ley aus nach unten und ich nehme mit einigen Männern den Weg über die Treppen hinter Weishert.«

»Machen wir es so, dann sitzen die Kerle in der Falle«, stellte Gerulf zufrieden fest.

»Nicht ganz Herr … Wie soll ich Euch eigentlich ansprechen?«, wollte Mychel nun endlich erfahren.

»Ich bin Ritter Gerulf von Manderscheid, aber darüber sollten wir später reden, Meister Blohm. Was meint Ihr mit nicht ganz?«

»Mit Verlaub, die ganze Ausdehnung dieses unterirdischen Labyrinths habt Ihr noch nicht erkannt, Herr von Manderscheid. Euer kurzer Aufenthalt da unten hat Euch nicht das wahre Ausmaß dieser Höhlenlandschaft gezeigt. Dieses Areal ist so riesig, selbst ich könnte mich da unten durchaus verlaufen und ich kenne mich bestimmt schon sehr gut aus.«

»Uns bleibt aber ein Vorteil, eine unterirdische Flucht ohne Pechfackel in der Hand ist ein lebensgefährliches Unterfangen und zwar ausnahmslos für jeden der es versucht. Sollte einer der beiden die Flucht ergreifen, braucht man nur seinem Fackelschein zu folgen«, merkte Matheis Blohm an.

Mehr oder weniger unauffällig machten sich die einzelnen Trupps auf den Weg zu ihren Treppenaufgängen. Es dauerte seine Zeit bis die Stufen in die Unterwelt bezwungen waren, zudem war es für einen Außenstehenden ein befremdliches und beengendes Gefühl, wenn er dem nicht enden wollenden Weg nach unten folgen musste.

Höner stand hoch oben auf einer hölzernen Leiter und war gerade dabei, eine der schweren Basaltsäulen mittels Keilen aus der Wand zu sprengen. Die Leute des Vogts hatten es daher recht einfach, sie umringten die Leiter und forderten den Leyer auf nach unten zu kommen. Ohne Widerstand ließ sich der Gesuchte festnehmen, er hatte nicht die geringste Möglichkeit sich seiner Festnahme zu entziehen.

»In die Arrestzelle des Marstalls mit ihm, auf der Stelle. Vier Mann zur Bewachung, bewegt euch!«, tönte Gerulfs Befehl durch die weiten Gewölbe.

Frederich verfolgte das Treiben aus einer anderen Ecke, in der er gerade seine Notdurft verrichtete. Natürlich begriff er sofort was die Stunde geschlagen hatte und entfernte sich ohne viel Aufhebens vom Ort des Geschehens.

»Wo ist Johan Frederich?«, hörte er die drohenden Worte des Wachführers, während er sich davonschlich.

In diesem Menschengewimmel war es nicht ganz einfach einen Einzelnen auszumachen, vor allen Dingen behinderte der mitunter diffuse Fackelschein eine vernünftige Suche.

»Eben war er noch hier, er ist darüber«, antwortete einer der Arbeiter und zeigte hinter sich. Allerdings sah man in der gewiesenen Richtung nichts als Dunkelheit.

Frederich war nicht blöd, einen Zunderstein hatte er immer bei sich und so lief er ohne seine Fackel zu entzünden in die gähnende Leere. Hier kannte er noch jeden Tritt auswendig, er tastete sich an den Wänden vorbei um in Richtung der Ley von Theis Klein zu entkommen.

Einzig die steinernen Abfälle, welche den ganzen Boden übersäten, konnten ihm in der völligen Dunkelheit zum Verhängnis werden, jeder Fehltritt konnte zum Sturz führen. Noch wenige Ruten, dann kann ich mich an den Fackeln der Nachbarsley orientieren, ging es ihm durch den Kopf.

Die Bewaffneten folgten unterdessen dem Hinweis des Arbeiters und liefen in Richtung der Keip'schen Ley. Im Schein der vielen Fackeln wurde nun sehr schnell klar, was die unterirdischen Wege so gefährlich machte. Völlig unerwartet taten sich neben dem Weg tückische Abgründe auf, in denen man zehn Fuß abwärts stürzen konnte, das viele Geröll auf dem Boden tat das Übrige und machte jeden Schritt zu einem Wagnis. Wer hier im Dunkel das Weite suchte, war gut beraten sich bestens auszukennen.

»Hallo Frederich, hast du dich verlaufen?«, wurde er von einem Leyer der Nachbarsley begrüßt.

»Nein, ich suche Friedel Bolen, wo ist der am arbeiten?«

»In diese Richtung weiter, er ist Rohlinge am zurichten.«

Scheinbar ohne Hast setzte Frederich seinen Weg fort, niemand nahm besondere Notiz von ihm und nach wenigen Minuten hatte er seinen Kumpan gefunden.

»Höner ist eben von den Schergen des Kurfürsten verhaftet worden, wir müssen hier weg, wir sind entlarvt!«

»Verdammt«, fluchte der Leyer aus Owermennich, »los, komm mit!«

Er ließ sein Werkzeug stehen und liegen und machte sich mit Frederich zusammen auf den Weg in die Unterwelt. Es ließ sich nicht vermeiden, aber eine Pechfackel war auf dem weiteren Weg unverzichtbar. Sie betraten jetzt unbekanntes Terrain, dieser Teil der unterirdischen Abbauflächen war mehr oder weniger ausgebeutet, keine Menschenseele war in der gähnenden Leere anzutreffen, nur die aufgescheuchten Fledermäuse leisteten den Flüchtigen Gesellschaft.

»Mach, beeil dich Frederich, wir haben noch ein gutes Stück zu gehen. Ganz dahinten können wir die Treppe von einem der stillgelegten Schächte nutzen.«

»Wohin führt der Weg?«

»Hinter der Laacher Ley sehen wir wieder Tageslicht, nun mach Johan, wenn jemand unsere Fackel sieht können wir einpacken.«

In diesem Teil des Grubengeländes war Bolen ganz klar im Vorteil, schon oft hatte er die verlassenen Hallen neugierig inspiziert. Wer hier nicht unbedingt hin musste, verlor im Nu die Orientierung.

Die Suchtrupps trafen aufeinander, ohne das irgendjemand Johan Frederich gesehen hatte. Es war so, als suche man einen Spengel im Heuhaufen, es war einfach zu dunkel.

»Wir müssen schnell nach oben, hier unten ist uns der Kerl überlegen«, befahl von Manderscheid. »Alles auf die Pferde und dann suchen wir die ganze Gegend ab. Jeder Trupp nimmt sich einen Arbeiter mit, der diesen Frederich vom Gesicht her kennt!«

Eine halbe Stunde später wimmelte es auf dem gesamten überirdischen Grubengelände von Bewaffneten, hinter jeder Hecke und jedem Strauch des unübersichtlichen Geländes wurde gefahndet, aber Frederich war und blieb verschwunden.

»Es ist noch früh am Morgen«, rief Ritter Gerulf zwei seiner Leute herbei. »Ihr reitet sofort zum Kloster nach Laach, der Prior soll eine Taube mit einer Nachricht nach Schloss Philippsburg schicken. Ich brauche unverzüglich und schnell, dreißig Mann Verstärkung aus Ehrenbreitstein. Beeilt euch Männer!«

Nachdem man den Boten den Weg nach Laach erklärt hatte, gaben diese ihren Pferden die Sporen und verschwanden in Richtung des Laacher Sees.

Kapitel 13

Kylburger und Frederichs Weib wurden unterdessen gleichzeitig in den Folterkammern der Meiener Burg traktiert, aber der Erfolg ließ auf sich warten. Jetzt war schon die dritte Stunde nach Mittag angebrochen und keinem der beiden Gefangenen war etwas Brauchbares zu entlocken.

»Das Weib des Aufrührers ist zwar weich gekocht, aber sie kann uns wohl tatsächlich nichts über den Verbleib dieses Pächters Klein erzählen«, lamentierte der Amtmann.

»Dann nehmt sie härter ran«, fauchte der Vogt.

»Ich habe sie bereits mit heißem Fett verbrüht, sie hat kein heiles Gelenk mehr an ihren Fingern, jetzt sitzt sie schon über eine Stunde auf dem spanischen Bock, aber sie schweigt beharrlich. Glaubt mir Herr, die weiß nicht mehr«, resignierte der Schinder.

Genervt ging der Vogt in den Nachbarkeller, wo Hannes Kylburger soeben gerädert wurde. Von der kräftigen Gestalt des Hufschmieds war nur noch ein jämmerliches Häufchen Elend übrig, trotzdem kam kein Wort über seine Lippen.

»So Kylburger, mir langt es«, wandte sich Godfried von Ulmen an den Häftling. »Er hat jetzt genau viermal die Möglichkeit meine Frage zu beantworten. Nachdem er das vierte Mal mit Schweigen geantwortet hat, ist er seines Weibes und seiner Kinder ledig.«

Kylburger sah den Vogt mit fragenden Augen an, vor Erschöpfung und Pein kam ihm kein Wort mehr über die Lippen. Hannes dachte fieberhaft nach, was hat der Hund vor?

»Ich zähle Ihm einige Namen auf und Er nennt mir denjenigen, den ich vergessen habe: Höner, Frederich, Monschauer, Pauly – und? Nun ich höre!«

Kylburger beließ es bei seinem Schweigen.

»Nehmt den Jungen«, rief Godfried den Schindern zu.

Die Tür zur Folterkammer war offen, draußen hörte man einen Knaben jammern, dann vernahm man laut und deutlich wie eine Axt auf einen Holzklotz krachte, augenblicklich war es ruhig.

»Er hat es nicht anders gewollt, das war sein Erstgeborener.«

Der Hufschmied schaute entgeistert zu dem Vogt hinüber und begann wie ein kleines Kind zu flennen: »Was haben dir meine Kinder getan? Das ist gegen das Weistum, was du da anrichtest!«

Der Vogt trat neben den Delinquenten und sah abfällig auf ihn herab: »Was Er bisher angerichtet hat, ist auch gegen das Weistum. Rede endlich, noch hat Er immerhin zwei Nachkommen und ein Weib, aber auch das kann sich recht schnell ändern.«

Kylburger kam nur schwer aus seinem Weinkrampf heraus, dieser Schuft hatte sich an seinem Sohn vergangen und grinste noch dabei!

»So, nun frage ich Ihn noch einmal und Er nennt mir den fehlenden Namen: Höner, Frederich, Monschauer, Pauly – und?«

Kylburger zögerte und winselte unter Tränen wie ein getretener Hund.

»Nehmt das Mädchen!«

»Nein, nicht das Mädchen! Bolen heißt der den Ihr sucht«, sprudelte es aus ihm heraus, »Friedel Bolen, er arbeitet auf der Ley der Kleins und ist aus Owermennich.«

»Sieht Er, ein wenig an gutem Willen und allen Leuten ist doch geholfen, bringt Ihn zurück in sein Loch. Ach, einen Moment noch, da war noch etwas, wer hat den Hummeshof angezündet?«

Kylburger machte keine Anstalten mehr um den heißen Brei herumzureden, er wollte nicht noch eines seiner Kinder in den Tod schicken.

»Ich war's, ich habe den Hof angezündet.«

»Dann hat Er auch den Caspar Busch befreit und laufen gelassen?«

»Nein Herr, das war Frederich, der hat den Busch befreit.«

Auf der Stelle machte der Vogt kehrt und verließ die Gewölbe der Burg. Die Schinder lösten Kylburger aus dem Rad und schleiften ihn auf den Gang. Draußen vor der Tür nahm er einen schweren Hauklotz wahr, oben steckte eine Axt im Holz, aber von der Leiche seines Sohnes war nichts zu sehen, auch war hier wohl kein Blut geflossen.

»Was geht hier vor, was ist hier geschehen?«

»Du bist auf eine uralte List hereingefallen, du Blödhammel«, lachte ihn der Folterknecht aus, »der Vogt hat dich gefoppt!«

Dann zerrte er den Häftling an den Haaren in eine der dunklen Zellen, wo Kylburger völlig erschöpft zusammenbrach.

Vogt Godfried hatte es eilig, zusammen mit seinen Begleitern verließ er Meien und trieb die Reiter an. Noch vor Son-

nenuntergang wollte er auch den letzten dieser Rebellen dingfest gemacht haben.

Ohne Pause hatte er seine Leute bis zum Richtplatz ober-
halb von Thur durchreiten lassen, dann stoppte er sein Pferd.

»Absitzen, erleichtert euch, dann geht's weiter!«

Von hier aus hatte er eine gute Aussicht über die weite Feld-
landschaft der kleinen Pellenz. Vor ihm lag das kleine Mühlsteindorf, dahinter die Leyen. Das Singen der vielen Steinmetzhämmer war bis hier oben zu hören.

Im Osten, von Crufft kommend, ließ sich eine ziemlich große
Reitergruppe ausmachen, die zügig auf Nydermennich zuritt.

»Was mag das zu bedeuten haben?«, fragte er sich laut.

»Das sieht aus wie ein ganzes Schwadron kurfürstlicher Reiter, mein Herr«, antwortete sein Wachführer.

»Sofort aufsitzen, alle Mann! Ich glaube wir haben heute
irgendetwas in Nydermennich versäumt«, rief der Vogt seinen
Leuten zu, schwang sich in den Sattel und machte sich eiligst
auf den Weg zum Trierischen Hof.

Gerulf von Manderscheid saß an dem großen Ecktisch in der
Schänke des Marstalls und ließ sich gerade bewirten, als der
Vogt in den Raum kam.

»Godfried, setz dich zu mir und iss, wir haben es uns verdient.«

Der Vogt ließ sich nicht zweimal bitten, außer dem spärlichen Morgenessen hatte er noch nichts zu sich genommen.

»Auf dem Weg nach hier sah ich eine große Anzahl Reiter
auf das Dorf zukommen, gehören die zu uns?«

»Ich habe dreißig Mann aus Ehrenbreitstein angefordert,
in den nächsten Tagen gibt es hier im Ort mehr Soldaten als
Mühlsteine, solange bis dieser elendige Aufstand beendet ist«,
erwiderte Gerulf, »es reicht mir bis zum Kragen.«

»Wir wissen jetzt auch den Namen des großen Unbekannten, wir suchen einen gewissen Friedel Bolen aus Owermennich, ein Leyer von der Grube der Kleins«, teilte der Vogt mit.

»Zurzeit wird uns das wenig nützen Godfried, dieser Frederich ist uns unter Tage entkommen, während wir Höner gefan-

gen genommen haben. Es würde mich sehr wundern, wenn er alleine auf der Flucht ist.«

»Wieviel Bewaffnete haben wir im Moment hier zur Verfügung?«

Gerulf rechnete zusammen: »Mit der Verstärkung kommen wir auf fast sechzig Mann.«

Der Vogt ging vor die Tür und beauftragte einen seiner Männer den Hummes herbeizurufen, irgendwo musste man die Bewaffneten schließlich versorgen. Der Marstaller kam herein und tischte den beiden Rittern eine handfeste Mahlzeit auf: »Greift zu Ihr Herren, sonst fallt Ihr mir vom Fleisch.«

»Wo Ihr schon gerade hier seid, könnt Ihr auch direkt hier bleiben. Ich habe nach dem Hummes geschickt, irgendwie müssen wir jetzt die Versorgung unserer Männer organisieren.«

»Ich habe schon mal kurz überschlagen Herr, die dreißig Leute kriegen wir hier und auf dem Hummeshof ohne Probleme versorgt«, beruhigte der Marstaller.

»Mich dünkt, Ihr irrt Euch gewaltig, in wenigen Minuten sind es schon sechzig Mann«, antwortete der Vogt dem Hausherrn, der sich verwundert am Kopf kratzte.

Es klopfte schon wieder und zusammen mit dem Hummes kam Egbert von Dasburg durch die Tür, er führte die Verstärkung an.

»Macht Ihr hier eine neue Burganlage auf, Gerulf? Hier gibt es ja fast soviel Berittene wie auf dem Ehrenbreitstein!«, stellte der Neuankömmling amüsiert und verwundert fest.

»Mach dich nur lustig Egbert, während du dir in Coblentz die Zeit mit den Weibern vertrieben hast, hatten wir hier alle Hände voll zu tun.«

Godfried von Ulmen erklärte dem Hummes und dem Marstaller, dass sie sich um Schlafplätze und um die Versorgung der Bewaffneten kümmern sollen und das bitteschön, ohne dauernd nachzufragen.

Nun wandte er sich dem Führer der Verstärkung zu. In kurzen Sätzen wurde Egbert von Dasburg mit der Lage vertraut gemacht und erhielt dann seine Anweisungen.

»Nach Gerulf und meiner Person seid Ihr der Ranghöchste der bewaffneten Einheiten, alle Männer unterstehen somit Eurem Befehl. Sorgt mir dafür, dass sich mindestens die Hälfte unserer Leute in der kommenden Nacht auf Wache befindet, nicht einmal eine Katze darf sich ab sofort hier im Dorf bewegen, ohne ihren Leumund zu belegen.«

Egbert hatte verstanden und ließ die Wachführer antreten. Innerhalb einer halben Stunde hatten sich die Männer der Verstärkung durch das ganze Dorf verteilt.

Viele der Dorfbewohner verfolgten die Geschehnisse mit einem flauen Gefühl im Magen, die Angst war den meisten Leuten ins Gesicht geschrieben. Die Erinnerungen an die Leiden und Entbehrungen des Erbfolgekrieges waren noch immer hellwach und auch der war noch nicht ganz ausgestanden.

Hatten etliche Menschen gestern noch mit den Rebellen geliebäugelt, krochen sie heute ihrer Obrigkeit unterwürfig zu Kreuze. Brav und gehorsam befolgten sie die Anweisung der kurfürstlichen Soldaten, jeder versicherte bereitwillig seine Loyalität mit dem Landesherren.

In jeder Gasse, in jedem Winkel wurde die Bekanntmachung des Vogtes verlesen: »Wer Johan Frederich oder Friedel Bolen beköstigt, oder ihnen gar Unterschlupf und Schlafstatt gewährt, der hat sein Leben verwirkt und wird zusammen mit den unglücklichen Aufrührern wegen Landfriedensbruch hingerichtet. Auch wer die beiden zu Gesicht bekommt, ohne die Vertreter ihrer Eminenz herbeizurufen, hat sich vor dem Hochgericht der Pellenz zu verantworten!«

Zwei Tage lang stellten die kurfürstlichen Bewaffneten das Dorf auf den Kopf. Jeder Stall und jede Scheune wurde aufs akribischste durchsucht, man fand sogar den geheimen Keller im Haus von Veit Höner, aber von Frederich und Bolen fehlte jede Spur. Langsam begann sich der Vogt damit abzufinden, dass die Verbrecher über alle Berge entkommen sind.

»Lass uns noch einen Tag suchen, wir haben jetzt genug Leute hier um das Dorf noch einmal genauestens zu inspizieren«, ermutigte ihn Gerulf von Manderscheid.

»Dein Wort in Gottes Ohr«, erwiderte der Vogt, packte Würfel und Karten aus und ergötzte sich mit den beiden Rittern an erfreulicheren Beschäftigungen.

»Und, was haben diese Phantasten jetzt erreicht?«, meinte Berreshem der Bader zu Eckel, dem Pächter des Bürresheimer Hofes. »Irgendwer hat immer großspurige Ideen und ausbaden müssen es wieder einmal die kleinen Leute. Aber anders habe ich Höner und seine tollkühnen Kumpane nie eingeschätzt.«

»Trotzdem Hein, der Weg den sie gegangen sind war zwar der Falsche, aber die Forderungen sind nicht an den Haaren herbeigezogen, selten ging es dem gemeinen Volk so schlecht wie jetzt«, entgegnete der Bauer.

»Seit ewigen Zeiten ist der Lauf der Dinge so wie er ist, es ist eben die göttliche Ordnung. Mal geht es den Leuten besser, mal geht es ihnen schlechter, das war schon immer so. Die unmäßige Unzufriedenheit im Herzen der Menschen ist schuldig an solchen Umtrieben. Lässt man die Herren in Ruhe leben, bleibt alles in geordneten Bahnen. Zudem verdanken wir unserer Herrschaft immerhin den nötigen Schutz in kriegerischen Zeiten.«

»Bist du fertig mit deiner Predigt? Du hättest besser Pfaffe werden sollen«, verärgert schwang sich der Bauer aus dem Stuhl des Baders. »Ich habe jetzt keine Lust mich mit dir über dieses Thema weiter auszulassen, Hein. Manchmal meine ich, du glaubst den Mist, den du von dir gibst. Wo war denn der Schutz der Herrschaft, als die Franzosen hier geplündert und gemordet haben?«

Gerade wollte er den Heimweg antreten, als die Tür geöffnet wurde und zwei Ordensleute, in der Art der Laacher Benediktiner gekleidet, in die Baderstube traten.

»Gelobt sei der Herr«, murmelte der größere von beiden und ließ den Bauern seines Weges ziehen.

Kaum war die Tür geschlossen, legte der kleinere der Mönche den schweren Querriegel vor.

»He, was soll das Mönch? Ich habe noch über eine Stunde zu arbeiten!«

»Für heute hast du deine Dienste getan, Berreshem«, hörte er die vertraute Stimme von Frederich unter der Kutte.

Mit zwei Handgriffen zog der Flüchtige das Sackleinen vor die Scheibe des Fensters, dann drängten die vermeintlichen Gottesmänner den Bader in das Hinterzimmer.

»Wie habt ihr das geschafft? Wie seid ihr in das Dorf hineingekommen? Was wollt ihr von mir?«, stammelte Berreshem verstört.

»Mach ruhig Hein, frag nicht soviel auf einmal. Wenn man von Fraukirch nach Laach will, dann bist du nun einmal die erste Besuchsadresse für einen braven Mönch«, griente ihn Johan Frederich an.

»Aber was wollt ihr von mir? Ihr bringt mich in größte Gefahr, verschwindet wieder!«

»Hör mir genau zu, du Feigling! Noch vor wenigen Wochen hast du mir erzählt wie gut es doch sei, dass jemand die Rechte der Leute durchsetzen will. Wir bringen dich in Gefahr? Wir haben uns für die Dorfbewohner in Gefahr gebracht und jetzt lassen uns alle im Regen stehen.«

Berreshem zitterte am ganzen Leib, draußen pochte es gegen die Tür, der nächste Kunde wartete wohl auf Einlass.

»Lass ihn klopfen, der kommt schon wieder, seine Haare wachsen schließlich weiter«, stichelte Friedel Bolen.

»So mein Freund, gib uns deine Barschaft, wir wollen hier keine Wurzeln schlagen«, forderte Frederich den verängstigten Bader auf.

Zögernd zeigte Berreshem auf die Schatulle, die auf dem alten Schrank in der Stube stand.

»Nehmt euch alles, aber verschwindet wieder, ich bitte euch.«

»Damit du schreiend zu den Leuten des Vogts läufst und uns ans Messer lieferst?«, lächelte Frederich und nahm sich die Barschaft in Augenschein.

»Johan, niemals käme mir so etwas in den Sinn, habe ich nicht immer zu dir gehalten?«

»Das hast du Hein, immer! Vor allem immer dann, wenn es zu deinem Vorteil gereicht hat.«

Draußen auf der Gasse wurde es laut, quietschend und knarrend wurden die neuen Torflügel der Fraukircher Pforte geschlossen.

»Verdammt, für heute sitzen wir in der Falle, mach jetzt keinen Fehler Hein, heute Nacht hast du Gäste.«

»Aber Johan, ihr wollt die ganze Nacht hier bleiben?«, stotterte Berreshem.

»Wo sollen wir denn im Dunkeln hin? Es regnet immer mehr, lass uns die Nacht abwarten, in der Frühe sehen wir weiter.«

Berreshem war ein eiserner Junggeselle, somit bot sich das kleine Baderhaus als idealer Unterschlupf an. Einen Einzelnen im Auge behalten war recht einfach, besser als eine ganze Familie in Schach zu halten.

»So, nun besorge etwas zu Essen und zwar plötzlich!«, raunte ihn Bolen verärgert an, seine Laune war nicht mehr die Beste.

Der Bader öffnete eine Luke im Fußboden und stieg über eine Leiter in seinen kleinen Keller hinab, widerwillig reichte er den Männern von seinen Vorräten hinauf.

Ein schöner Hinterschinken kam zum Vorschein, dann sogar ein runder Laib weißen Brotes und geräucherte Fische. Zu guter Letzt noch ein Krug mit frischer Milch.

»Lass es gut sein fürs Erste, komm wieder hoch und hock dich schön brav da in die Ecke«, rief Johan ihm zu.

»Du lebst nicht schlecht für einen Bader, wie kommt das?«, fragte Bolen neugierig.

Berreshem zuckte verlegen mit den Schultern: »Wenn man alleine ist, dann braucht man doch nicht soviel.«

»Wenn man Bader ist und so ein geschwätziges Mundwerk wie du sein Eigen nennen kann, dann wird man außerdem noch von so manch einem Mitbürger mit allerlei Zuwendungen bedacht. Stimmt doch Hein, oder nicht?«, stachelte Frederich genüsslich schmatzend.

»Was willst du denn damit sagen, Johan?«

»Frag nicht so blöd, jeder hier im Dorf der bis drei zählen kann, weiß doch schließlich, was er von deiner verschwiegenen Art zu halten hat.«

»Aber Johan, jetzt wirst du unverschämt.«

»Halt endlich dein blödes Schandmaul und geh mir nicht aufs Hirn, ich schlafe jetzt eine Runde. Wenn der Kerl aufmuckt Friedel, dann schmeiß ihn einfach in den Keller.«

Frederich warf sich nach dem Essen auf das Bettgestell des Baders und fing genüsslich an zu schnarchen, während Bolen sich an dem Räucherschinken verlustigte und den Bader dabei nicht aus den Augen ließ.

Frederich konnte beim besten Willen nicht durchschlafen, die verschlissene Schlafkuhle des Baders war ihm zu klein und drückte außerdem auf seinen angeschlagenen Rücken.

»Ich wollte, wir wären schon wieder raus aus diesem Loch, ich fühle mich wie eine Maus in der Falle.«

»Lass uns doch über die Schutzmauer verduften, die ist hinten im Garten höchstens sechs Fuß hoch«, schlug Bolen vor.

»Aber nur, wenn der Regen nachlässt«, grummelte Frederich und versuchte es noch einmal mit einem Schläfchen.

Nur zögerlich gingen die Pächter der Bauernhöfe heute nach ihrem Tagwerk zu ihrem Stammtisch in die Quellenschänke, eine Kontrolle jagte die Nächste. In jeder Gasse stand ein Schöffe den Patrouillen des Vogtes zur Seite und musste die Leute identifizieren. Außer dem Hummesbauer, der gleich nebenan wohnte, hatten sich unter diesen Umständen lediglich vier weitere Bauern aus dem Haus getraut.

Vom Regen durchnässt gesellte sich Eckel, der Pächter des Bürresheimer Hofes, an den großen Holztisch des Schankraums. Das Thema des Abends waren zweifellos die schrecklichen Ereignisse im Ort.

»Jan Keip wurde derart misshandelt, der kommt die nächsten zwei Wochen nicht mehr aus dem Krankenlager«, prophezeite der Hummes.

»Den alten Klein totzuschlagen war nun wirklich kein Heldenstuck, egal von welchem Teufel man geritten wird«, schimpfte Clausen vom Marienhof.

»Wie siehst du eigentlich aus Eckel?«, tönte der Hummes. »Hat Berreshem dir die Haare abgebissen oder hast du ihn schlecht bezahlt? Du siehst ja schlimm aus!«

»Erinnere mich nicht an dieses scheinheilige Waschweib. Vor zwei Wochen hat er noch herumgetönt, dass es dringlich an Wohltaten für das gemeine Volk mangelt, heute hat er mir den Kopf vollgequasselt, wie schön und gerecht es doch auf der Welt zugeht. Heute so, morgen so, diesem Schwätzer kann man doch gar nicht mehr zuhören.«

»So ist er eben Johannes, er dreht seinen Wimpel immer so in den Wind wie er es gerade braucht.«

»Mir wurde es dann zuviel, aber nach mir kamen noch zwei Patres aus Laach, da hatte er ja gleich zwei dankbare Zuhörer für sein dummes Gefasel«, sagte Eckel ärgerlich. »Da heißt es doch überall dem Volk geht es schlecht, aber solange sich die Mönche noch den Bader leisten können, kann es so schlimm nicht sein.«

Es sollte nicht spät werden heute Abend, auch wenn es für die Bauern jetzt im November ruhiger war, morgen früh rief wieder das Vieh und die Winterarbeit musste auch weitergehen. Spätestens zur neunten Stunde wollte der Hummes den Heimweg antreten.

»Gehst du mit Eckel? Es ist schon spät«, forderte Jacobus seinen Tischnachbarn auf.

»Dann lass uns ziehen, Gerber.«

Der Regen war vorbei, aber in der mondlosen Nacht war man gut beraten, seinen Weg mit einer Tragfunsel auszuleuchten, auch Bauer Eckel war mit so einer kleinen Laterne ausgerüstet.

»Sieh mal Gerber, da am Brunnen steht ein Kontrollposten, bei der festlichen Beleuchtung kann man sich seine Funsel fast schon sparen.«

»Stell dir mal vor, der ganze Ort wäre zur Nachtzeit mit solchen Fackeln ausgeleuchtet, das wäre eine feine Sache«, sinnierte der Hummes vor sich hin.

»Spinn weiter Jacobus, das gibt es noch nicht einmal in Coblentz oder in Coellen. Ausleuchten, einen ganzen Ort! Du trinkst zuviel, so etwas wird es nie geben«, schüttelte Eckel den Kopf.

Während sie vor der Schänke noch einige Worte wechselten, vernahmen sie vom anderen Ende der Brunnengasse laute Stimmen. Im Lichtschein der Pechfackel sah man, wie eine Patrouille zwei Gestalten heranführte. Beide waren lediglich mit dünnen Beinlingen und wollenen Cotten bekleidet.

»Was geht hier vor?«, wollte der Hummes wissen.

»Die beiden hier behaupten Mönche aus Laach zu sein, man habe sie vor den Toren des Dorfes überfallen. Wir bringen sie zum Vogt«, antwortete der Schöffe, der die Patrouille begleitete.

Für einen Moment stutzte Gerber, was hatte Eckel eben gesagt? Mönche beim Bader? All das machten die Mönche doch selbst in ihrem Kloster, fiel es ihm siedendheiß ein.

»Ich gehe mit zum Vogt, zwei Mann von euch machen sich sofort auf den Weg zur Fraukircher Pforte«, wand sich Jacobus an die Patrouille, »da könnte es gleich gefährlich werden.«

»Wie kommst du mir vor du Frechling, dass du dich unterstehst uns Order zu erteilen?«, entgegnete der Wachführer verärgert.

»Beruhige dich, das ist unser Hummes«, schlichtete der Schöffe.

»Das war zudem keine Order, sondern ein guter Rat, ich weiß, was ich sage«, verteidigte sich Gerber.

Mit fragendem Blick sah der Wachführer zum Hummes hinab. »Was ist das für eine Geheimniskrämerei?«

»Guter Mann, ich will dem Vogt nicht vorgreifen und werde unverzüglich mit ihm zur Pforte kommen. Ich bitte Euch nur eindringlich, umstellt leise und ohne Aufsehen das kleine Baderhaus neben dem Tor.«

»Ihr könnt ihm vertrauen, unser Hummes gehört zu den Dorfältesten und ist Oberhaupt des Schöffengerichts, der weiß schon was er tut«, gab der Schöffe zum Einwand.

»Und du Eckel, du kommst gleich mit mir zum Vogt, ich brauche deine Aussage.«

Anfänglich war Godfried von Ulmen von der nächtlichen Störung nicht sehr erbaut. Eben erst hatte er sich hingelegt, sie hatten schließlich alle einen harten Tag hinter sich.

»Ich hoffe, du hast gute Gründe mich so spät vom Nachtlager zu holen«, drohte der Vogt und setzte sich an den großen runden Tisch im Schankraum des Trierischen Hofs.

Nachdem er die ganze Geschichte vernommen hatte, hob Godfried die Brauen und die grimmigen Gesichtszüge wichen einer aufgemunterten Miene.

»Die werden doch nicht so dreist sein und sich hier im Dorf verkrochen haben? Obwohl ich zugeben muss, ein besseres Versteck könnten sie ja gar nicht finden.«

»Sehen wir nach edler Herr«, forderte ihn der Hummes auf, »dann wissen wir mehr.«

»Acht Mann auf die Beine, aber schnell, es pressiert«, befahl der Vogt dem Wachführer. »Gerulf und Egbert können weiterschlafen, das kriegen wir auch alleine hin.«

Ruhig und besonnen wurde nun das kleine Baderhaus von allen Seiten eingekreist. Zusammen mit der Torwache, waren jetzt über ein dutzend Bewaffnete um die Hütte von Berreshem postiert. Niemand konnte das Haus verlassen, ohne der Wache ins offene Messer zu laufen.

»Öffnen!«, befahl der Vogt.

Beherzt verschafften sich die Männer Zugang in das kleine Baderhaus. Klirrend ging das Fenster aus Butzenglas, der ganze Stolz von Berreshem, zu Bruch und bereits wenige Augenblicke später öffneten die Wachen die Tür des Hauses von innen. Energisch stürmte Godfried mit den Bewaffneten in die Baderstube, aber niemand war zu sehen.

»Da hinein!«, zischte der Vogt und zeigte auf den Durchgang zur Kammer.

Ein Fußtritt genügte und die niedrige kleine Tür flog aus den Angeln.

»Hier ist niemand Herr!«, rief der Wachführer.

»Wo ist der Bader?«

»Hier ist auch kein Bader, hier ist keine Menschenseele.«

Godfried betrat den kleinen Raum. Der Tisch war noch gedeckt, das Bett war aufgewühlt und siehe da, das Fenster stand weit offen!

»Kein Mensch lässt um diese Jahreszeit und bei diesem Wetter sein Fenster offen stehen, was ist hier faul?«

Einer der Männer beleuchtete durch das offene Fenster den kleinen Garten, aber da war niemand. Auch die Bewaffneten, die vor dem Eindringen das Haus umstellt hatten, wollten niemanden gesehen haben.

»Die sind alle drei ausgeflogen, der Bader steckt wohl mit diesen Lumpen unter einer Decke«, folgerte der Wachführer.

»Unser Bader? Das Schleimgesicht hat ja Angst vor seinem eigenen Schatten, der ganz bestimmt nicht«, lachte der Hummes und Eckel pflichtete ihm bei.

»Wenn man nicht alles selber macht«, meinte Vogt Godfried zu seinem Wachführer. »Da ist eine Kellerluke neben dem Tisch, du solltest einfach mal nachsehen.«

Nachdem die Luke geöffnet war, konnte man am Boden des Kellers den Bader erkennen. Geknebelt und geschnürt, saß er wie ein Häufchen Elend in seinem Vorratskeller und sah mit ängstlichen Augen nach oben. Hein Berreshem war froh und glücklich, als man ihn endlich aus seiner Zwangslage befreite, die Fesseln hatten sich tief in seine Handgelenke eingeschnitten.

»Wann sind die beiden weg?«, fragte der Vogt.

»Nach dem Regen, alles haben sie mir genommen, meine Barschaft und etliche meiner Vorräte, ich bin ruiniert«, jammerte der Bader.

»Das tut jetzt nichts zur Sache«, unterbrach der Vogt, »das ist alleine dein Problem. Wer waren die beiden?«

»Johan Frederich und dieser Bolen aus Owermennich.«

Ein wenig ratlos verließ Godfried von Ulmen die Baderstube und ging hinaus auf die Gasse. In dieser stockfinsteren Nacht war jeder Verfolgungsversuch sinnlos, sie hatten einen gebührlichen Vorsprung, die konnten überall, ja sogar hinter jedem Gebüsch sein. Aber dann fiel ihm ein, die konnten auch nicht überall hinlaufen, Fackeln oder Laternen würden ihren Aufenthalt verraten, also mussten sich die Flüchtigen im Dunkeln bewegen.

»Im Dunkeln kommen die auch nicht weit«, entglitt es ihm.

»Was habt Ihr gesagt, Herr?«, fragte der Hummes neugierig.

»Wenn ich zur Nachtzeit von hier flüchten müsste, ohne ein Licht zur Hand, wohin flüchte ich dann, damit ich am nächsten Morgen nicht gefunden werde?«

Der Hummes legte bedächtig sein Kinn in die Hand: »Wohin, das ist eine gute Frage. Unter die Erde in die Leyen, da findet mich niemand, da würde ich hingehen. Vor allen Dingen, wenn ich mich da unten so gut auskennen würde wie Frederich und Bolen, das sind erfahrene Leyer.«

»Stimmt, kommt bitte mit Herr«, meinte Eckel und ließ sich von den Bewaffneten die kleine Durchlasstür in der Fraukircher Pforte öffnen und ging mit dem Vogt nach draußen.

»In dieser Richtung ist man auf schnellstem Weg unter Tage«, erklärte Eckel und zeigte hinauf über die Wenzelkaul.

»Aber dann werden sie spätestens morgen früh von den Arbeitern entdeckt«, warf der Vogt ein.

»Wer sich da unten auskennt, der kennt so viele Flächen wo heute nicht mehr abgebaut wird. Wenn man genügend zu Essen dabei hat, ist man dort für einige Tage unentdeckt.«

»Und wenn man dann noch Freunde hat, die einem etwas Wegzehrung durch so einen stillgelegten Schacht nach unten schmeißen«, fügte Eckel hinzu, »dann kann man da unten sogar überwintern, dort ist es immer gleichmäßig kühl, aber es gefriert nie.«

»Aber man kann da unten nicht ohne Licht rumlaufen, hat mir Jan Keip einmal erklärt«, warf der Vogt ein.

»Ich glaube, ich habe die Lösung mein Herr!«, strahlte Bauer Eckel. »Jetzt zur Nachtzeit können die beiden ohne Angst mit ihren Fackeln durch das Labyrinth laufen, da unten wird sie niemand entdecken, aber von hier oben entdecken wir sie. An jeden Schacht der in Frage kommt, solltet Ihr Wachen postieren lassen, so sehen diese dann unten in der Tiefe den Fackelschein wandern und der Weg lässt sich verfolgen!«

»Gar nicht so dumm Johannes. Wenn wir das so machen wollen edler Herr, dann bitte tunlichst jetzt und sofort. Gebt mir genügend Bewaffnete mit, über Tage sind wir im Vorteil, wir kommen viel schneller voran«, drängte der Hummes.

»Gut Gerber, du bist ortskundig und stehst meinen Wachführern zu Seite«, ordnete der Vogt an, dann wand er sich einem seiner Leute zu: »Du sputest dich in den Trierischen Hof, holst Verstärkung und berichtest dem Ritter Gerulf von den Vorfällen hier.«

»Und du schaffst mir einige der Pächter auf das Grubenfeld, wir brauchen in jedem Falle ortskundige Leute, sonst läuft die ganze Suche ins Leere«, wies der Hummes den Schöffen an.

»Wen kann ich denn jetzt noch aus dem Bett schmeißen? Es ist doch schon spät!«

»Solange du keine Tattergreise herbeirufst, ist mir das so ziemlich gleich«, bemerkte Gerber genervt.

Kapitel 14

Zügig setzte sich der nächtliche Fackelzug in Bewegung. Die Männer teilten sich vor der Andernacher Pforte, ein Teil ging durch die Gärten und Felder am Heidenstock hinauf, der andere Teil marschierte über die Hundtskullen zu den Leyen auf Stürmerich. Der Schöffe und der Hummes wiesen den Trupps die Wege zu den verschiedenen Schächten, die bis jetzt in Frage kamen.

»Weiter können sie noch nicht sein, wenn sie sich da unten verkrochen haben, unter Tage kann man sich nur recht langsam fortbewegen«, erklärte Gerber dem Vogt.

Je zwei Mann wurden an die verschiedenen Schächte postiert, einer zur Beobachtung und der andere als Bote.

»Kein Licht in Schachtnähe und kein lautes Wort, habt ihr das verstanden?«, flüsterte der Hummes den Bewaffneten zu.

Nach und nach wurde eine Schachtkrone nach der anderen besetzt. Auch auf den Weishertleyen wurden Schacht um Schacht Wachen postiert.

Es war schon fast drei Stunden nach Mitternacht und noch immer hatte sich nichts getan. Gerulf von Manderscheid und Egbert von Dasburg waren mit der gesamten Schar der Bewaffneten eingetroffen, nach kurzer Beratung mit dem Vogt wurden zwei weitere Suchtrupps zusammengestellt.

»Dann werde ich mit meinen Männern über den ersten Schacht hinter den Hundtskullen einsteigen. Sollten sie sich dort verstecken, müssen sie ja in eure Richtung fliehen«, schlug Ritter Gerulf vor.

»So machen wir es! Ich postiere mich mit einigen Männern in der Ley von Jan Keip, ohne Licht und mucksmäuschen still. So können sie nicht mehr weiter«, pflichtete ihm der Vogt bei.

»Aber postiert Euch nicht unter den Schächten, mein Herr. Ich hätte da noch eine gute Idee«, meldete sich jemand von hinten.

»Wer seid Ihr denn?«, wollte von Dasburg wissen.

»Die Grubenherren Matheis und Mychel Blohm«, kam die Antwort von Matheis, der zusammen mit seinem Bruder und dem Schultheiß auf die Leyen gekommen war.

»Habt Ihr etwas beizutragen was von Nutzen für uns wäre?«, fragte Egbert ein wenig herablassend.

»Auf allen Leyen die in Betrieb sind, stehen große Pechkäfige um die Arbeitsflächen zu erleuchten, sind die Burschen erst einmal entdeckt, sollten wir die Käfige entzünden und es wird in diesen Bereichen taghell.«

»Warum sollen wir uns dann nicht unter den Schächten postieren?«, fragte einer der Wachführer.

»Wenn wir ungefähr wissen, wo sie sich aufhalten, füttern wir die Schächte wo sie bereits vorbei sind mit brennenden Fackeln, so kreisen wir die Kerle ein. Da wäre es doch schade um Eueren schönen Wams, mein Herr.«

Der Plan des Grubenpächters leuchtete ein. Wenig später wimmelte es in dem ganzen Areal von den Weishertleyen bis hinüber zu den Leyen von Jan Keip vor Bewaffneten, die still und geduldig in den dunklen Höhlen verharrten. Eine Flucht in diese Richtung, also in die größte Ausdehnung des unterirdischen Höhlenlabyrinths, war für Frederich und Bolen fast schon unmöglich geworden.

»Hoffentlich irren wir uns nicht, dann war die ganze Mühe umsonst und wir haben uns zum Narren gemacht«, bemerkte der Vogt zu Matheis Blohm.

»Wenn wir bis zum Tagesanbruch nichts erreichen, lasst Ihr die gesamte Wachmannschaft ausschwärmen, sind die beiden nicht unter Tage, dann müssen sie während der Nachtzeit irgendwo in der Nähe verharren.«

Kaum hatte Godfried seine Bedenken geäußert, kam einer der Wachführer herbei.

»Wir haben sie gesehen, Herr!«

»Wo?«

»Kommt!«

Es war soweit, gleich zwei Schächte meldeten mittlerweile einen Lichtschein, die Flüchtigen bewegten sich langsam von der Ley im Reipental in Richtung der Leyen von Jan Keip.

»Mychel, kennst du alle Schächte im Reipental?«, fragte Matheis.

»Blöde Frage!«

»Könnt Ihr ihm einige Leute mitgeben, Herr? Dann kann er die Schächte dort in Brand stecken, wo die Kerle schon durch sind.«

»Ich würde allerdings lieber direkt nach unten steigen und die Pechkörbe entzünden, das erleichtert sicherlich die Suche, denkt an die tückischen Abgründe«, warnte Mychel.

»Auch gut, habt Ihr einige Leute für meinen Bruder?«

»Natürlich Meister Blohm! Ihr da begleitet Meister Mychel«, befahl der Vogt einer der Patrouillen.

Mychel leistete ganze Arbeit, innerhalb kürzester Zeit war er mit seinen Begleitern eine der langen endlosen Treppen hinunter gelaufen und erleuchtete die unterirdischen Hallen auf Reipental taghell.

»Das nenne ich eine Begrüßung«, lobte Gerulf von Manderscheid die Feuerchen in den Körben.

Die ganze Zeit waren er und seine Leute im Schein von zwei spärlichen Fackeln nach vorne gestolpert.

»Wenn jetzt alle Mann ihre Fackel entzünden, können wir uns gezielt nach Flasert hocharbeiten und achtet mir auf die Abgründe!«, wies Mychel die Bewaffneten an.

»Die suchen nach uns Johan, hörst du das?«
Frederich drehte sich um, ganz weit hinten war ein Lichtschein zu erkennen.

»Haben wir uns am Ende in der Zeit vertan und die fangen schon an zu arbeiten, Friedel?«

»Quatsch, sieh doch nach oben, wir stehen genau unter einem Schacht, es ist noch stockfinstere Nacht«, antwortete Bolen.

»Los, weiter Friedel, lass sie suchen, bald sind wir auf Keips Ley und da würde ich sogar im Dunkeln den Weg finden. Bis zum Tagesanbruch sind wir wieder hinter der Laacher Ley und dann hauen wir schleunigst ab.«

Egbert von Dasburg und der Vogt, sahen genüsslich von oben zu, wie sich die beiden Männer aus dem Sichtfeld des Schachtes entfernten.

»Wohin gehen die Kerle jetzt?«, fragte er Matheis Blohm.

»Sie laufen schnurgerade in die Ley von Jan Keip, hoffentlich verhalten sich die Wachen da unten jetzt absolut ruhig.«

»Halt!«, mahnte Frederich, »wir laufen direkt in die Falle, du glaubst doch nicht im Ernst daran, dass die nur aus einer Richtung kommen. Hier runter in den Abraum, schnell, wir lassen die Meute vorbeiziehen und dann treten wir den Rückzug an.«

Vorsichtig rutschten und krochen die Männer über den Abraum den kleinen Hang hinunter. Eine große Basaltsäule bot genügend Platz für beide Männer, um sich bequem dahinter zu verstecken.

»Licht aus!«, flüsterte Friedel Bolen und trat seine Fackel aus.

Die Warterei dauerte eine scheinbare Ewigkeit, dann endlich marschierte der Suchtrupp vorbei. Alle zwanzig Fuß wurde eine brennende Fackel in den Hang der Abraumhalde geworfen, jeder der sich dort versteckte, sollte so gesehen werden.

Nur fast jeder, denn hinter der Säule waren Johan und Friedel vor den suchenden Blicken der Patrouille geschützt. Ungefähr zehn Ruten weiter, entzündeten die Wachen wieder einen der Pechkörbe und ließen zwei Mann zurück, die Anderen zogen weiter.

»Hast du gesehen? Dein Lohnherr führt die Wachen an«, flüsterte Friedel.

»Wenn wir bis zum Tagesanbruch hier bleiben, sind wir verloren. Komm, ich habe eine viel bessere Idee!«, meinte Frederich und erklärte Friedel, wie er sich die weitere Flucht vorstellt.

»Lieber stehend sterben als kniend leben, das steht sicherlich fest.«

Friedel nickte und sie begannen ihren Plan umzusetzen. Langsam ohne viel Lärm zu verursachen, krochen sie die Abraumhalde wieder hinauf, bis auf die Sohle der Höhle.

Licht brauchten sie jetzt nicht, der leuchtende Pechkorb kam ihnen zugute, ebenso die schwarzen Mönchskutten. Die Geräuschkulisse der Patrouillen weiter vorne übertönte die leisen Schritte der Flüchtigen, sie sahen alles, was sich im Schein des Pechkorbes bewegte.

Die beiden Wachen waren im Nachteil, schaute einer in ihre Richtung, dann brauchte man nur regungslos stehen zu bleiben. Die schwarzen Kutten machten ihre Träger so gut wie unsichtbar.

Mühelos konnten sich Frederich und Bolen, vorbei an der dunklen Basaltwand, bis auf eine Rute an die Wache heranschleichen. Auf ein Kopfnicken von Johan nahmen sich beide einen Steinbrocken zur Hand, es lag ja genügend Geröll herum. Zeitgleich gingen sie auf die Männer zu, die gelangweilt in ihr Feuerchen glotzten, ein Schwätzchen hielten und ihre Helme abgelegt hatten.

»Was mögen das für Schwerverbrecher sein, dass wir uns hier die Nacht um die Ohren schlagen müssen?«, fragte der eine.

»Keine Ahnung, wir wurden heute mit dreißig Mann nach hier befohlen. Wo kommst du denn her?«

»Ich gehöre zur Wache des Vogts von Ulmen, und du?«

»Ich diene unserem Herrn auf der Burg Ehrenbreitstein.«

»Über sechzig Männer! So ein Aufwand für zwei kleine Halunken, das ist mir zuviel, ich möchte schlafen.«

Ihre mangelnde Aufmerksamkeit und Disziplin wurde den Bewaffneten nun zum Verhängnis, es verursachte keinen Lärm als die Basaltbrocken auf den Köpfen der Wächter auftrafen, mit eingeschlagenem Schädel sanken sie zur Seite.

In Windeseile wurden die Bewaffneten aus ihrer Kleidung gepellt. Dann zogen die Flüchtigen ihnen die Mönchskutten über.

»Wohin mit den beiden?«

»Ab in den Abgrund, unten im Geröll hat man Mühe sie zu finden, selbst mit einer Fackel sind sie in den Kutten nur schwer auszumachen«, riet Bolen.

Kaum gesagt, purzelten die Leichen der Soldaten bereits den Abhang hinunter und die Flüchtigen nahmen ihre Plätze am Feuer ein.

»Und was jetzt Johan?«

»Wir gehen zurück und nehmen den nächsten Schacht ins Freie.«

»Einfach so?«

»Ja Friedel, einfach so! Du hast doch gehört, sechzig Bewaffnete, wer kennt sich da schon?«

Endlich waren die hundertfünfzig Stufen bis an die Oberfläche geschafft. Als sie den Treppenaufgang verließen, deutete sich im Osten bereits die Morgendämmerung an.

»Endlich, seid ihr unsere Ablösung?«

Überrascht sah Frederich in das grinsende Gesicht eines Postens, der mit seinem Kollegen auf der Schachtkrone saß.

»So ist es, ihr sollt euch sofort unten an dem Feuerkessel einfinden«, antwortete Bolen geistesgegenwärtig.

»Verdammt noch mal, ich wollte auf mein Schlaflager«, fluchte der Wächter.

»Würden wir auch gerne«, entgegnete Frederich lächelnd.

Mürrisch entzündeten die Männer eine Fackel und machten sich auf den Weg in die Unterwelt.

»Das nenne ich fürsorglich, guck mal dahin«, strahlte Friedel.

An einem Gebüsch in der Nähe des Schachtes waren die Pferde der beiden Wachposten angebunden.

»Nichts wie weg hier, Friedel.«

Ohne Hast ritten sie in leichtem Trab an der Wenzelkaul vorbei, die wenigen Soldaten die ihnen begegneten, nahmen nicht einmal Notiz von ihnen. Die Andernacher Pforte stand weit offen, es herrschte reger militärischer Betrieb im Dorf.

Frederich und Bolen war es egal, beflissen lenkten sie ihre Gäule am Dorf vorbei und ritten hinauf nach Owermennich.

Jetzt wurde es allerdings mit aller Macht Tag. Weiter vorne kamen ihnen bereits die ersten Leyer und Steinbrecher aus Owermennich auf ihrem Weg zu den Gruben entgegen.

»Mist, wenn uns bis hierher keiner erkannt hat, die erkennen uns sicherlich sofort, hier hinein Johan.« Bolen blieb ganz ruhig und lenkte sein Pferd nach rechts in einen Ackerweg, unbehelligt ritten die beiden in Richtung Laacher See davon.

»Die können sich doch nicht in Luft aufgelöst haben, irgendwo hier unten müssen die doch stecken!«, die Laune des Vogtes sank zusehends.

»Wir marschieren jetzt in großer Reihe, jede Abraumhalde, jeder Abgrund wird nochmals sorgsam ausgeleuchtet«, befahl Gerulf von Manderscheid.

»Und ihr seid Euch sicher Meister Blohm, diese Linie hier haben die beiden nicht überschritten?«, fragte Egbert von Dasburg.

»Ganz sicher, fragt die anderen. Als wir ihre Fackeln unten gesehen haben, war hier schon alles abgeriegelt.«

Fuß um Fuß arbeitete sich die Mannschaft nach vorne, keine Maus hätte ihnen entwischen können, aber die Flüchtigen blieben dennoch spurlos verschwunden. Immer wieder wurden Fackeln in die Abgründe geworfen, angespannt lugten die Männer im Licht des Feuerscheins über das Geröll, aber es tat sich nichts.

»Da, was ist das?«, rief einer verwundert, seine Fackel hatte ein ordentliches Feuerchen entfacht, als sie unten aufschlug.

»Nachsehen!«, ordnete der Vogt gereizt an.

Einige Männer kletterten über den Abraum hinab und arbeiteten sich dann langsam auf den Feuerball zu, bis sie erkennen konnten was da vor sich ging.

»Herr, hier brennt ein Mensch und daneben liegt noch ein Kerl, das sind die Mönche, Herr!«

»Wir suchen hier bis zum Erbrechen und die beiden Kerle haben sich längst da unten das Genick gebrochen, da hätten wir lange suchen können«, lachte Gerulf zu Egbert hinüber.

»Bergt die Toten und bringt sie in den Marstall, wir reiten voraus«, ordnete der Vogt zufrieden an, »ich brauche dringend ein wenig Schlaf.«

Gegen Morgen war es dann endlich geschafft, die Leichen waren mit einem Göpelwerk ans Tageslicht befördert worden.

»Verladet sie dort auf den Karren«, wies der Wachführer seine Männer an, während er sich die Nase zuhielt. Das verbrannte Fleisch des Toten roch wahrhaft widerlich.

»Verbringt sie in den Trierischen Hof, danach ist freie Zeit für alle.«

Nach einer Mütze voll Schlaf waren die Herren wieder auf den Beinen, auch der Schultheiß und der Hummes waren in den Trierischen Hof gekommen, um die toten Übeltäter zu begutachten.

Angewidert wand sich der Schultheiß von dem verbrannten Gesicht der einen Leiche ab und schlug die Decke von der nächsten zurück. Wie angewurzelt stand er neben dem Hummes und glotzte dem Toten ins Gesicht, obwohl diese Leiche da verdreckt und geschunden war, das war niemals einer der beiden Flüchtigen.

August stotterte: »Das ist weder Frederich, noch ist es Bolen. Wer ist das?«

Ungläubig sahen sich Vogt Godfried und die beiden Ritter an, sie waren fassungslos. Dann fragte Gerulf von Manderscheid recht ungläubig: »Was wollt Ihr damit sagen, Schultheiß?«

»Das ist weder Frederich, noch ist es Bolen, mein Herr«, wiederholte August. Kopfnickend bestätigte der Hummes die Feststellung des Schultheißen.

Von Ulmen war außer sich, die ganze Hatz war umsonst gewesen. Bolen und Frederich waren jetzt wohl endgültig entkommen!

In Gerulf von Manderscheid stieg eine düstere Ahnung auf, langsam näherte er sich dem Karren und betrachtete sich die Leiche des vermeintlichen Mönches ganz genau.

»Ich glaube, ich erkenne diesen Mann! Der gehört zu unserer Verstärkung aus Ehrenbreitstein, der war einer von den Neuen«, stellte er bestürzt fest.

»Alle Wachführer zu mir«, fauchte Egbert von Dasburg, »auf der Stelle! In einer halben Stunde sind alle Männer aus ihrem Nachtlager gesprungen und ich weiß, wer hier fehlt und wer nicht, ist das verstanden?«

Todmüde trollten sich die Wachführer hinaus, so aufgebracht und säuerlich hatten sie den Hauptmann schon lange nicht mehr erlebt.

Der resignierte Vogt machte sich mit Egbert und Gerulf auf den Weg in die Schankstube.

»Reg dich nicht auf Egbert, so änderst du auch nichts, komm wir setzen uns an die Tafel.«

»Eigentlich hat Godfried Recht«, stimmte Gerulf zu und klopfte Egbert auf die Schulter, »schlagen wir uns lieber ein gutes Morgenessen in den Bauch.«

Kapitel 15

Die Regenwolken hatten sich verzogen und die Morgensonne des neuen Tages tauchte die Klosterbasilika von Laach in ein wunderschönes Licht.

Die nassen Tuffquader und die Basaltprofile der Kirche zeigten sich in ungewöhnlicher Klarheit und Anmut. Claas Brewer stand am offenen Fenster der Gästekammer und genoss den neuen Morgen, das freundliche Wetter war die gerechte Entschädigung für die Regenduschen von gestern.

Es hatte am Rhein und im Brohltal dermaßen geschüttet, dass er noch in Laach seine Heimreise unterbrechen musste.

Natürlich war es bis Nydermennich nur noch ein kurzer Weg, aber er war es gestern Abend einfach Leid gewesen und hatte sich für die letzte Nacht hier im Kloster Laach einquartiert.

Während er in tiefen Atemzügen die klare Seeluft des Kraterkessels in sich aufsog, ließ er seinen Besuch in Coellen noch einmal in Gedanken an sich vorbeiziehen.

Mit der Zunft der Coellener Handelsherren konnte er ein höchst einträgliches Abkommen zu Wege bringen, die Zunft betrachtete ihn zukünftig als einzigen Mittelsmann für den Handel mit Mühlsteinen aus Nydermennich.

Seit der Auflösung des Kontors der Kaufmannsfamilie Becker in Coellen, war auch der uralte Handelsvertrag mit dem Kurfürstentum Trier nicht mehr das wert, was er einmal war. Was der trierische Kurfürst Lothar von Metternich Anfang des Jahrhunderts mit dem Coellener Kaufmann Becker zu beider Vorteil ausgemauschelt hatte, war null und nichtig, die Familie des Kaufmanns war ohne Nachkommen erloschen.

Claas Brewer kam den Handelsherren gerade recht, mit ihm ließ sich nun so einiges bewegen, schließlich sollte Coellen auch in Zukunft der Umschlagort für die begehrten Mühlsteine vom Laacher See bleiben.

Jan wird sich die Hände reiben, dachte sich Claas, stieg zufrieden in seine Beinkleider und machte sich auf den Weg in das Gästerefektorium des Klosters.

Es war kaum jemand zu sehen, entweder war er spät dran, oder es waren im Moment eben nicht viele Besucher in Laach, lediglich zwei Männer in der Kleidung kurfürstlicher Soldaten saßen hinten in einer Ecke zusammen und nahmen ihr Morgenessen zu sich.

Frederich!

Wie ein Blitz donnerte es durch seinen Kopf!

Er hatte diesen Kerl nur einmal gesehen, damals im Hof des Hummes, als man Caspar Busch dingfest machte, aber diese hässliche Visage war bei ihm haften geblieben. Ruhig und gelassen drehte sich Claas wieder um und ging zurück auf den langen Flur.

Wie kommt dieser Kerl hierhin und dann noch in einem Lederharnisch der Trierischen? Der ist doch Leyer bei den Blohms und zudem noch einer der Verdächtigen des Widerstandes, hier stinkt es gewaltig! Auf der Stelle ließ Claas sich zum Prior führen und berichtete seine Beobachtung.

»Seid ihr sicher, dass es sich um diesen Frederich handelt?« vergewisserte sich Josef Dens.

»Absolut hochwürdiger Herr, ich bin mir sogar sehr sicher«, beschwörte Claas den Prior. »Da drinnen sitzt der Kerl, den wir in unserer Unterredung als Hauptverdächtigen erkannt haben, aber im Harnisch eines trierischen Bewaffneten!«

»Was nun?«, fragte der Prior unsicher.

»Wir müssen die beiden festsetzen, wenigstens solange bis hier Aufklärung geschaffen ist.«

»Wir sind Mönche, wir handeln nicht gewalttätig. Wie wollt ihr das denn jetzt bewerkstelligen? Sollen wir die Herren vielleicht höflich bitten mit uns nach Nydermennich zu gehen um für Klarheit zu sorgen?«

Der Mönch und Claas sahen sich nachdenklich an, dann leuchtete es in den Augen des Priors: »Wir machen es einfach ohne Gewalt, wir machen es gastfreundlich und gewaltfrei, Meister Brewer.«

Claas sah sein Gegenüber fragend an, er wusste nicht worauf der Pater hinaus wollte: »Was habt ihr Euch denn jetzt einfallen lassen, hochwürdiger Herr?«

»Geht zurück auf Eure Kammer, Euer Morgenessen lasse ich Euch bringen. Habt Vertrauen Meister Claas, ich mache das auf meine Art.«

»Darf ich euch noch einen wohlfeilen Morgentrunk anbieten«, säuselte der alte Bruder Matthäus den beiden Bewaffneten vor.

»Gerne Bruder, an was habt Ihr denn gedacht?«

»Ich habe da noch ein gutes Tröpfchen von unserem Wingertsberg im Keller, ein vorzüglicher Wein und auch am frühen Tag höchstbekömmlich.«

»Den wollen wir doch gerne probieren«, antwortete Frederich gut gelaunt.

»Einen Moment ihr Herren«, meinte Bruder Matthäus und trollte sich freundlich zur Tür hinaus.

»Stell dir das vor Johan, das wäre ein Leben. Wir beide von Kloster zu Kloster und immer nur aus dem Vollen schöpfen«, frohlockte Bolen.

»Leicht gesagt Friedel, du hast es einfach, dein Weib ist tot, du bist alleine. Meine Gedanken sind bei meinem Weib und bei meinem Kind, nur wegen den Familien haben wir den ganzen Aufstand doch angezettelt!«

Bevor die Männer ihr Gespräch vertiefen konnten, war Bruder Matthäus mit einem kleinen Krug Wein zurück und füllte jedem seiner Gäste einen hohen Becher.

»Zum Wohlsein meine Herren, lasst es Euch munden.«

Wichtig und ein wenig hektisch verließ Matthäus das Gästerefektorium und entschwand geschäftig durch den langen Flur. Frederich und Bolen freuten sich des Lebens und genossen den guten Tropfen.

»Auf dein Wohl Johan, sobald wir in Sicherheit sind, holen wir deine Familie nach, was meinst du?«

»So machen wir es Friedel.«

Während sich einer der Klosterbrüder zu Pferde, auf den kurzen Weg nach Nydermennich machte, registrierten die beiden Männer gerade noch den Schlag der großen Uhrglocke. Den neunten Schlag nahmen sie schon nicht mehr war, ihre Köpfe fielen auf die Platte des schweren Eichentischs und sie versanken im Reich der Träume.

»Wie lange wirkt das Pulver?«

»Vielleicht eine halbe Stunde, vielleicht auch eine Ganze, ich weiß es nicht genau Meister Brewer«, antwortete der Infirmar der Abtei, »aber zum Zähne ziehen reichte es bisher eigentlich immer.«

»Bringt mir etwas um die Herren an ihre Stühle zu binden.«

Bruder Matthäus machte sich eiligst auf den Weg und kam kurze Zeit später mit einer kleinen Auswahl an Kälberstricken zurück.

»Das wird Euch weiterhelfen, Meister Claas«, schmunzelte der alte Mönch.

Mit stampfenden Hufen donnerte der trierische Reitertross durch den großen Torbogen der Abtei, hinüber zur Klosterpforte.

»Absitzen!«, befahl Vogt Godfried und begab sich mit Egbert von Dasburg, Gerulf von Manderscheid und dem Schultheiß von Nydermennich auf den Weg in die Klausur. Gespannt und erwartungsvoll gingen sie dann hinüber zum Gästerefektorium des Klosters.

Ungeduldig öffneten sie die Tür des Speisesaals und bevor einer etwas sagen konnte, griente der Schultheiß über das ganze Gesicht: »Guten Morgen ihr beiden! Frederich, Bolen, ich erkläre eure Revolte hiermit für beendet!«

Eben erst waren die beiden Gefesselten erwacht, mit betretenen Mienen besahen sie ihre missliche Lage und mussten den Spott der kurfürstlichen Herren über sich ergehen lassen.

Beide wussten, das Spiel ist aus!

»Habt ihr diesen Tropfen auch ohne ein Pülverchen?«, strahlte Claas den alten Bruder Matthäus an.

»Aber natürlich ihr Herren«, sofort machte der Mönch kehrt und brachte zwei große Krüge mit Wein vom Wingertsberg herein.

»Schickt mir unsere Eskorte«, wandte sich Gerulf von Manderscheid an einen der Mönche.

Kurze Zeit später machten sich die Bewaffneten mit den beiden Gefangenen auf den Weg zur Genovevaburg nach Meien, während die hohen Herren in aller Ruhe ihren Erfolg begossen.

Der Amtmann Laux konnte seine diebische Freude kaum verbergen, endlich war das Lumpenpack festgesetzt, das auch ihm seit dem Sommer das Leben schwergemacht hatte.

Erst Kylburger, dann Höner und sein Weib, nun Frederich und Bolen, alle fein hübsch beisammen. Baltes dieser Lustmolch und die Frau vom Bauern Brohl spielten in dieser Angelegenheit nur eine untergeordnete Nebenrolle. Seit den Mittagsstunden schon ergötzte sich Laux an der Folter der Gefangenen.

»Ich will Namen hören«, drohte der Amtmann immer wieder, weitere Beteiligte wollte er entlarven und über den Verbleib des Leichnams von Grubenpächter Klein wollte er etwas erfahren. Aber seine Bemühungen blieben ohne den gewünschten Erfolg, alle schwiegen beharrlich.

»Nun, wie weit sind die Schinder vorangekommen?«, wollte Vogt Godfried wissen, der gerade aus Laach eingetroffen war.

»Die sind sich über das Ausmaß und die Folgen ihres Handelns im Klaren, sie wissen genau, dass ihnen der Weg zum Henker bevorsteht und sie nichts zu verlieren haben«, teilte Laux enttäuscht mit.

»Laux, wir brauchen einen Hinweis über den Verbleib von Kleins Leichnam, nur dann kann man die Sache als erledigt betrachten und die Meute endlich hinrichten.«

»Was soll ich tun Herr, soll ich sie vierteilen? Das bringt uns auch keinen Deut weiter«, beklagte sich Laux.

»Versuchen wir es mit Verstand«, warf der Vogt ein, »lass mir das Weib von Höner auf die Bank spannen.«

»Aber Herr, die weiß nichts!«

»Lamentiere nicht, tu was ich dir sage!«

Die schwer geschundene Frau des Rädelsführers wurde splitternackt auf die Streckbank gefesselt, aufgrund der Schwere ihrer Verletzungen aus den vergangenen Tagen war sie kaum ansprechbar. Mit einem Ledereimer voll Wasser wurde das Weib aufgeweckt.

»So Laux, jetzt lässt du mir diesen Höner hereinbringen.«

Die Miene des Amtmanns hellte sich auf, er konnte sich denken wie der Vogt vorgehen wollte. Von Schergen gestützt, wurde der von Schmerzen geschwächte Rebell in die Folterstube geführt und auf einem der Stühle angebunden.

»So Höner, Er hat jetzt Gelegenheit mir persönlich mitzuteilen, wo die Leiche des Grubenpächters Theis Klein verweilt.«

Höner drehte den Kopf weg, er war nicht Willens das Versteck der Leiche preiszugeben.

»Soll er doch wie ein Hund verrotten«, teilte er dem Vogt abfällig mit.

»Er hat es so gewollt, wer will denn zuerst?«, wandte sich Godfried fragend an die Schinder.

Einer der Folterknechte von der Statur eines Kaltblüters drängte nach vorne und lüftete seine Beinkleider. So wie ein Zuchtstier machte er sich über Höners Frau her und vergewaltigte sie auf der Streckbank vor den Augen der Anwesenden.

Wut und Ohnmacht stiegen in Veit Höner auf, der Vogt traf ihn mit seinen Spielchen mitten ins Mark, trotzdem wollte er nicht nachgeben. Wenn er schon sterben musste, dann sollte die Leiche von Klein ruhig unter dem Misthaufen auf Döhmchen verschimmeln.

Höner wollte seinen Blick wieder abwenden, aber der andere Schinder packte ihn an den Haaren und zwang ihn das Schauspiel zu verfolgen.

»Nun rede Er, wo habt ihr Meister Klein verscharrt?«

Veit blieb verstockt und sagte kein Wort, der Vogt deutete sein Schweigen als Aufforderung die Folter fortzusetzen.

Der Kaltblüter war seiner Körpersäfte längst verlustig und so musste der zweite Schinder einspringen. Dieser Kerl war allerdings das Abbild eines kranken Sadisten, während er Höners Frau beiwohnte, krallte er sich mit seinen dreckigen Fingernägeln in ihre frischen Brandwunden. Margarethes markerschütternde Schreie gellten durch die Kellergewölbe der Burg, bis sie vor Schmerz die Besinnung verlor.

»So mein Freund, Er sagt mir jetzt, wo wir den Leichnam des Pächters finden oder ich lasse sein Weib aufwecken und die Prozedur wiederholt sich noch einmal. Ich warne Ihn, diese Tortour können wir stundenlang fortsetzen. Gestehe Er, sofort!«

Höners Widerstand brach zusammen, er erkannte, dass er sich auf verlorenem Posten befand. Die Leiche des Grubenpächters war diese Qualen nicht wert.

»Im Garten meines Nachbarn, auf Döhmchen, direkt unter dem Misthaufen«, gestand er niedergeschlagen.

»Wenn Er mich zum Narren hält, dann gnade Ihm Gott!«

»Es ist die Wahrheit Herr, die Wahrheit!«

»Bringt sie in ihre Zellen, die Verhöre sind beendet, der Wahrheitsfindung ist genüge getan«, befahl der Vogt und machte sich zufrieden und ohne Hast auf den Weg nach Nydermennich.

Kapitel 16

Claas Brewer betrat besorgt das Haus seiner Braut, der Vogt und seine Begleiter hatten ihn bereits im Kloster Laach über die Geiselnahme und das Schicksal seines Schwiegervaters informiert. Nachdem er seine Katrein herzlich und inniglich begrüßt hatte wollte er unverzüglich wissen, wie es um das Wohl seines zukünftigen Schwiegervaters stand.

Katrein beruhigte ihn: »Zwei Tage lang war der Ärmste von schlimmen Kopfschmerzen und schwerem Durchfall geplagt und er hat zudem wie ein Schnapsfass gestunken, jetzt ist er dabei sich zu erholen und sitzt drüben im Kontor.«

Claas war erleichtert, dass Jan die Attacke mehr oder weniger gut überstanden hatte. Entspannt ging er über den Hof um ihn zu begrüßen.

»Gott zum Gruß Jan, kaum bin ich einige Tage auf Reisen, da machst du nur Unfug, kann man dich denn nicht alleine lassen?«, scherzte er vergnügt zur Begrüßung.

»Was heißt denn hier Unfug? Während du dich in Coellen herumgetrieben hast, habe ich mich hier mit allen Leibeskräften der Wahrheitsfindung zur Verfügung gestellt.«

»Wie wäre es mit einem Obstschnaps zur Begrüßung?«, frotzelte Claas.

»Um Gottes Willen«, jammerte er, »alleine vom Geruch eines Kruges mit Fusel drehen sich meine Gedärme nach außen, mein ganzes Leben lang werde ich keinen Gebrannten mehr anfassen.«

Keip setzte seinen angehenden Schwiegersohn noch einmal aus erster Hand über die Ereignisse der vergangenen Tage ins Bild. Mit offenem Mund erfuhr Claas nun, wie es seinem zukünftigen Schwiegervater ergangen war.

»Ja, so war das«, endete Keip. »Aber jetzt erzähle mir von Coellen, konntest du alles nach deinen Wünschen zu Ende bringen?«

»Selbstverständlich und noch ein wenig mehr«, strahlte Claas vor Stolz.

Ausführlich berichtete er, was er der Coellener Handelszunft abgehandelt hatte und die Miene von Jan begann sich zum ersten Mal seit der Geiselhaft deutlich zu erhellen.

»Das bedeutet, vom Steinbruch bis zum Handel, haben wir das Geschäft mit den Mühlsteinen in unserer Hand.«

»Richtig, für unsere Ley. Und für die Leyen der anderen Pächter den Handel nach Coellen!«

Jan war mehr als nur hocherfreut, diese Nachricht konnte sich hören lassen. »Vortrefflich Claas und das alles ohne viel dafür zu tun.«

»Was man im Kopfe hat muss man nicht mit seinen Armen zu Markte tragen mein Herr!«, antwortete Claas selbstbewusst.

Jan wechselte das Thema, trotz der erfreulichen Nachrichten gab es einiges zu tun.

»Ich will dich nicht drängen Claas, aber oben auf unseren Leyen erwartet dich einiges an Arbeit. Die Förderleistung auf den Gruben hat merklich nachgelassen, seit Mattes Breil nicht mehr bei uns ist. Auch ein guter Ersatz für Steffel Pauly ist noch nicht gefunden. Der Kerl, der im Moment die Tiere beaufsichtigt ist ein Grobklotz, er richtet mir die Pferde und Ochsen zu Schanden. Wenn es dir möglich ist, dann kümmere dich unverzüglich um die Herstellung der nötigen Ordnung.«

Claas Brewer machte sich nach der Mittagsstunde sofort auf den Weg zu den Leyen, während Keip sich in seinem Sessel zurücklehnte, er war sichtlich zufrieden.

Jan stand über seinen Geschäftsvorgängen, eine Faktura nach der anderen verließ sein Stehpult. Mit Elan und Tatendrang versuchte er die misslichen Ereignisse der letzten Tage zu vergessen. Berthold, der Schreiberling hatte seine liebe Not das Arbeitstempo seines Herrn zu bewältigen. Dann klopfte es kurz an der Tür und Godfried von Ulmen betrat mit heiterer Miene das Kontor.

»Seid gegrüßt mein Herr, so gut gelaunt Vogt? Was führt Euch zu mir?«

»Ihr sollt es als erster erfahren Meister Keip, wir haben den Aufenthalt von Theis Kleins Leichnam ermittelt.«

Jan legte den Federkiel beiseite: »Wo liegt er?«

»In diesen Gärten die man ›Auf Döhmchen‹ nennt, dort haben sie ihn wohl vergraben«, teilte ihm der Vogt mit.

»Aber man hat doch da oben jeden Stein umgedreht und mit eisernen Stangen die Erde durchstochert, trotzdem wurde nichts von Theis entdeckt«, erwiderte Keip ungläubig.

»Dann begleitet mich, meine Leute sind bereits vor Ort und erwarten uns.«

Gespannt ging Jan Keip mit dem Vogt durch die Gassen. Kurz hinter dem trierischen Marstall bogen sie in einen langen Sackhof der Wollgasse ein.

Neben dem Haus von Johan Frederich, dort wo man Jan gefangen gehalten hatte, stiegen die beiden über eine schmale holprige Basalttreppe in den Berg, wo sie der Schultheiß Augst bereits erwartete.

»Wie Ihr seht Herr, hier ist nichts!«, stellte der Schultheiß souverän fest.

Der Vogt ließ sich nicht beeindrucken und sah sich kurz um, dann wies er mit der Hand auf den benachbarten Gemüsegarten.

»Räumt den Misthaufen zur Seite.«

Man konnte den Wachmännern ansehen, dass es ihnen wahrhaftig keine Freude bereitete, im Ziegenmist anderer Leute herumzustochern. Nach einiger Zeit war der stinkende Haufen umgeschichtet und die Männer begannen zu graben, bereits nach zwei Spatenstichen wurden sie fündig, eine bleiche Hand lugte ins Freie.

Sorgsam wurde der tote Grubenpächter freigelegt und in den Trierischen Hof abtransportiert. Trotz allem Respekt vor Klein beließ man den Toten draußen in einer Ecke der Remise, den bestialischen Gestank konnte man niemandem zumuten. Der

Aufenthalt unter dem Misthaufen hatte trotz der kalten Witterung für einen regen Besuch von Maden und allerlei ekelhaftem Krabbeltier gesorgt.

»Damit können wir die Sache beschließen. Gerulf und Egbert sind mit ihren Leuten bereits wieder auf dem Weg zur Burg Ehrenbreitstein und ich werde mich morgen in der Früh zur Berichterstattung auf Schloss Philippsburg bei unserem Kurfürsten einfinden«, verkündete der Vogt zufrieden.

»Gut, dann sehen wir uns wieder, wenn über die Schurken Gericht gehalten wird«, entgegnete Jan Keip.

Claas hatte auf der Ley derweil alle Hände voll zu tun, das angebliche Durcheinander war bei weitem nicht so, wie es Jan beschrieben hatte, abgesehen von dem Mann, der jetzt die Pferde in den Göpelwerken betreuen sollte, liefen die Arbeiten auf dem Grubengelände relativ normal ab.

»Wenn ich noch einmal sehe, dass du eines der Tiere mit dem Knüppel traktierst, anstatt mit der Peitsche, dann lasse ich dich selbst in den Hebebaum einspannen«, raunte er den neuen Pferdeführer an, der nicht das geringste Einfühlungsvermögen für seine Arbeit mitbrachte.

Den Kerl muss ich dringend auswechseln, dachte er sich und nahm das weite Gelände der Keip'schen Ley aufmerksam in Augenschein.

Claas wurde schnell klar, wo es mangelte, mit dem Wegfall von Mattes Breil dem Aufseher war ein Machtvakuum entstanden und dessen Nachfolger vermochte dies nicht zu beseitigen.

Es war eine Frage des mangelnden Respekts vor dieser Person, jemand Neues musste her, am besten ein Fremder, keiner aus den eigenen Reihen.

»Lanz!«, sagte sich Claas, »Jacob Lanz, kann mein Problem lösen.«

Sein getreuer Bildhauer aus Coellen, kannte die Mentalität der Menschen hier, konnte die Arbeit verteilen aber ebenso hart zupacken und vom Stein verstand er mehr als so mancher andere. Ohne lange zu zögern ließ er sein Pferd satteln und fragte einen der Steinmetze nach dem schnellsten Weg nach Laach.

»Da geht's lang Meister Claas, immer nur geradeaus.«

Kurze Zeit später band er sein Pferd vor der Pforte des Klosters an und ließ sich zu Prior Josef bringen, welcher gerade mit Abt Placidus in den Gärten der Abtei unterwegs war.

»Hochwürdiger Abt, hochwürdiger Prior, ich hätte ein Anliegen an Euch, wie steht es mit euren Verbindungen zum Domkapitel in Coellen?«

»Nur zum besten Meister Claas!«, antwortete der Abt. »Die Herren des Kapitels sind uns vertraute Freunde, wie kann ich Euch dienlich sein?«

Claas umriss sein Problem auf den Leyen und erklärte den Mönchen wie er es in den Griff bekommen wollte.

»... das Dumme ist nur, dass ich dem Domwerkmeister noch vor Wochen vollmundig versprochen habe, den Lanz auf der Dombauhütte zu belassen.«

»Ich werde für Euch vorsprechen«, beruhigte ihn der Abt sofort, »binnen vier Wochen solltet Ihr eine Antwort in den Händen halten.«

Claas kannte den Abt noch nicht lange, aber Placidus machte den Eindruck eines Ehrenmannes, der genau wusste, was er versprechen und halten konnte.

»Aber da wäre noch etwas anderes Meister Claas, ich möchte die Abteikirche mit einem neuen Chorgestühl ausstatten, das jetzige Gestühl ist durch das Erdbeben in Mitleidenschaft gezogen worden und entspricht auch nicht meinen Vorstellungen.«

»Hochwürdiger Abt, ich arbeite mit Steinen, ich bin kein Tischler und auch kein Holzschnitzer, ob ich Euch da helfen kann, ziehe ich in Zweifel.«

»Oh doch, Ihr könnt«, warf Abt Placidus ein, »es geht mir nur um Euren Rat und um Euren Geschmack. Ihr habt schon so viele Gotteshäuser gesehen und mitgeplant, ich möchte Eure Meinung hören.«

Claas vernahm durchaus mit Stolz, wie er vom Laacher Abt eingeschätzt wurde. Für die kurze Zeit die er hier in der Gegend am Laacher See verbracht hatte, befand er sich bereits in einer recht ansehnlichen Position.

»Dann wollen wir es wagen, hochwürdiger Abt, am besten zeigt Ihr mir Eure Basilika einmal von innen.«

»Wie? Ihr ward noch nie in unserer Klosterkirche, Meister Claas?«, wunderte sich der Prior.

»Nein, hochwürdiger Herr«, erwiderte Claas, »wann denn wohl? Ich musste doch Flüchtige einfangen.«

»Dann wird es aber höchste Zeit«, lächelte ihm Abt Placidus zu.

Claas Brewer genoss den Eindruck, den das Innere des Gotteshauses auf ihn machte. Sobald man die Kirche durch diesen Vorbau, den die Mönche Paradies nannten, betreten hatte, dominierten Ruhe und Frieden die Gedanken des Besuchers. Trotz seiner beachtlichen Dimensionen wirkte dieser Bau sehr harmonisch, nichts war wirklich spektakulär, aber alles fügte sich in einer seltenen Vollkommenheit zusammen. Lediglich das barocke Inventar, mit welchem Abt Placidus die Basilika in den vergangenen Jahren versehen hatte, störte diese anmutige Ruhe im Innern der Abteikirche.

Die Pfeiler und Dienste, sowie die Halbsäulen und Bögen waren alle aus Nydermennicher Basalt geschaffen, während das tragende Mauerwerk aus rotgelben Laacher Tuffsteinen errichtet war. Hier waren die verschiedenen vulkanischen Gesteine der Eifelregion in einer einzigartigen Symbiose verschmolzen worden, es war eine Augenweide.

Unausweichlich wurde der Blick des Betrachters von dem Hochschrein des Pfalzgrafen Heinrich gefangen, welcher sich im Westchor erhob. Mahnend wachte die liegende Skulptur des Pfalzgrafen über seine Klosterstiftung.

Ein Blick auf das demolierte Chorgestühl zeigte, dass ein Neubau dringend von Nöten war. Claas ließ sich einen Bogen Papier und dazu ein wenig Zeichenkohle bringen. Er machte sich einige Notizen, während der Abt und der Prior interessiert zusahen, mit welcher Leichtigkeit der Meister seine Gedanken skizzierte.

»Hochwürdiger Abt, hochwürdiger Herr, Ihr hört von mir. Ich werde mir Gedanken machen und einen Entwurf vorbereiten.«

»So kann einer dem anderen helfen Meister Claas, nur so kommen wir alle gemeinsam voran«, lobte der Prior die Zustimmung des Baumeisters.

»Einen Wunsch hätte ich doch noch hochwürdiger Abt«, meinte Claas forsch, bevor er wieder nach Nydermennich aufbrach.

»Der da wäre?«

»In zwei Wochen heirate ich Katrein, die Tochter von Jan Keip.«

»Das ist mir bekannt Meister Claas.«

»Ich würde meine Katrein gerne hier in dieser Abteikirche zum Weib nehmen und Ihr hochwürdiger Abt sollt uns trauen.«

Die beiden Mönche sahen sich verwundert an, das kam sehr überraschend.

»Es ist mir eine Ehre Meister Claas, macht mit dem Pater Prior Tag und Zeit aus, ich bin bereit«, stimmte der Abt zu.

»Aber nur wenn ich Euch als Trauzeuge zur Seite stehen kann«, lächelte Josef Dens.

»Gerne, sehr gerne hochwürdiger Herr.«

Kapitel 17

Die Revolte in Nydermennich hatte hohe Wellen geschlagen und die kurfürstliche Residenz in Ehrenbreitstein war nicht weit entfernt. Eingerahmt durch die Vulkane der Osteifel konnte man die Gegend von Nydermennich bei klarem Wetter mühelos sehen.

Johann der VIII. war seit seiner Wahl zum Erzbischof von Trier immerfort und ununterbrochen in irgendwelche Kriege verwickelt, da konnte er Unruhen unter der eigenen Bevölkerung überhaupt nicht brauchen.

Der Kurfürst persönlich hatte Gerulf von Manderscheid und Vogt Godfried von Ulmen zur Audienz gebeten, aus erster Hand wollte er sich jetzt über die Ursachen der leidigen Unruhen informieren.

»... die Erbpächter der Gruben in Nydermennich sind zu einem großen Teil verweichlichte Söhne, die sich auf den Leistungen ihrer Väter ausruhen und die Dinge einfach so dahin treiben lassen«, beurteilte der Vogt die Sachlage in dem kleinen Mühlsteindorf.

»Zum anderen Teil sind es gierige Raffer, die fast mit jedem Mittel ihren Vorteil einheimsen, das Volk derben lassen und sich fast so benehmen wie kleine Lehnsherren«, ergänzte Gerulf den Satz.

Der Fürsterzbischof sah von Ulmen fragend an: »Ich verstehe Eure Rede nicht, das Land und die Gruben von Nydermennich gehören doch nicht dem gemeinen Volk. Diese Gruben gehören zum größten Teil alleine mir, dem Landesherrn. Diese Leute besitzen also die Stirn meinen Anspruch auf Grund und Boden in Frage zu stellen?«

Vogt Godfried wäre am liebsten verzweifelt. Er musste erkennen, dass sein Landesherr so weit von seinem Volk entfernt war, wie die Mondscheibe von der Erde. Der Vogt versuchte nun noch einmal und sehr geduldig seine Erkenntnisse aus dem Drama in Nydermennich darzulegen.

»Durchlauchtigster Herr, versteht meinen Vortrag nicht falsch, es ist nicht das gemeine Volk das gegen Eure Interessen arbeitet, sondern eher die Mehrzahl dieser kleinen Grubenherren. Das Land ist unbezweifelt das Eure, die armen Menschen die dort arbeiten ebenso. Aber einige dieser Erbpächter missbrauchen die von Euch erhaltenen Privilegien.«

Nun wurde Johann neugierig: »Das solltet Ihr mir einmal genauer erklären, wo seht Ihr den Missbrauch?«

»Durchlauchtigster Herr, der junge Baumeister Claas Brewer, angehender Schwiegersohn des größten unter Euren Lehnspächtern in Nydermennich, erklärte mir vor einigen Tagen an einem einfachen Exempel, wo er den Kern und die Ursache der Unruhen sieht«, eröffnete Godfried von Ulmen zögernd seinen Vortrag.

»Nun sprecht schon, von Ulmen, spannt mich hier nicht unnötig auf die Folter!«

»Ich erlaube mir, Euerer Eminenz die gleiche Frage zu stellen, die dieser Herr Brewer mir gestellt hat: Wenn Ihr mir eine Kuh zum Lehen geben würdet, in Erwartung eines regelmäßigen Zehnten und ich würde diese Kuh über ein vernünftiges Maß hinaus melken und sie zudem nicht ausreichend füttern, wie würdet Ihr wohl reagieren?«

Der Fürsterzbischof war kein Freund derartiger Fragespiele, aber erkannte durchaus Sinn und Hintergrund des Vortrags.

»Ich würde Euch die Kuh natürlich wieder wegnehmen, aber worauf wollt Ihr eigentlich hinaus, Vogt? Diese Pächter in Nydermennich sind unbestrittene Meister ihres Fachs, wenn ich sie von ihren Lehen entbinde, schneide ich mir doch ins eigene Fleisch, die Basaltgruben kämen doch völlig zum Erliegen.«

»Eure Eminenz, ich bin nur ein kleiner Schwertführer und Diener in Euren Reihen, auf Handel und Geschäfte verstehe ich mich nicht besonders«, schlängelte sich der Vogt zu seinem Gesprächsziel vor. »Ich habe in Nydermennich nur einen Mann kennengelernt, der die Ursache der Missstände ebenso klar erkannt hat wie ich und das ist dieser Claas Brewer.«

»Was ist das für ein Mensch?«, fragte die Eminenz interessiert.

»Er wohnt erst seit dem Sommer in Nydermennich, kommt aus Weilerswist bei Coellen, ist mit einem klaren Verstand ausgestattet und hat gerade während dieser Revolte oft genug seine Talente und auch seine Umsicht bewiesen.«

»Weilerswist – mein Heimatort! Auf Burg Großvernich bin ich geboren. Aber Brewer? Kenne ich nicht. Mein lieber Godfried, bevor Ihr weiter wie eine Katze um die Maus schleicht, was wollt Ihr mir denn eigentlich mit Eurem Vortrag abringen?«

»Ich möchte, besser gesagt, ich würde Euch empfehlen den jungen Herrn Brewer hier nach Ehrenbreitstein zu bestellen und die Beurteilung der Dinge aus seinem Munde zu hören, Eminenz.«

»Wie steht Ihr zu dem Ansinnen des Vogtes, mein lieber Manderscheid, wie beurteilt Ihr die Umtriebe in Nydermennich?«

Gerulf hatte bis jetzt kaum ein Wort zu dem Gespräch beigetragen, warum auch? Die wenigen Stunden die er in diesem dreckigen Steinhauerkaff zugebracht hatte, waren wohl kaum geeignet, die Situation und die Umstände in Nydermennich richtig zu bewerten.

»Ich war ja nur einige Tage da oben, ein Gesamturteil steht mir nicht zu. Aber diesen jungen Herrn, diesen Brewer, den habe ich im Kloster Laach kennengelernt, ein aufrichtiger und zielstrebiger Mann mit guten Manieren. Eine Unterredung kann niemals zu Eurem Schaden gereichen, höchsten zu Eurem Vorteil, Eminenz.«

Der Kurfürst ließ einen seiner Sekretäre herbeirufen und erteilte diesem die Order den jungen Herrn Brewer in den nächsten Tagen nach Philippsburg zu bestellen, den Erbpächter Keip gleich ebenso.

»Wir werden sehen meine Herren, sie dürfen sich jetzt verabschieden«, kurz und bündig beschloss Johann das Gespräch. Die Zeit war schon vorgerückt und er war schließlich zur Saujagd auf die Paffendorfer Höhe eingeladen.

Keip und Brewer hatten einiges zu tun, über die Wirren der vergangenen Wochen war so einiges nachzuholen und so standen sie einträchtig mit Berthold, dem Schreiber an ihren Pulten und stürzten sich in die Arbeit.

Im Hof wurde es laut, gleich zwei Kuriere ritten in den Hof der Keips hinein, ein kurtrierischer Bote und noch einer aus Kurcoellen sprangen gleichzeitig aus dem Sattel.

»Wo finde ich Meister Brewer?«, fragte der Coellener Bote die Magd auf dem Hof.

»Dort im Kontor findet Ihr ihn, mein Herr.«

Der zweite Bote konnte sich seine Frage ersparen, er hatte das gleiche Ziel und betrat mit dem Kurcoellener zusammen die Schreibstube.

Jan staunte nicht schlecht, soviel Kurierpost an einem Morgen, das hatte sein kleiner Kontor auch noch nicht erlebt, neugierig nahm er die beiden Schreiben in Empfang.

»Seit ihr direkten Weges von Coellen gekommen?«, wollte Claas von den Boten wissen.

»Nein mein Herr, ich komme jetzt von Burg Rineck in Brisisch.«

»Auch ein weiter Weg, ihr beide könnt euch in die Nachbargasse zum trierischen Marstall begeben, sicher hat man dort ein Mittagessen für euch Männer.«

Claas erklärte den Kurieren den Weg zum Trierischen Hof und brach dann ungeduldig das Siegel der ersten Depesche. Unsicher und mit fragendem Blick verlas er den Inhalt des Schreibens.

Kein geringerer als Johann VIII., Hugo von Orsbeck, der erlauchte Kurfürst und Erzbischof von Trier bat ihn, den kleinen Baumeister aus Coellen, zu einer höchstpersönlichen Audienz in seine Residenz, Schloss Philippsburg zu Ehrenbreitstein!

»Und du darfst auch mitkommen Jan!«

»Was soll das wohl bedeuten?«, wunderte sich Keip, solche Ehre war ihm selbst noch nie zuteil geworden. Claas war gerade mal ein halbes Jahr hier in Nydermennich und wurde schon zum Landesherrn vorgeladen.

»Ich habe keine Ahnung, was er von mir will, aber drei Tage Geduld müssen wir aufbringen, dann werden wir es erfahren.«

Erwartungsvoll brach er nun das Siegel der Depesche des Coellener Domkapitels, er war gespannt wie sich die hohen Herren in der Domstadt entschieden hatten.

»Sie stimmen zu, Jan! Mein getreuer Jacob Lanz steht uns ab Ultimo diesen Monats zur Verfügung.«

»Wovon redest du denn jetzt Claas?«

Brewer ließ nun endlich die Katze aus dem Sack und erklärte Jan was er mit dem Abt zusammen eingefädelt hatte. Keip wunderte sich zwar sehr über das eigenmächtige Handeln seines zukünftigen Schwiegersohns, trotzdem war er mit dem Ergebnis sehr zufrieden. Claas dachte mit und das war mehr als nur beruhigend.

Erwartungsvoll und neugierig ritt Claas in Begleitung von Jan Keip hinunter zum Rhein. Durch die neu errichteten, mächtigen Mauern des Sternwerks in Lützelcoblentz, erreichten die beiden Reisenden die alte Balduinbrücke und überquerten am späten Nachmittag die Mosel.

»Eine wunderschöne Ansicht«, stellte Claas höchst überrascht fest.

Hier die Mauern und Kirchen von Coblentz und auf der anderen Rheinseite die mächtige Burg Ehrenbreitstein mit Schloss Philippsburg zu ihren Füßen, das ganze Ensemble zog den jungen Baumeister in seinen Bann.

»Ich bin überrascht Jan, Coblentz ist bei weitem nicht so groß wie mein Coellen, aber trotz alledem nicht minder imposant anzusehen.«

»Es ist immer dasselbe, für Leute aus Coellen gibt es nur eine nennenswerte Stadt und die heißt Coellen«, lächelte Jan Keip zu Claas Brewer hinüber.

Der Fährmann brachte die Männer über den Rhein und setzte sie direkt vor Schloss Philippsburg ab. In dem bis dahin gelassen wirkenden Brewer wuchs nun die Anspannung auf die bevorstehende Audienz am nächsten Morgen.

Laut und vernehmlich meldete der drahtige Lakai die Ankunft der Besucher bei Kurfürst Johann an.

»Ihre durchlauchtigste Eminenz, der Baumeister Claas Brewer und Euer Lehensmann Jan Keip aus Nydermennich bitten um Euer Gehör.«

Nicht im Thronsaal oder in einer Empfangshalle, sondern in seinem prunkvoll eingerichteten Arbeitszimmer, empfing der Fürsterzbischof die Gäste aus dem Mühlsteindorf.

Johann erwies sich als interessierter Zuhörer, während ihm Jan Keip die Situation in den Basaltleyen von Nydermennich aus erster Hand erklärte und die Position der Grubenpächter verteidigte und immer wieder schön redete.

»Eure Eminenz, es liegt einzig und alleine an dem unseligen und habgierigen Verlangen dieses Pöbels, dass der Frieden auf den Leyen nachhaltig gestört wird, mit der Hinrichtung der Rädelsführer wird endlich wieder Friede in das Dorf einziehen.«

»Folgen wir den Ausführungen von Godfried von Ulmen, sowie Gerulf von Manderscheid, dann stellen sich die Dinge doch ein wenig anders dar«, entgegnete der Kurfürst emotionslos und gelassen. »Man wirft Euch und den anderen Erbpächtern erhebliche Versäumnisse im Umgang mit dem gemeinen, arbeitenden Volke vor.«

Jan Keip wagte es nicht einmal tief Luft zu holen und erduldete die lange Reihe der Vorwürfe seines Landesherrn, »... aus gutem Grunde haben wir also den jungen Herrn Brewer zur Audienz bestellt. Obwohl wir zugeben müssen, das Eure heutigen Darstellungen und Schilderungen der Dinge, sehr wohl zu einer Entscheidungsfindung einen nützlichen Beitrag leisten wird, Meister Keip.«

Jan sah seinen Lehnsherrn fragend an, er verstand nicht worauf Johann hinauswollte.

»Wir danken Ihm für sein offenes Wort und erlauben Ihm nun die Audienz zu verlassen, wir wünschen Ihm noch einen angenehmen Tag hier auf Schloss Philippsburg.«

Jan Keip verschlug es die Sprache, ihre Eminenz hatte ihn soeben höflich hinauskomplimentiert und wollte mit Claas alleine sprechen. Leicht in seinem Stolz geknickt, verabschiedete sich Jan mit unterwürfigen Bücklingen und verließ devot das Arbeitszimmer des Erzbischofs.

Fast eine ganze Stunde lang beschrieb Claas Brewer die Situation auf den Grubenfeldern, beschönigte nichts, nahm aber auch niemanden zu sehr in Schutz. Er ließ auch keinen Zweifel daran, dass er aufmüpfige Revolten nicht gut hieß.

»Diese Menschen reagieren wie Hunde. Wenn man sie bedroht und in die Ecke drängt, Eure Eminenz, dann neigen sie zum beißen. Pflegt man sie aber ein wenig einfühlsam, dann sind sie mehr als nur handzahm.«

Johann kratzte nachdenklich mit seinem Zeigefinger an seinem kleinen dunklen Schnauzbart.

»Wir müssen zu einer Entscheidung kommen! Und zwar eine, welche unsere Einnahmen aus der Mühlsteinproduktion nicht schmälert, die Erbpächter gebührlich zufrieden stellt und dem gemeinen Volk das Gefühl unserer fürsorglichen Milde vermittelt. Und dies von Dauer, mein Herr.«

»Durchlauchtigste Eminenz, erlaubt mir einen Vorschlag zu machen, der allen Beteiligten gerecht wird und Eure Stellung als Landesherr sogar mit Vorzug bevorteilt.«

»Wir hören«, antwortete der Fürsterzbischof.

»Mein Vorschlag ist nichts gänzlich Neues, Eminenz.« Claas bat um Papier und Feder, dann listete er in Stichpunkten auf, wie er sich eine effiziente Arbeitsteilung auf den Grubenfeldern vorstellte, natürlich unter Einbeziehung der Gewohnheiten und Sitten von Leyerbruderschaft und Steinhauerzunft, den Interessen der Erbherren und natürlich dem Begehren des Landesherrn. Wer hatte welche Aufgaben und Verpflichtungen und wie war dann seine Entlohnung dafür? Alles soll penibel niedergeschrieben werden und fortan wie eine Vorschrift des Weistums befolgt werden, nicht aber wie bisher nach dem Gutdünken der Pächter vonstatten gehen.

»Die Leyer werden so zu selbstständigen Handwerkern, nur ihre Leistung bestimmt die Entlohnung und so wird ein jeder auf den Leyen alles daran setzen seinen Verdienst und seine Lebensumstände durch hartes Arbeiten zu verbessern. Die Erbherren stellen alles bereit, was diese Menschen zur Erfüllung ihres Tagwerks benötigen, sie teufen die Schächte bis auf den Basalt ab, stellen die Winden und beschaffen das Holz. Der Vertrieb der Mühlsteine und die Sorge um einen reibungslosen Ablauf auf den Gruben, darauf sollte das Augenmerk eines Erbherrn gerichtet sein, Eure Eminenz.«

»In dieser Art ist es ja eigentlich schon immer vorgesehen gewesen«, warf die Durchlaucht ein.

»Aber niemand hält sich mehr daran Eminenz! Die Pächter konnten doch jahrzehntelang tun und lassen was sie wollten, man kann es ihnen eigentlich nicht einmal vorwerfen oder verübeln. Entschuldigt mein Fürst, wenn ich es nun so ausdrücke, schuldig an der Misere sind die Sekretäre Eures Hofes, welche nie einen Blick nach Nydermennich geworfen haben. Für diese Herren galt es in der Hauptsache immer nur das graue Gold zu fördern, egal auf wessen Kosten!«

»Brewer, Er lehnt sich sehr weit aus dem Fenster. Woher nimmt Er die Stirn die fähigsten Leute in meinem Staat zu denunzieren?«

»Eure Durchlaucht, Ihr habt mich hier nach Schloss Philippsburg eingeladen, somit solltet Ihr auch bereit sein meine Kritik zu vernehmen, warum sitzen wir wohl sonst hier unter vier Augen zusammen? Ich bin zurzeit noch ein freier Bürger der Stadt Coellen und dort habe ich einen guten Leumund, es macht mir wenig aus nach Coellen oder Weilerswist zu gehen. Ich kann auch dort meinen Mann stehen, es liegt mir sehr fern einen Streit mit Euch zu suchen, Eure Eminenz!«

Johann war irritiert, der junge Herr Brewer stand mit geschärften Krallen vor ihm, dem Landesherrn von Kurtrier.

Entweder war dieser Mensch mit einem sehr ungestümen Gemüt versehen oder er war von seinen eigenwilligen und selbstbewussten Ausführungen überzeugt.

Johann schritt in seinem Audienzzimmer auf und ab. Einerseits hatte dieser Bursche mit seiner Bewertung der Sachlage scheinbar durchaus Recht, andererseits stellte sich jedoch die Frage, wo man denn hinkommt, wenn man jedem Besserwisser beipflichtet.

»Gut Brewer, Eure Einschätzung ist einleuchtend und nachvollziehbar, wir sind hier in diesem Raum alleine, wie soll ich denn wohl Eurer Meinung nach, entscheiden?«

Claas zögerte, sollte er nun, oder sollte er nicht?

Was soll es? Er hatte dieses Gespräch ohnehin schon auf die Spitze getrieben. Johann Hugo von Orsbeck war nicht irgendeine Krämerseele, nein, er war immerhin einer der einflussreichsten Männer des Reiches, ein leibhaftiger Kurfürst!

»Was ist Brewer, hat es Euch die Sprache verschlagen? Nur zu! Was würdet Ihr mir raten?«

Langsam und mit Bedacht legte er dem Landesherrn seine Vorstellungen dar, während der Kurfürst ihm interessiert zuhörte.

»... es geht um Wachstum Euere Eminenz, Ihr werdet schnell feststellen, dass die Pächter immer neue Schächte auswerfen wollen um ihre Produktion zu erhöhen. Auch die Zahl der Leyer wird folglich anwachsen und somit auch die Summe an fertiggestellten Mühlsteinen. Ganz nebenbei wird dieser hässliche kleine Ort eine nie erlebte Blüte erfahren, was könntet Ihr Euch noch mehr wünschen, Euer Durchlaucht?«

Da kam doch tatsächlich dieser junge Mann daher und strickte mit wenigen Änderungen eine neue und doch alte Ordnung auf den Tisch. Ohne mehr für die einzelne Arbeit zu erhalten, werden sich die Leyer und die Erbherrn gegenseitig zu mehr Leistung anstacheln.

»Euch, durchlauchtigste Eminenz, kommt der größte Vorteil zu Gute, je mehr Mühlsteine in Andernach verladen werden, umso größer ist Euer Anteil an Zoll und Licentgebühren.«

»Wie kommt ein junger Mann zu solch einer wohldurchdachten Weitsicht?«, wunderte sich Johann.

»Es ist nicht mein Verdienst, ich hatte in Coellen stets gute Lehrmeister, durchlauchtigste Eminenz«, antwortete Brewer bescheiden.

Nun schloss Claas aber ebenfalls eine neugierige Frage an: »Eminenz, erlaubt auch mir eine Frage. Wie kommt Ihr ausgerechnet darauf, meine unwichtige Person in dieser Angelegenheit um Rat zu fragen?«

»Es ist nicht unser Verdienst alleine, wir verfügen über gute Berater«, gab der Kurfürst schmunzelnd zurück.

Einer der Sekretäre der Eminenz erhielt noch im Beisein von Claas den Auftrag, die Ausführungen des Baumeisters zu Papier zu bringen und dem Hofrat zur endgültigen Ausarbeitung vorzulegen.

»Wir erwarten Euch, sowie Euren angehenden Schwiegervater Jan Keip, zur Mittagstafel«, freundlich und zufrieden entließ Johann seinen Besucher aus der Audienz.

Weder Jan noch Claas waren den Umgang und die Gebräuche bei Hofe gewohnt, so waren sie beruhigt, dass der Kurfürst in einem recht kleinen Kreis zu speisen pflegte. Lediglich

Gerulf von Manderscheid und zwei Hofräte leisteten ihnen Gesellschaft.

Während des Tischgesprächs griff der Kurfürst wieder das Gesprächsthema der Audienz auf. Nun allerdings, um den Herren des Hofrats kundzutun, welche Gedanken ihm während der Audienz mit dem jungen Brewer gekommen sind. Claas sah still darüber hinweg, dass der hohe Herr seine Reformgedanken zu seiner ureigensten Idee gemacht hatte.

»Meister Keip, beantwortet mir eine Frage«, wandte sich der Kurfürst unvermittelt an seinen Tischnachbarn, »das hohe Domkapitel in Trier hat mir eine Liste von Erbherrn aus Nydermennich vorgelegt, welche sich um die Nachfolge der Erbpacht des verstorbenen Theis Klein beworben haben, wieso habt Ihr Euch nicht darum bemüht, mein Herr?«

»Nun Eure Eminenz, es ergab sich für mich keine Gelegenheit. Nach dem Tode von Theis Klein war es mir fast eine Woche lang unmöglich gewesen, den Geschäften in der gewohnten Weise nachzugehen.«

Ausführlich berichtete er seinem Lehnsherrn über die leidigen Umstände und Entbehrungen der Geiselnahme, meinte aber dann: »So gebt mir den heutigen Tag zum Anlass, diesen Antrag nachzuholen.«

»Bemüht Euch nicht Meister Keip, niemand der Herren aus Nydermennich wird unsere Berücksichtigung finden, wir werden einem Fremden, einem Außenstehenden das Lehen antragen«, entgegnete der Kurfürst.

»Aber bei allem Respekt Eure Eminenz, wie soll denn ein Fremder mit den Eigenheiten des Basalts aus Nydermennich und auch den Gruben unter Tage zurechtkommen?«, stellte Jan mit großen Bedenken fest.

»Es wird sich finden, mein Herr«, entgegnete Johann und blieb die Antwort schuldig.

Kapitel 18

Mit der beschaulichen und andächtigen Ruhe auf dem kleinen Klostergut Fraukirch war es vorbei, Hektik und geschäftiges Treiben bestimmten die frühen Morgenstunden auf der einsamen Domäne des Klosters Laach, dem Versammlungsort des Hochgerichts.

Alle Schöffen der Pellenz wurden erwartet, außerdem der Vogt, auch der Amtmann aus Meien und ein Vertreter des Domkapitels von Trier, von den vielen weiteren hochkarätigen Gästen ganz zu schweigen.

Es war wohl der spektakulärste Gerichtsprozess, der in den letzten hundert Jahren am Gerichtsort der kleinen Pellenz geführt wurde.

Bevor nun das Prozedere seinen Lauf nahm, waren alle Grubenpächter aus Nydermennich in die kleine Fraukirch bestellt worden.

Ein Notarius des Landesherrn hatte für die Erbherren wichtige Nachrichten mitgebracht und verlas den Beschluss des Kurfürsten: »… haben wir beschlossen, das Lehen aus der Leyengrube des ohne Erben verstorbenen Grubenpächters Theis Klein, neu zu vergeben.«

Auf der Stelle kehrte in der kleinen Kirche die nötige Ruhe ein, angespannt erwarteten die Herren Erbpächter nun die Entscheidung des Domkapitels.

Ohne große Schnörkel trug der Notarius den Willen des Landesherrn und der Domherren in Trier vor.

»… uns, Johann dem VIII. Kurfürst und Erzbischof zu Trier gefällt es, dem ehrenwerten Herrn Claas Brewer, Baumeister aus Coellen, die Basaltgruben des ehrenwerten Herrn Theis Klein aus Nydermennich, zum Lehen anzutragen.«

Man hätte eine Nadel fallen hören können, vor allen Dingen den führenden Herrschaften unter den Pächtern versteinerte es die Miene, niemand hatte das auch nur annähernd geahnt, nicht einmal Claas Brewer selbst. Ausgerechnet dieser übergescheite Herr, der jedermann mit seinem mitleidigem Blick zu verstehen gab, was er über die primitiven Lebensumstände in Nydermennich dachte.

»Nun, wie ist Eure Antwort mein Herr?«, fragte der Notarius den verblüfften Claas.

Nachdem er sich gefangen hatte, stimmte Claas dem Angebot von Johann ohne zu zögern zu.

»Unser durchlauchtigster Herr erwartet Euch zur Ableistung des Lehnseides am kommenden Sonntag in der Residenz zu Coblentz«, schnarrte der Gesandte des Erzbischofs, ohne dabei irgendeine Gemütsregung zu zeigen, dann beendete er die Botschaft seines Kurfürsten.

»Jetzt kriegt Keip der Drecksack die Ley von Theis durch die Hintertür in den Hintern geschoben«, fluchte Jost Mettler, der sich bereits alle Hoffnungen gemacht hatte. Mit dem Erwerb dieser Ley wollte er dem übermächtigen Keip endlich Parole bieten.

Auch die anderen Anwesenden verfielen nicht unbedingt in rauschende Begeisterungsstürme, aber es war ja wohl jedem schon vorher bewusst gewesen, dass nur einer das Rennen um die verwaiste Ley machen konnte.

Bevor sich Claas versah, war ein weiterer Meilenstein seines beruflichen Aufstiegs gesetzt, er war mehr als nur zufrieden. Die letzten Monate hier in Nydermennich hatten sein Leben grundlegend verändert, er war auf dem besten Wege zu einem dauerhaften Erfolg.

Nun begann die Sitzung des Hochgerichtes, zuerst wurde über den Meuchelmord von Baltes Scheueren an seinem Lohnherrn, dem Bauern Simon Brohl verhandelt.

Um Baltes stand es ziemlich schlecht, die Aussagen der Zeugen Jan Keip und Claas Brewer, sowie die Beweise am Tatort ließen für das Gericht keinen Spielraum.

»Dieser Kerl ist ein Opfer seiner Wollüste und Triebe, er ist des Lebens nicht mehr wert«, das war das Urteil der Schöffen und so plädierten sie auf die Höchststrafe, Tod durch Brennen.

Das Gericht entschied trotzdem anders und kam zu folgendem Urteil:

»Baltes Scheueren, ihr habt Euch des Ehebruchs mit dem getrauten Weib des Bauern Simon Brohl schuldig gemacht. Euch wird Eure Manneskraft öffentlich auf dem Richtplatz genommen. Für den Mord an Eurem Herrn, Simon Brohl, werdet Ihr anschließend dem Richtschwert der Pellenz überstellt, Euer Leben ist verwirkt.«

Baltes entglitten die Gesichtszüge, dass er für seine Tat den Tod fürchten musste war ihm durchaus klar gewesen. Nun kam noch die Schmach der öffentlichen Entmannung hinzu, wortlos ließ sich der Knecht abführen.

Maria, das Weib von Bauer Brohl, erwartete ihr Urteil gefasst und ruhig, sie wusste was ihr bevorstand. Das Hochgericht verurteilte sie zum Tode durch das Feuer.

»Die Urteile an Baltes Scheueren und Maria Brohl sind am dritten Tag nach der Urteilsverkündung zu vollstrecken«, trug Amtmann Laux vor und beschloss die Verhandlungssache Brohl.

Nun wendete sich das Hochgericht den Gräueltaten von Hannes Kylburger, Johan Frederich, Friedel Bolen, Veit Höner und dessen Weib zu.

Die Anklage lautete auf Mord, Brandstiftung, Erpressung, Geiselnahme und Rebellion. Die Beweise belasteten die fünf Angeklagten ebenso schwer, wie ihre umfassenden Geständnisse. Nicht die Schuldfrage sorgte für mehrere eifrige Diskussionen unter den Angehörigen des Gerichtes, sondern das Strafmaß.

»Der Tod durch das Richtschwert ist zuviel der Gnade, eine gerechte Strafe muss nach dem Weistum an der Schwere der Tat bemessen werden«, schimpften einige der Schöffen aufgebracht.

»Das Verbrennen auf dem Scheiterhaufen ist eine unmäßige Barbarei und fast überall in den deutschen Landen wird sie schon abgeschafft!«, hörte man aus der nächsten Ecke. Fast eine viertel Stunde stritten sich die Schöffen wie die Weiber auf dem Marktplatz von Meien.

Amtmann Laux, der als Oberschultheiß wie immer den Gerichtsvorsitz führte, beendete endlich die lange Diskussion und verkündete das Urteil:

»Die Angeklagten sind der offenen Rebellion überführt und auch in allen anderen Vorwürfen für schuldig befunden, sie verachten alle Sitten und Gebote, Gott hat sie der gerechten Bestrafung zugeführt. Die Schwere ihrer Schuld ist bewiesen, jegliche Gnade ist hier fehl am Platz. Das Urteil lautet auf Brennen, solange bis es unserem Schöpfer gefällt, die Unglücklichen durch den Tod zu erlösen.«

Nach der Verkündigung des Urteils sah Laux kurz zu dem Abgesandten des Domkapitels und zu dem Gesandten des kurfürstlichen Hofes hinüber, mit einem kurzen Kopfnicken bestätigten und genehmigten die beiden Herren die Entscheidung des Amtmannes.

Dann beendete Laux den Urteilsspruch: »Das Urteil wird ebenso in drei Tagen bei Sonnenaufgang vollstreckt. Gehet mit Gottes Segen und Gerechtigkeit in die Hölle!«

Das Urteil war keine Überraschung für die Anwesenden, niemand konnte es ungestraft wagen, die Macht und den Besitzstand ihrer Durchlaucht in Frage zu stellen. Alles was hier entschieden wurde, diente unter anderem dazu die »niederen« Beweggründe des Pöbels in seine Schranken zu verweisen.

Es war ein klarer sonniger Morgen, trotz der beißenden Kälte hatten viele Schaulustige den Weg auf die Äcker am Urteilsstein und am Richtplatz gefunden.

Ein stattlicher Reisighaufen wartete schon darauf die Rädelsführer der Rebellion in Nydermennich ihrer gerechten Strafe zuzuführen. Insgesamt sieben Todesurteile sollten heute Morgen vollstreckt werden, da kamen sogar Leute aus Meien und Andernach herbei, so ein Spektakel wurde einem doch höchstens einmal im Leben geboten.

Geduldig harrte die Menge aus, bis dann endlich der kleine Tross mit den Verurteilten und den Angehörigen des Hochgerichtes, angeführt von Pastor Sylvester Rosenbaum, den Weg nach Schrof heraufkam.

Nachdem man dem gemeinen Volk am Urteilsstein die Urteile vorgelesen hatte, führte der Weg zum Richtplatz.

Baltes Scheueren wurde zuerst seiner gerechten Bestrafung zugeführt. Der Scharfrichter stand mit einem kleinen scharfen Kurzmesser bereit, eines von der gleichen Art wie man sie auch bei den Haustieren benutzte, um sie ihrer Triebe zu entledigen.

Auf das Zeichen des Vogtes hin, griff der Henker dem Verurteilten zwischen die Beinkleider und entfernte ihm kurz und entschlossen die Zeichen seiner Männlichkeit. Lediglich an dem warmen Blutstrom, der ihm an den Beinen herablief, bemerkte Baltes, dass es getan war, Schmerzen hatte die Prozedur ihm scheinbar nicht bereitet.

Dann begann die Totenglocke von Sankt Cyriaci zu läuten. Als sie endlich verstummte, erlitt Baltes das gleiche Schicksal wie vor wenigen Monaten sein Nachbar, der angebliche Brandstifter Caspar Busch.

Das Fehlurteil an Caspar wurde von der Obrigkeit übrigens tunlichst verschwiegen, das Geständnis der Brandstiftung durch Hannes Kylburger war niemandem in der Öffentlichkeit bekannt und in wenigen Minuten würde Kylburger sein Wissen um diese Wahrheit mit in die Hölle nehmen.

Nun war es an Maria Brohl ihre Strafe zu verbüßen. Schlotternd wurde sie zusammen mit den Aufständischen zu dem großen Reisighaufen geführt.

»Habt Gnade, ich bereue doch inständig«, jammerte sie weinend vor sich hin.

»Deine Reue kommt zu spät, Weib«, meinte der Vogt verächtlich.

Sechs Holzpfähle ragten aus dem Reisighaufen, ein Verurteilter nach dem anderen wurde nun nach oben gezerrt und gefesselt.

Das allerdings, was die neugierige Menge eigentlich zum Richtplatz gelockt hatte, verlief indes ziemlich unspektakulär. Nachdem Godfried von Ulmen das Zeichen gegeben hatte, entzündete der Henker den Scheiterhaufen und nur wenige Minuten später standen die Delinquenten lichterloh in Flammen. Das Leben der Aufständischen war ebenso zu Ende wie das von Maria Brohl, ohne das einer von ihnen gejammert oder gewinselt hätte.

Als das grausige Spektakel seinem Ende zuging, ertönten die Trommeln der beiden Landsknechte. Ein kurfürstlicher Herold begab sich auf einen eigens für ihn gezimmerten Holzpodest und hielt ein Schriftstück in der Hand.

»Was will der denn jetzt noch?«, fragten sich einige der Zuschauer.

»Hört! Hört!«, verkündete der Herold, nachdem die Trommeln verstummt waren.

»Ihre durchlauchtigste Eminenz, Johann VIII., Hugo von Orsbeck, daselbst Kurfürst und Erzbischof von Trier, erhebt für seine Basaltgruben in Nydermennich das Nachfolgende zum Weistum ...«

Laut und vernehmlich trug der Herold den Beschluss und den Willen des Landesherrn vor. Mit offenen Mäulern vernahm die Bevölkerung überrascht den Willen ihres Kurfürsten.

Bis ins Detail bestimmte der Hof in Ehrenbreitstein, wer auf den Leyen welche Leistung erbringen musste und wie die Entlohnung für diese Arbeit auszusehen hatte.

Die alten ungeschriebenen Gesetze, welche die Befugnisse der Leyer und Steinhauer regelten, blieben nahezu unberührt, aber das Verhältnis zu den verschiedenen Erbherrn wurde nun neu geregelt und festgeschrieben.

Die Leyer, also die eigentlichen Fachleute auf den Gruben, hatten durch die verkündeten Neuerungen scheinbar den größten Vorteil. Ab sofort wurden sie nach ihrer Leistung bezahlt, die Zeit der unentgeltlichen Frondienste war für sie vorbei, jeder fertige Mühlstein bedeutete ab sofort bare und klingende Münze.

Die versammelten Grubenbesitzer nahmen die Anordnungen des Kurfürsten mürrisch zur Kenntnis. Die Erlasse des Lehnsherrn bedeuteten, so sah es aus, recht spürbare finanzielle Einbußen zu Gunsten der Leyer.

»Ab sofort können wir also keinen Mühlstein, nicht mal den kleinsten Rundling an der Schatulle des Erzbischofs vorbei verkaufen«, tuschelte Mychel Blohm zu seinem Bruder Matheis.

»Lass mal Mychel, reg dich nicht auf«, beruhigte ihn sein älterer Bruder. »Ich glaube, ich habe den Sinn und den Zweck dieser Regelung klar erkannt. Du wirst sehen, die Leyer treiben sich jetzt selbst zu einem mehrfachen an Leistung an. Keiner von denen wird in Zukunft behaupten können, er müsse unter unserer Knute leiden, die werden sich jetzt von ganz alleine knechten.«

Als der Herold seinen Vortrag beendet hatte, entfachten sich unter den Leuten sofort lebhafte Diskussionen. Die meisten der Arbeiter hatten nur den künftigen Mehrverdienst vor Augen, aber niemand von ihnen hatte begriffen, dass sie sich ab sofort ganz »freiwillig« einem ungeheuren Leistungsdruck unterwerfen würden. Nur wenige Leyer dachten weiter und betrachteten auch die Kehrseite der Medaille.

»Alle Rechte bleiben unbeschadet, aber wir werden unser eigener Herr«, tönte Carolus Bost, der in den letzten Tagen alles daran gesetzt hatte die Zunft der Leyerbrüder zu regieren.

»Solange man sich gesund befindet, ist das eine schöne Sache, aber was ist wenn einer von uns siechend daniederliegt?«, hörte man den ersten Einwand.

»Es hört sich gut an, was unser Herr da beschlossen hat, aber was ist mit der Forderung nach Fürsorge in der Not?«, rief Quirin Weckbecker, ein alter Leyer dazwischen.

Der Herold lies für Ruhe sorgen.

»Merket euch, es ist ohne Zweifel festzustellen, der durchlauchtigste Kurfürst ist mit diesem Beschluss nicht irgendeiner aufständischen Forderung nachgekommen, unser Lehnsherr hat sich in seiner freien Entscheidung dazu bewogen, seinen Untertanen ein Mehr an Wohlstand zukommen zu lassen!«

»Aber was ist denn nun in Notzeiten?«, bohrte Weckbecker weiter nach.

Vogt Godfried hakte sofort ein und belehrte die Menge, ohne eine weitere Diskussion aufkommen zu lassen: »Ihr habt es doch eben gehört, das ist nun einmal die hohe Aufgabe eurer Leyerbruderschaft und der Zunft der Steinhauer, nicht die der Lohnherrn. Schafft eine Kasse für die Not, jeder der auf den Gruben sein Brot verdient sollte dort hineinzahlen und schon seid ihr für solche Fälle gerüstet. Es kann nicht Sache des Lohnherrn oder sogar des Lehnsherrn sein für eure ureigensten Nöte und Gebrechen einzustehen.«

Das leuchtete natürlich jedem der Anwesenden ein, das wäre in der Tat eine dreiste Forderung. Wo käme man denn da hin, wenn die Lehnsherren sich auch noch um die Gebrechen und Krankheiten des gemeinen Volkes kümmern müssten? Schließlich war es ja auch die ehrenvolle Pflicht eines jeden Arbeiters, das er seinem Lohnherrn mit einer gewissen Dankbarkeit für die Ermöglichung des Broterwerbs begegnete.

»Das wäre ja das Gleiche, als würde man den Zehnt an die heilige Kirche in Frage stellen!«, schickte der Hummes heuchlerisch hinterher.

Sylvester Rosenbaum bekräftigte den Standpunkt des Hummes durch übereifriges Kopfnicken. Schweigende und verlegene Blicke machten die Runde, es gab wohl Menschen hier, denen war scheinbar nichts heilig.

Einer der Steinhauer hatte aber sehr genau begriffen, wohin diese neue Regelung führt und brachte es auf den Punkt: »Ab sofort werden wir alle gleichbehandelt und zwar gleich schlecht!«

Seine Bedenken verhallten ohne ein großes Echo hervorzurufen, überall bildeten sich schon kleine Gruppen von Leyern und Steinhauern, die sich den neuen Wohlstand schön redeten und ihre Zukunftspläne schmiedeten.

Die Rechnung, welche Claas Brewer dem Fürsterzbischof aufgemacht hatte, begann schon jetzt aufzugehen.

Kapitel 19

Der Winter hatte seine frostige Hand endgültig auf die kleine Pellenz gelegt und ein eisiger Wind fegte über das Land. Claas und Katrein wollten sich nun im Dezember endlich das Jawort geben, es war ein festlicher Tag im Kloster Laach.

Katrein trug ein elfenbeinfarbenes Kleid aus Baumwolle und Brokat, ihren Kopf schmückte ein Haarkranz aus Damast mit Myrten verflochten und ein kleiner seidener Schleier. Ihre anmutige Erscheinung zog die ganze Hochzeitsgesellschaft in ihren Bann, selbst Mychel Blohm fand scheinheilige Worte der Anerkennung und des Lobes.

Wie versprochen, nahm der hochwürdige Abt die Trauung persönlich vor und die Mönche des Konvents gaben der Messfeier mit ihren Chorälen einen feierlichen Rahmen.

Mit dem heutigen Tag wurde Claas Brewer zu einem gleichberechtigten Mitglied der Bürgerschaft von Nydermennich. Er unterhielt nun Familie und Eigentum in dem Mühlsteindorf, sehr zum Unmut von so manchem neidischem Pächtersohn.

Es war Ende Februar geworden und der Frost war zum ständigen Begleiter geworden. Die Männer unter Tage hatten jetzt einen entscheidenden Vorteil zu verbuchen, unten in den Basalthöhlen hielten sich die Temperaturen das ganze Jahr lang knapp über dem Gefrierpunkt. Während über Tage so manch' einer mit Frostbeulen kämpfte, hatte man nun in den Kellern einen vergleichsweise angenehmen Aufenthalt.

Das Domkapitel und auch der kurfürstliche Hof setzten die Beschlüsse ihres Herrn zügig um und zeigten, dass sie es mit den Reformen auf den Gruben ernst meinten.

Drei Mühl- und Decksteinbeseher des Lehnsherrn waren jetzt ständig auf den Leyen von Nydermennich anwesend. Auch an dem Verladekran unten in Andernach am Rhein wurde kein Mühlstein verschifft, den die Herren nicht auf Güte und Größe in Augenschein genommen hätten. So entging dem Landesherrn kein einziger Taler an Gebühren und Wegezöllen. Trotz der Winterzeit war die Mühlsteinproduktion schon merklich angestiegen und viele der Pächter, die noch im November eine säuerliche Miene zur Schau getragen hatten, besahen sich bereits sichtlich zufrieden ihre wachsenden Einnahmen.

Claas und Katrein waren nun schon über zwei Monate verheiratet. Der Alltag auf den Gruben nahm recht schnell Besitz von Claas, dem neuen Erbpächter. Schon seit der achten Stunde arbeitete er im Kontor, dann verabschiedete er sich kurz und flüchtig von seinem Eheweib.

»Ich muss auf die Ley, ich bin viel zu spät dran, wir haben schon die zehnte Stunde, es gibt viel zu tun und es könnte noch besser sein. Sobald der Frost aus dem Boden gewichen ist, lasse ich zwei neue Schächte auswerfen und ich werde noch neue Leute einstellen und ich werde …«

»Bevor du dich vor lauter Arbeit verstolperst Claas, da wäre noch was«, Katrein machte es spannend.

»Was liegt dir auf dem Herzen Liebes?«

»Du wirst Vater.«

»Nein!«

»Doch!«

»Weiß dein Vater schon davon?«

»Nein Claas, du bist natürlich der Erste, der davon erfährt.«

Claas freute sich wie ein kleiner Junge, nahm seine Katrein in den Arm und gab ihr einen langen Kuss.

»Das sollten wir feiern!«, posaunte er. »Richte uns für heute Abend einen gut gedeckten Tisch, beim Essen werde ich Jan mit der Neuigkeit überraschen.«

»Aber Claas, als wenn du die frohe Kunde bis heute Abend für dich behalten könntest. Ich bin sicher, schon in einer Stunde weiß es jeder auf der Ley.«

»Warte ab, du wirst sehen«, antwortete Claas und machte sich auf den Weg zu den Grubenfeldern.

Zügiger als sonst und fröhlich pfeifend, marschierte er heute Morgen zur Ley hinauf. Irgendwie konnte er es immer noch nicht fassen, wie es ihm im letzten Jahr ergangen war! Was er auch in die Hand nahm, es verwandelte sich in Erfolg.

»So kann es weitergehen«, sagte er sich und summte vergnügt vor sich hin.

Zufrieden stieg er einige Zeit später eine der langen Treppen hinunter, in sein unterirdisches Reich.

Währenddessen war sein Schwiegervater schon lange unterwegs und beriet sich mit den Leyern, in welche Richtung man den unterirdischen Abbau weiterbetreiben könnte.

»Wir sollten mit Meister Brewer reden«, riet Leinweber, Jan Keips neuer Grubenaufseher, wenn wir auf die Ley von Meister Claas zuarbeiten, benötigen wir nur die halbe Anzahl an Schächten und Göpelwerken.«

»Ja das sollten wir tun, ich werde gleich noch mit ihm reden, aber zuerst gehe ich mich mal erleichtern«, pflichtete Jan bei und verschwand in einem dieser schlecht beleuchteten Seitengänge. Dort wo er nicht mit neugierigen Augen zu rechnen hatte, legte er seine Pechfackel auf den Boden, öffnete seine Beinkleider und entspannte sich genüsslich.

Plötzlich war ihm so, als wäre er nicht alleine! Dieses instinktive Gefühl beobachtet zu werden, schärfte sofort seine Sinne.

Da war doch wer!

»Wer ist denn da?«, rief er in den dunklen Stollengang hinein, der seine Ley mit der Klein'schenley oder besser gesagt, mit der Ley von Claas Brewer verband.

Trotz des Lärms der Steinmetzhämmer hörte er hinter einer der dicken Basaltsäulen Stimmen. Die Neugier packte ihn, er nahm seine Fackel vom Boden auf und ging hinter das Gestein.

Er hatte sich nicht geirrt, da lag ein recht hübsches und molliges Weibsbild, mit hochgeschlagenen Röcken über einem dicken Steinklotz und ein Kerl nahm sie sich mit voller Hingabe.

Aufgeschreckt vom Fackelschein des unerwarteten Besuchers ließ der Freier von dem Weib ab, die Frau ließ ihre Röcke fallen und reagierte sichtlich nervös und verlegen.

»Du lüsternes Schwein, was treibst du da?«, fuhr Jan den Lustmolch an. »Ist dir denn nichts heilig? Ausgerechnet du vergehst dich an verheirateten Weibern?«

Leicht aus der Fassung geraten, verstaute der Ertappte sein erigiertes Gemächte in seinen Beinkleidern und stieß die Frau in eine dunkle Ecke des Gewölbes. Verängstigt verfolgte die Frau den Streit zwischen den beiden Männern.

»Das bleibt nicht ungesühnt, das verspreche ich dir«, polterte Jan. Sein ehrliches und gottesfürchtiges Wesen konnte solche Freveltaten nicht hinnehmen, egal von wem.

»Halt dein blödes Maul, du Großkotz«, fauchte ihn der ertappte Freier zornig an, »das geht dich einen Dreck an!«

»Das werden wir sehen, du wirst deine wahre Freude haben«, antwortete Jan, »jeder soll es erfahren, verlass dich drauf!«

Diese Drohung hätte er sich besser verkniffen, ein kurzes Handgemenge und ein kantiger Steinbrocken beendeten die Auseinandersetzung. Schwer getroffen sank der Grubenherr blutüberströmt zusammen und gab keinen Laut mehr von sich.

Endlich hatte Claas die vielen Treppenstufen nach unten geschafft, als er aus einem unbeleuchteten Nebengang eine Streiterei vernahm. Eine einsame Fackel am Boden verriet die Anwesenheit von Gestalten, sie stritten wohl, dann sah er wie eine der Personen zusammensackte und wie sich jetzt zwei andere mitsamt der Fackel zügig entfernten.

»Was ist denn da los, wer ist da?«, rief er in den Gang hinein.

Claas bekam keine Antwort und lief so schnell er konnte zum Ort des Geschehens. Da lag jemand am Boden, er bückte sich und drehte den regungslosen Körper zur Seite. Dann stockte ihm der Atem, vor ihm lag sein Schwiegervater mit eingeschlagenem Schädel!

»Jan, Jan, was ist mit dir?«

Sein Schwiegervater regte sich nicht mehr, kein Lebenszeichen war zu erkennen. Claas ließ den Toten langsam zurück auf den Boden gleiten, nahm fassungslos den blutigen Stein in die Hand und sah in die leeren Augen von Keip. Er war zu keiner Regung fähig, so als hätte ihn der Blitz getroffen.

»He, was geht hier vor!«, raunte ihn eine Stimme an.

Vier Männer hatten sich dem Ort des Szenarios genähert, ohne das Claas es gemerkt hatte. Die Leyer sahen sich an und erkannten natürlich sofort was sich hier zugetragen hatte.

»Du Dreckhammel, du hast deinen eigenen Schwiegervater totgeschlagen, bist du noch bei Trost?«

»Nein, so war es nicht, ich habe ihm nichts angetan!«

»Halt dein Maul du Lügner, wir haben dich doch auf frischer Tat ertappt!«

»Jetzt reicht es mir aber, ihr glaubt doch nicht im Ernst, dass ich dazu einen Grund hätte, geschweige denn dazu fähig wäre«, verteidigte sich Claas.

»Erzähl das einem, der sich den Wams mit dem Spalthammer zuknöpft«, fauchte Lorenz Leinweber, der neue Aufseher von Jan Keip dazwischen. »Ich weiß was ich gesehen habe und die anderen auch.«

Trotz aller Unschuldsbeteuerungen, die Männer ließen sich nicht beirren. Claas wurde dingfest gemacht und hinunter nach Nydermennich geführt. Bereits eine halbe Stunde später musste er mit einer Zelle im Trierischen Hof vorlieb nehmen.

»Claas meinen Vater? Niemals!«, stammelte Katrein weinend zu Friedrich Augst, dem Schultheiß hinüber.

Auch der wollte nicht so recht glauben, was die Leyer da von sich gegeben hatten. Aber die vier Leyer waren glaubwürdige Männer und sie schworen schließlich Stein und Bein darauf, dass sie den Baumeister aus Coellen auf frischer Tat erwischt hatten.

»Es tut mir Leid Katrein, unter den vorliegenden Umständen habe ich keine andere Wahl, ich muss das Hochgericht anrufen. Eines sage ich dir gleich, bei dem derzeitigen Stand der Dinge steht es um deinen Ehemann nicht sehr gut.«

Augst verabschiedete sich und machte sich auf den Weg, seine Pflichten als Schultheiß zu erfüllen.

Sollte ich mich denn so in Claas getäuscht haben, dachte die junge Frau. Sie war außer sich vor Schmerz, Trauer und Wut, ihr lieber Vater war tot, ihr frisch vermählter Gatte wurde als Mörder angeklagt und sie selbst war schwanger.

»Und wenn ich mich irre? – Wie lange kenne ich Claas überhaupt? – Die Leute haben es ja gesehen! – Aber nein, so ist er
doch nicht! – Oder vielleicht doch?«

Katreins Selbstgespräche wollten nicht enden, das war einfach zuviel für sie. Verzweifelt griff sie nach dem Krug mit dem
Gewürzwein ihres Vaters und betäubte ihre Sinne.

»Beweg dich«, keifte der kurfürstliche Bewaffnete, als er
Claas aus der Zelle holte.

»Was habt ihr mit mir vor?«

»Halt dein Maul und komm!«

Unwirsch zerrte der Wachmann den vermeintlichen Mörder
am Wams und riss ihn in die Höhe. Ohne langes Federlesen
wurde Claas gefesselt, auf ein Pferd gebunden und fortgebracht.

»Ich frage Euch noch einmal: Was habt Ihr mit mir vor?«

»Und ich sage dir noch einmal: Du hast keine Fragen zu
stellen, halt dein blödes Maul«, fuhr ihn der Wachführer an.

Claas hörte die Beschimpfungen des Pöbels wie in Trance,
als er mit seinen Begleitern am Haus der Keips in der Brunnengasse vorbeikam. Er hielt nach Katrein Ausschau, vergeblich,
sie war nirgends zusehen.

»Da ist er, der feige Mörder!«

»Hinterlistiger Sack!«

»Hätte ich ihm nicht zugetraut!«

»Erbschleicher, Dreckiger!«

Claas schämte sich in Grund und Boden, als ihn die Eskorte
durch die engen Gassen, mitten durch das gemeine Volk hindurch, aus dem Ort führte.

»Du falscher Hund!«, schrie eines der alten Weiber und warf
mit einem Findelstein nach ihm.

Das ist das Ende, dachte Claas, wie soll ich unter diesen
Umständen jemals meine Unschuld beweisen? Er war schon
so gut wie vorverurteilt, vier Leute wollten gesehen haben wie
er Jan erschlagen hat. Alles was er zu seiner Verteidigung vor-
brachte, war nicht mehr wert als heiße Luft. Schnell wurde ihm
klar, was in dem armen Caspar Busch vorgegangen sein mochte.

Langsam ritten die Bewacher mit ihrem Gefangenen den Berg an der Meiener Veitskapelle hinunter und hielten auf das Brückentor zu, sie waren endlich angekommen. Am Stadtrand auf einem Hügel erhob sich die trutzige Genovevaburg, das Ziel der Reise war erreicht, sein Schicksal lag nun in Gottes Hand.

Aus den Ermittlungen um die Aufständischen in Nydermennich wusste er um die Qualität der Folterkammern und um die Verhörmethoden dieses sadistischen Amtmanns Laux, vor allen Dingen, wenn er von seinem besten Freund, dem Alkohol begleitet wurde,

Ein Gefühl der Ohnmacht und Beklommenheit nahm von ihm Besitz.

»Da geht's rein!«

Ohne Gegenwehr zu leisten, fiel Claas auf das feuchte Stroh der stinkenden Gefängniszelle im Keller des Bergfrieds.

Er war ratlos, wer konnte ihm jetzt helfen?

Kapitel 20

Gerulf von Manderscheid glaubte an einen Scherz, als er von dem Mord an Jan Keip und der Verhaftung von Claas Brewer hörte.

»Habt ihr nichts anderes zu tun als mich frühmorgens mit derartigen Narreteien zu unterhalten?«, pflaumte er seinen Adjutanten an.

»Herr, es ist nicht albern, sondern es ist wahre Begebenheit, die Nachricht ist eben mit einer Taube von der Burg in Meien hier eingetroffen, seht doch selbst.«

Von Manderscheid las die Botschaft ungläubig und schnauzte dann leicht gereizt zu seinem Adjutanten hinüber: »Drei Mann Eskorte, ich reite nach Nydermennich und nach Meien, sofort!«

Der Adjutant war sehr darüber verwundert, welche Wichtigkeit sein Herr dieser Nachricht beimaß, seit wann interessierten ihn denn die Sorgen irgendwelcher Erbpächter im Land?

»Noch etwas, lass diese Botschaft, so wie sie ist, dem Landvogt Godfried von Ulmen zukommen.«

»Wie Ihr es wünscht mein Herr, sonst noch etwas?«

»Nein, aber beweg dich und zwar hurtig – halt, die Eskorte soll unten im Hof von Schloss Philippsburg auf mich warten.«

Mit fragendem Blick trollte sich der Adjutant aus dem Gemach, er musste es ja nicht verstehen, aber seines Herrn Wunsch war ihm Befehl.

Dann ließ von Manderscheid sein Pferd satteln und ritt so schnell es eben ging, über den steilen Weg von der Burg hinunter zum Rheinufer, zu der Residenz des Erzbischofs.

Unverzüglich suchte er die Gemächer ihrer Durchlaucht auf, er hatte den richtigen Moment erwischt und wurde ohne Verzögerung zu seinem Herrn vorgelassen.

»Manderscheid, was liegt denn so dringend an?«

»Durchlauchtigster Herr, es geht um die Vorgänge in Nydermennich, ich glaube die Sache ist noch nicht vorbei.«

»Wie noch nicht vorbei, wie soll ich das verstehen?«

»Folgendes hat sich zugetragen Eminenz ...«, Gerulf setzte den Kurfürst über den Mord an Keip ins Bild, zumindest so, wie es sein eigener Kenntnisstand zuließ.

»Ich glaube jedenfalls nicht daran, dass Brewer seinem Schwiegervater etwas angetan hat, so schätze ich diesen Mann nicht ein. Eminenz, ich glaube, hier versucht jemand Rache zu üben und zugleich noch einige Leute aus dem Weg zu räumen. Ich glaube, diese Verschwörung ist immer noch nicht beendet.«

Kurfürst Johann stand am Fenster und sah bedächtig auf die andere Rheinseite, zur Mündung der Mosel hinüber, auch er wirkte aufgrund dieser Nachrichten sichtlich irritiert.

»Mein Gefühl sagt mir, dass dieser Brewer ein gradliniger und ehrlicher Kerl ist, man weiß allerdings nie was im Kopfe eines Menschen vorgeht. Rasende Wut hat schon so manch einen rechtschaffenen Christen aus der redlichen Bahn geworfen«, antwortete der Kurfürst nachdenklich.

»Durchlaucht, sofern Ihr es mir erlaubt, reite ich noch heute mit einer Eskorte hinauf nach Nydermennich und höre mir aus erster Hand und vor Ort an, was sich dort zugetragen hat.«

»Nehmt Euch einige Tauben mit, ich möchte über die Vorgänge informiert werden«, meinte Johann. »Damit wir uns allerdings genau verstehen mein lieber Manderscheid, es geht mir in erster Linie um den Ertrag aus den Mühlsteingruben, sollte Brewer hoffnungslos in diese Bluttat verwickelt sein, kann ich nicht viel für ihn tun. Da wo vier Zeugen gegen einen Einzelnen stehen, kann und möchte ich mich als Landesherr nicht gegen das Weistum stellen.«

»Welche Möglichkeiten bleiben mir, Durchlaucht?«

»Macht das was ihr für richtig haltet, die Fürsprache durch meine Person steht in dieser Angelegenheit jedoch nicht zur Verfügung. Nutzt Euren Stand und Eure Stellung an meinem Hofe und bringt die Dinge in Nydermennich in meinem Sinne zu Ende, wenn es sein muss mit allen Konsequenzen.«

Gerulf hatte verstanden, deutlicher konnte Johann nicht werden. Keinen Finger würde der Landesherr rühren, wenn sich die prekäre Beweislage nicht entscheidend zu Gunsten des Beklagten ändert.

»Darf ich mich zurückziehen, Eminenz?«

»Geht mit Gott, ich wünsche Euch Glück, von Manderscheid.«

Die Eskorte von Gerulf stand schon wartend im Hof der Residenz, wortlos stieg er in den Sattel. Nachdem der Fährmann ihn mit seinen Begleitern über den Rhein nach Lützelcoblentz geschifft hatte, gab er seinem Pferd die Sporen, es galt keine Zeit zu verlieren.

Endlich hatte von Manderscheid mit seinen Männern im Trierischen Hof von Nydermennich Quartier bezogen, unverzüglich ließ Gerulf den Schultheiß zu sich bestellen und hörte sich aus dessen Mund noch einmal die ganze leidige Geschichte an.

Manderscheid schwieg und spazierte im Zimmer auf und ab, dann meinte er zu Augst:

»Der Vogt ist bereits informiert und dürfte in den nächsten Tagen hier eintreffen. Bis dahin erwarte ich die vier Zeugen ab morgen Mittag hier zu meiner Verfügung.«

»Ja aber edler Herr«, gab der Schultheiß dienstbeflissen zum Einwand, »ich habe die Zeugen doch bereits vernommen, alle Aussagen kann ich Euch schriftlich vorlegen.«

»Von mir aus benutzt Ihr die Schriftsätze als Fidibus für Euer Kaminfeuer, meine Anordnung war klar und deutlich. Noch etwas verehrter Schultheiß, meine Weisungen werden nicht mit ›Ja aber‹ beantwortet, haben wir uns verstanden?«

»Natürlich, selbstverständlich mein Herr, ganz so wie Ihr wünscht«, biederte sich der Schultheiß an und verließ das Zimmer.

Nachdem er ein kurzes Mahl zu sich genommen hatte, verließ er mit seinem Wachführer das Dorf und ritt hinüber nach Meien, er wollte selbst mit Claas sprechen und sich seine Version des Tathergangs anhören.

»Ich war es nicht, ich hatte doch keinen Grund meinem Schwiegervater etwas anzutun, ganz im Gegenteil, warum sollte ich?«, beendete Claas seine Verteidigung, er war sichtlich mit den Nerven am Ende.

»Nun gut, den vier Männern von der Ley kann man eigentlich nicht verübeln, was sie da zu Protokoll gegeben haben, für die musste es ja so aussehen, als hättet Ihr zugeschlagen.«

»Das ist auch mir klar, vor allen Dingen in diesem Dämmerlicht unter Tage, da wird der Blick schnell getäuscht«, pflichtete ihm Claas bei.

»Brewer ich vertraue Euch, aber das ändert nichts daran, dass Ihr bis zum Halse im Dreck steckt. Morgen beginne ich damit, die vier Leyer auf das Sorgfältigste zu befragen, vielleicht ergibt sich doch noch die eine oder andere Erkenntnis zu Euren Gunsten.«

»Und wenn nicht?«, fragte Claas.

Von Manderscheid sah Claas besorgt an und schwieg sich aus, er wollte lieber nicht aussprechen, was er befürchtete.

»Zuerst sorge ich dafür, dass Ihr aus diesem Loch herauskommt und ein vernünftiges Obdach erhaltet. Ihr versprecht mir allerdings, dass Ihr Euch nicht zu unüberlegtem Tun hinreißen lasst, in solch einem Falle kann ich nichts mehr für Euch tun.«

»Ihr habt mein Wort.«

»Soll ich Eurem Weib irgendetwas mitteilen?«, wollte Gerulf wissen.

»Ihr würdet mir einen großen Dienst erweisen, wenn Ihr Katrein darüber unterrichten würdet, was sich auf den Leyen wirklich zugetragen hat, weiß der liebe Gott, was man ihr alles aufgetischt hat.«

»Ich werde sie höchstpersönlich darüber in Kenntnis setzen, Ihr könnt Euch auf mich verlassen«, beruhigte ihn Manderscheid und verabschiedete sich von Claas.

»Auf eine Frage noch, Herr von Manderscheid, warum setzt Ihr Euch so für mich ein?«

»Ich habe Euch unter anderen Umständen kennen und schätzen gelernt, das ist nicht vergessen«, erwiderte Manderscheid. »Außerdem habe ich auch das dumme Gefühl, dass die Unruhen in Nydermennich immer noch nicht beendet sind und Ihr, sowie Euer Schwiegervater, Opfer einer elendigen Verschwörung geworden seid.«

Endlich konnte Claas das feuchte Loch in dem Gewölbe des Bergfrieds gegen eine luftige Kammer eintauschen. Zwei schwere Riegel vor der Tür und eine Bewachung hinderten ihn daran, doch noch auf dumme Gedanken zu kommen.

Er rappelte sich von seiner Pritsche auf und ging zu dem kleinen vergitterten Fenster hinüber.

»Heilige Barbara steh mir bei«, murmelte er vor sich hin während er in den Halsgraben der Burg hinab sah.

Mit verheulten Augen öffnete Katrein die Tür, mutlos und gleichgültig bat sie den Besucher in das Wohnhaus und bot ihm einen Platz in der großen Stube an.

»Das hätte ich niemals von Claas gedacht verehrter Herr, niemals hätte ich ihm so eine Untat zugetraut.«

»Nun setzt Euch bitte Frau Brewer und hört mir genau zu«, unterbrach Gerulf ihr klagendes Gejammer. »Claas Brewer ist ein Mann von Ehre, ich bin fest von seiner Unschuld überzeugt.«

»Wie kann er unschuldig sein, wenn ihm gleich vier Männer beim Morden zugesehen haben?«, gab Katrein zornig zurück.

»Ich werde Euch jetzt einmal die Dinge so erklären, wie Euer Gatte sie erlebt hat, viele Dinge im Leben sind nicht so wie sie aussehen«, antwortete Gerulf.

Ruhig und sachlich erklärte er Katrein, wie Claas die Ereignisse unter Tage schilderte, diese Version kannte sie natürlich nicht. Der Schultheiß hatte ihr nur das berichtet, was die vier Leyer zu Protokoll gegeben hatten, Claas hatte er ja nicht einmal angehört.

»Euer Ehemann ist also mit Sicherheit kein Mörder, aber ich kann seine Unschuld nicht beweisen und genau das bereitet mir Sorge.«

Katrein schluckte verlegen, um ein Haar hätte auch sie ihren Gatten vorverurteilt, betrachtete man aber die Aussage von Claas, dann erschien alles in einem neuen Licht.

»Aber was kann man tun, Herr Gerulf? Kann sich denn nicht der Erzbischof für meinen Mann einsetzen?«

»Ihre Durchlaucht kennt Euren Mann doch nur durch zwei persönliche Gespräche, sowie durch die Fürsprachen von Vogt Godfried und meiner Person. Er wird sich für einen Baumeister aus Coellen, der zudem unter Mordverdacht steht, nicht in irgendwelche peinlichen Verlegenheiten bringen.«

»Aber was soll werden?«

»Betet Frau Brewer, betet. Ich werde mich kümmern, das verspreche ich Euch, auch Godfried von Ulmen wird Euren Gatten nicht fallen lassen.«

Es wurde wieder still im Raum, Katrein saß da, mit der Trauer um ihren Vater und nun musste sie auch noch um das Leben ihres Mannes fürchten. Um ein Haar hätte sie ihm großes Unrecht zugefügt.

»Kann ich Claas sehen?«, fragte sie zögerlich.

»Zu jeder Zeit, dafür ist schon gesorgt.«

Katrein war erleichtert, ihr Mann schien tatsächlich unschuldig zu sein und sie stand nicht alleine da, mit dem Herrn von Manderscheid und dem Vogt hatte sie die denkbar beste Unterstützung.

Godfried von Ulmen war über das Ergebnis der Verhöre sehr ungehalten, eigentlich hatte er damit gerechnet, dass sich während seiner Anreise nach Nydermennich doch so manches Missverständnis aufgelöst hatte.

»Gerulf, wir kommen so nicht weiter«, wandte er sich besorgt an seinen Waffenbruder und Freund. »Alle Verhöre, welche du geführt hast, werde ich noch einmal führen.«

»Glaubst du ich sei nicht fähig eine ernsthafte Befragung durchzuführen?«, entgegnete Ritter Gerulf verärgert.

»Nun rege dich nicht auf mein Freund, ich stelle doch deine Arbeit nicht in Zweifel, ich werde versuchen die Herren in widersprüchliche Aussagen zu verwickeln, so gewinnen wir Zeit und die können wir brauchen.«

Der Vogt ließ den Schreiber und die Zeugen in den Trierischen Hof bestellen, dann begann er die Verhöre erneut.

Zuerst war der neue Aufseher von Jan Keip an der Reihe.

»Sein Name lautet Lorenz Leinweber?«

»Ja, aber das habe ich diesem edlen Herrn doch schon alles erzählt.«

»Dann erzählt Er es eben nochmal.«

»Warum?«

»Nun hört Er mir zu, ich bin der Vogt unserer Durchlaucht, ich frage Ihn, was ich will und so oft ich will. Er wird mir eben so oft Rede und Antwort stehen, außerdem gewöhne Er sich an den richtigen Ton im Umgang mit dem Vertreter seines Lehnsherrn«, raunte Godfried den Grubenaufseher an, »hat Er das nun verstanden?«

»Jawohl Herr«, antwortete Lorenz kleinlaut.

Entsprechend den schriftlichen Vorlagen der ersten und der zweiten Anhörung wurde der Aufseher Punkt für Punkt befragt, bis sich endlich die ersten Widersprüche einfanden.

»Gestern hat Er zu Protokoll gegeben, Er habe gesehen, wie Herr Brewer zugeschlagen hat. Heute sagt Er mir, Er habe gesehen, wie Brewer mit einem Steinbrocken in Händen neben Jan Keip gehockt hat! Was soll ich Ihm denn nun glauben?«, erwiderte von Ulmen ärgerlich.

»Das ist doch wohl egal, Herr, die Missetat bleibt doch geschehen.«

»Ich warne Ihn jetzt ausdrücklich, hier ist nichts egal Bursche, durch eine leichtfertige Aussage ist schon manch ein Unschuldiger unter der Hand des Henkers gestorben. Nehme Er sich also zusammen, weise ich Ihm während dieses Verhörs auch nur ein falsches Zeugnis nach, werde ich Ihn dafür höchstselbst zur Rechenschaft ziehen!«

So wie Lorenz Leinweber erging es auch den anderen Zeugen, bei jedem der Leyer fanden sich Widersprüche in der Beschreibung des Tathergangs. Schon nach weiteren zwei Stunden konnte man durchaus vermuten, dass die Leyer lediglich gesehen hatten, wie Claas neben seinem Schwiegervater gehockt hatte, mit besagtem Steinbrocken in den Händen und sonst gar nichts.

Aber vor dem Hochgericht zählten keine Einschätzungen und Vermutungen, eine wirklich entlastende Aussage zu Gunsten von Claas Brewer war nicht zustande gekommen, die Zeugnisse der Leyer hatten lediglich ein wenig an Gewicht verloren.

Der Vogt ließ das Ergebnis seines Verhörs in knappen Worten zu Papier bringen und mit einer der Brieftauben nach Schloss Philippsburg befördern.

Dann beauftragte er schweren Herzens den Schultheiß, das zu tun, was getan werden musste, Augst ließ das Hochgericht der kleinen Pellenz zusammenrufen.

Die Totengräber hatten alle Mühe damit, den hartgefrorenen Boden des Kirchhofes zu öffnen, um das Grab für Jan Keip herzurichten. Dort wo seine Frau seit dem Sommer ihre letzte Ruhe gefunden hatte, endete nun auch der Lebensweg des erfolgsgewohnten Grubenpächters.

Eine ungemütliche Mischung aus Schnee und Regen zerrte an der Geduld der vielen Leute, die den Weg auf den kleinen Friedhof im Schatten der Kirche gefunden hatten. Das Gezeter der Krähen auf dem Turm von Sankt Cyriaci tauchte die Beerdigung von Jan Keip zusätzlich in eine schaurige Atmosphäre.

Niemand der Anwesenden ließ ein gutes Haar an Claas, hämisch und geifernd fielen die Leute über seine Person her und tuschelten untereinander. Jetzt, nach dieser heimtückischen Tat, wollte jeder gewusst haben, wie es um den Charakter des Baumeisters aus Coellen bestellt war.

Nur Katrein und ihre Begleiter schwiegen.

Godfried von Ulmen und Gerulf von Manderscheid vernahmen mit Sorge, wie schnell ein Mensch durch das dumme und bösartige Geschwätz der Straße gelyncht werden konnte.

»Wenn wir keinen absoluten und glasklaren Beweis für die Unschuld von Claas Brewer erbringen können, dann haben wir verloren«, flüsterte Gerulf dem Vogt zu.

Drei Tage waren vergangen und die Schöffen des Hochgerichts saßen in der Fraukirch zusammen. Es fiel den Herren nicht leicht, mussten sie doch dieses Mal nicht über irgendeinen Halunken urteilen, sondern über einen Angehörigen der besseren Gesellschaft.

Weder Gerulf, noch der Vogt von Ulmen hatten vor, die Hände in den Schoß zu legen, irgendwo musste die Lösung des Rätsels verborgen sein.

»Gerulf, ich glaube, dass du mit deinem Verdacht richtig liegst, aber ich sehe nicht das geringste Anzeichen. Wo sollen wir denn nach der Wahrheit suchen?«

»Warten wir erst einmal ab wie der Prozess verläuft, ich kann vielleicht genügend Einfluss geltend machen und das Schlimmste verhindern.«

Nachdem Claas Brewer seine Aussage gemacht hatte, wurden die Zeugen noch einmal dem Verhör unterzogen. Vor allen Dingen der Amtmann aus Meien ereiferte sich in peinlich genauer Befragung der Leyer. Er machte keinen Hehl daraus, dass er von der Schuld des neuen Grubenpächters überzeugt war und so lenkte er seine Fragen immer wieder geschickt in die von ihm gewünschte Richtung.

»Aber so wie du es gesehen hast, hatte Brewer den Stein gerade nach seiner Tat ablegen wollen?«

»Genauso war es, mein Herr«, antwortete Leinweber dem Amtmann, sichtlich erfreut darüber, dass der Oberschultheiß seinen Verdacht teilte.

Die Wirkung ließ nicht lange auf sich warten, nicht mehr handfeste Beweise waren gefragt, sondern lediglich das, was die vier Leyer aus der Situation ableiteten stand hier im Mittelpunkt.

Die Schöffen der kleinen Pellenz ließen sich von Mutmaßungen und Schlussfolgerungen und nicht von handfesten Beweisen leiten. Weder der Vogt noch Ritter Gerulf hatten die geringste Chance, die Verfahrensweise dieses Prozesses zu beeinflussen, jeder Einwand der beiden wurde von den Anwesenden niedergeredet.

»Mychel Blohm, Euer Wort ist gefragt«, forderte Laux den Grubenpächter auf. »Was habt Ihr der Wahrheitsfindung beizutragen?«

Gerulf sah verwundert zum Vogt hinüber, was spielte denn dieser Blohm hier für eine Rolle?

»Claas Brewer hat hinter dem Rücken der anderen Grubenpächter einen Handel mit der Zunft der Coellener Handelsherren eingefädelt, von jedem Mühlstein aus Nydermennich, egal wer ihn auch liefert, erhält er seinen Obolus und er bestimmt die Erlöse mit.«

»Und was hat das mit dieser Mordsache zu tun, mein Herr?«, forderte der Amtmann.

»Jan Keip war immer ein entschiedener und streitiger Gegner von solchen Absprachen, niemals hätte er solch ein Vorgehen gut geheißen, er hätte ihn aus dem Haus gejagt«, erwiderte Mychel Blohm hasserfüllt. »Das ist alleine schon Zeugnis genug für die Raffgier und die rücksichtslose Haltung dieses feinen Herrn. Es zeigt uns doch deutlich auf, wie es um die verdorbene Seele dieses Burschen bestellt ist.«

Empört sprang Claas von seinem Schemel: »Mein Schwiegervater wusste von meinem Vertrag mit der Coellener Handelszunft, zudem war dieses Abkommen für ihn eher einträglich als abträglich, was hat dieser Kontrakt mit meiner Anklage zu tun?«

Mit Nachdruck wurde Claas von einem der Bewaffneten wieder auf seinen Schemel gedrückt. Er bekam deutlich zu spüren, dass seine Meinung hier nicht sonderlich gefragt war.

»Dieses Abkommen beweist doch ganz deutlich Eure Hinterhältigkeit, lieber Brewer. Euch ist nichts heilig, das beweist uns dieser Umstand in jedem Falle«, schob Mychel Blohm hinterher.

»Wie kommt Ihr zu Eurer Behauptung Meister Blohm?«, hinterfragte einer der Schöffen.

»Ich war unlängst in Coellen, dort habe ich es aus zuverlässiger Quelle, prüft es nach und ihr werdet sehen, dass ich Recht spreche!«

Obwohl es zur Wahrheitsfindung in der Mordsache tatsächlich nicht von Wichtigkeit war, der Auftritt von Blohm genügte durchaus, den anwesenden Schöffen den Neid auf die Stirn zu treiben, viele von ihnen waren schließlich selbst Lehenspächter.

Die Stimmung war nun aufs Äußerste aufgeheizt. Mychel Blohm hatte es mit nur einem Satz geschafft, jenen feinen Herrn, der seine Angebetete zur Frau genommen hatte, zu einem zwielichtigen Subjekt zu degradieren. Die Selbstsucht der Schöffen würde ihm jetzt in die Hände spielen.

Die Beratung des Hochgerichtes dauerte nur noch eine Viertelstunde, dann wurde das Urteil verkündet.

»Claas Brewer, Ihr seid des heimtückischen Mordes an dem ehrenwerten Jan Keip, Eurem Schwiegervater, überführt. In drei Tagen bei Sonnenaufgang verwirkt Ihr Euer Leben unter dem Richtschwert der Pellenz!«

Das Urteil traf Claas wie ein Blitz, er hatte bis zum Schluss gehofft, dass der Vogt die Dinge noch zum Guten bewegen konnte, vergeblich, sein Schicksal war besiegelt.

Sechs Mann Bewachung brachten ihn zurück nach Meien auf die Burg. Sein Zimmer im Turm stand ihm nicht mehr zur Verfügung, für die letzten drei Tage seines Lebens wurde er wieder in eine der finsteren Zellen im Keller gesperrt.

»Wir konnten nicht helfen, aber ich bin immer noch der festen Überzeugung, dass Euer Gatte unschuldig ist«, entschuldigte sich Gerulf von Manderscheid hilflos.

Wortlos, mutlos und mit leeren Augen sah die junge Frau die beiden Männer an, von denen sie sich soviel erhofft hatte. Noch drei Tage dachte sie, dann würde sie als Witwe eines Mörders da stehen, dazu noch schwanger und mit zwei Grubenbetrieben am Hals.

Katrein glaubte vor einem Abgrund zu stehen, sie war mit der Situation völlig überfordert. Am liebsten würde sie sich mit ihrer Leibesfrucht in einen der Schächte auf der Ley stürzen, dann wären die Qualen endlich vorbei. Leicht bedrückt verabschiedeten sich Gerulf und der Vogt und gingen gemächlich zum Trierischen Hof hinüber.

»Hätten die Leyer oder die Steinhauer gegen Claas Front gemacht, dann hätte es in meinen Verdacht gepasst, aber ein Grubenpächter?«, sinnierte Gerulf laut vor sich hin.

»Als Außenstehende wissen wir beide leider viel zu wenig darüber, was hier wirklich vor sich geht. Selbst diese Pächter stehen sich in Neid und Missgunst gegenüber«, antwortete ihm Godfried.

Auch Gerulf von Manderscheid sah keinen Ausweg. »Wir sollten uns daran gewöhnen, dass wir den Kampf um das Leben von Claas Brewer verloren haben. Wenn die Wahrheit wirklich einmal ans Licht kommt, dann ist es für unseren guten Freund ohnehin schon zu spät.«

Kapitel 21

Der Gesang der Steinmetzhämmer und auch das Licht der Fackeln drangen nur mäßig in den Seitenstollen zwischen den Leyen.

Während sich die Leyer und Steinbrecher abrackerten um ihr Tagewerk zu verrichten, huschte eine gut gebaute Frau, zusammen mit einem kräftigen Mann, hinter eine der mächtigen Basaltsäulen, welche das Geglöck der unterirdischen Hallen stützten.

»Mach schon, ich möchte nicht schon wieder überrascht werden«, meinte der Kerl, löschte seine Fackel, öffnete die Beinkleider und lüftete danach die grobgewebte Cotte des drallen Weibes.

Lustvoll gaben sich die beiden Schwerenöter wieder einmal ihrer heimlichen Leidenschaft hin und die Frau genoss die Zuwendungen ihres Liebhabers. Außer Jan Keip hatte bisher noch niemand dieses lauschige Plätzchen entdeckt, keiner kam normalerweise in diese Ecke und so fühlte sich das Pärchen ungestört und sicher.

Unterdessen kam Severin Klüppel in Begleitung von vier Leyern in den stillen Seitengang. Man wollte endlich da weitermachen, wo man bei der Ermordung von Jan Keip aufgehört hatte.

»Hier steht der Stein noch stark genug, hier sollten wir den Abbau weiterbetreiben«, stellte Klüppel zufrieden fest.

»Wir müssten allerdings auch mit den Blohm Brüdern reden, denn ich glaube, dass wir uns im Grenzbereich zwischen den Leyen Brewer, Keip und Blohm befinden, da müssen wir alle zusammen ran«, erwiderte Lorenz Leinweber, während er mit den anderen Männern interessiert um die dicke Säule ging, um den Stein in seiner Güte zu beurteilen.

Severin traute seinen Augen nicht, auf der Stelle brach er in schallendes Gelächter aus: »Fragen wir Blohm doch selbst!«

Langsam aber sicher war Mychel im Schein der Fackeln zu erkennen.

Spottendes Gelächter wurde dem Grubenpächter zuteil, der nun, in flagranti ertappt, in einer der Säulennischen Schutz vor den neugierigen Blicken der Leyer suchte. Schützend stand er vor dem Weibsbild und verdeckte ihre Gestalt mit seinem Körper.

Lorenz Leinweber verging das Lachen sehr schnell, ihm war so, als gefriere ihm das Blut in den Adern. Mychel Blohm verdeckte das Antlitz der Frau zwar sehr gut, aber er war sich sehr sicher sein eigenes Weib zu erkennen.

»Weg von hier Männer, das geht uns nichts an, lasst die beiden in Ruhe!«, bedrängte er seine Begleiter und forderte sie auf diesen Ort zu verlassen.

Würden die anderen ebenfalls seine Frau erkennen, wäre er dem Spott der gesamten Leyerbruderschaft ausgeliefert, die

Hörner die man ihm soeben aufgesetzt hatte, reichten ihm völlig aus.

Amüsiert traten die Leyer den Rückweg an, laut lachend machten sie sich über Mychel Blohm lustig. Leinweber fand das Gesprächsthema seiner Kameraden überhaupt nicht witzig. Ihm war daran gelegen, dieser Sache so wenig Aufsehen wie möglich beizumessen.

»Am besten haltet ihr alle euer Maul, jeder von uns hätte in der gleichen Lage erwischt werden können, wir sollten das für uns behalten, unter uns Männern.«

»Aber Lorenz, was ist denn mit dir los?«, griente Kaspar Wehr provokant, »seit wann übst du denn Nachsicht, du bist doch sonst auch immer der fromme Hüter der Moral?«

Im Schein der Fackeln erkannte niemand wie Leinweber errötete, teils vor Scham und teils vor Wut. Ohne Antwort ließ er seine Begleiter stehen und verließ das unterirdische Reich der Leyer über eine dieser schmalen Treppen nach oben.

Mychel Blohm und Martha Leinweber standen immer noch wie gelähmt an der Wand.

»Glaubst du er hat mich erkannt?«

»Nein, kann nicht sein, dann hätten wir ja wohl einen Wutausbruch erlebt.«

»Ich hoffe, du hast Recht Mychel.«

Es war schon dunkel als Lorenz, leicht angetrunken, seine bescheidene Hütte betrat. Martha war heute Abend nicht sehr gesprächig, verlegen hantierte sie an der Feuerstelle herum, sie traute sich nicht ihrem Mann in die Augen zu sehen. Das seltsame Gehabe seines Weibes bestätigte Lorenz sofort, dass er heute Nachmittag sicherlich keiner Sinnestäuschung aufgesessen war.

Voller Groll ging er zu ihr hinüber und zerrte sie an der Schulter: »Warum? Du Drecksweib!«

Martha musste einsehen, dass ihr Mann sie erkannt hatte, wortlos blickte sie in sein zorniges Gesicht.

»Ich habe dich etwas gefragt, du liederliches Weibsstück!«

Martha war zu keiner Antwort fähig, vor lauter Angst liefen ihr die Tränen über die Wangen.

»Seit wann Martha, seit wann, rede endlich?«, forderte Lorenz.

»E-es w-war das erste Mal«, stotterte sie.

Mit zwei schallenden Ohrfeigen beantwortete Lorenz die offensichtliche Lüge und baute sich drohend vor ihr auf.

»Einmal frage ich noch, lügst du mich dann wieder an, drücke ich dich mit deinem fetten Hintern in die Feuerstelle, solange bis die Wahrheit aus dir herausbrodelt. Rede endlich du Hurenweib!«

»Seit dem Herbst«, antwortete sie kleinlaut und eingeschüchtert.

Der gehörnte Ehemann reagierte trotz seiner Wut sehr beherrscht und stieß sie ohne weitere Attacken von sich.

»Du bleibst ab sofort zu Hause, mit der Arbeit auf der Ley ist es vorbei, alles andere bespreche ich mit diesem Schwein persönlich.«

Auf der Stelle verließ er seine Hütte und machte sich auf den Weg in die Niedergasse, noch heute wollte er Mychel Blohm zur Rede stellen. Höchst unfreundlich und laut pochte er an die Tür des Hauses der Familie Blohm.

»Geht das auch in anständiger Manier?«, schimpfte der Grubenpächter währenddessen er die Tür öffnete.

Erst verwundert, dann leicht geschockt, sah Mychel dem Gehörnten in die Augen, während er schnell die Tür hinter sich schloss.

»Bleib um Gottes Willen ruhig«, beschwichtigte Mychel, »ich werde zu meiner Schuld stehen. Ich werde dich entschädigen, aber bitte mach hier keinen Lärm, mein Bruder sollte das nicht erfahren.«

»Du besteigst mein Weib unter Tage und du denkst mit einem Schweigegeld sei wieder alles im Lot? Am liebsten würde ich dir den Schädel einschlagen, du dreckiger Hurenbock!«

»Nun sei endlich leise, ich habe mich schon tief genug in den Dreck geritten. Glaube mir, es tut mir Leid, aber sie hat stets begonnen.«

»Mein Weib bleibt ab sofort zu Hause und als Ausgleich erhalte ich von dir zukünftig den doppelten Tagelohn. Wenn nicht, stelle ich dich vor dem ganzen Dorf bloß und du trägst Spott und Strafe und zwar im Sinne des Weistums.«

»Willst du mich herausfordern Lorenz?«

»Nenne es wie du willst, morgen auf der Ley zahlst du mir für die nächste Woche, was mir zusteht«, blaffte Leinweber, drehte sich um und trat zornig den Heimweg an.

Hildulf, der Nachbar von Mychel Blohm dagegen, war über das schnelle Ende der Streiterei enttäuscht. Er hatte nur Wortfetzen mitbekommen, seine Neugier war nicht befriedigt, schmunzelnd ging er zurück in sein Haus und versuchte den gehörten Wortfetzen einen Sinn zu geben.

»Was geht denn da wohl vor?«, fragte er sich laut und verwundert, während er die Wohnküche betrat.

»Hast du etwas gesagt Hildulf?«

»Nein Lisbeth, es ist nichts, ich habe nur laut gedacht«, erwiderte er und setzte sich schmunzelnd zum Essen an den großen Holztisch.

In der Schankstube des Trierischen Hofes herrschte derweil ohnmächtige Ratlosigkeit, Gerulf und Godfried stocherten lustlos in ihrem Nachtessen.

»Es fällt mir schwer hier herum zu sitzen Gerulf, noch ist das Urteil nicht vollstreckt, solltest du tatsächlich Recht behalten, müssen wir irgendetwas tun! Aber was?«

»Wir sollten den Führern der Arbeiter noch einmal tief in die Augen sehen Godfried, vielleicht ergibt sich doch noch etwas Neues«, meinte Gerulf, »obwohl ich ehrlich gesagt keinen großen Hoffnungsschimmer mehr erkennen kann.«

»Lasst mir den Vorsteher der Leyerbruderschaft und auch den von dieser Steinhauerzunft vorladen, sofort«, wies der Vogt seinen Schreiber an.

Severin Klüppel, der neue Anführer der Layerbruderschaft und Hildulf Stallknecht, der neue Führer der Steinhauerzunft, erschienen verunsichert im Hof des Marstalls. Über den Grund ihrer Vorladung hatte man sie nicht informiert.

Bereits eine halbe Stunde saßen die Männer auf der steinernen Bank vor der Remise, die Warterei zerrte zusätzlich an ihren Nerven.

»Mann, wie lange sollen wir hier noch herumsitzen?«, pflaumte Klüppel einen der Bewaffneten im Hof an.

»Weiß ich nicht, aber wenn du den Vogt auch in diesem Ton ansprichst, wird es dir heute noch ziemlich dreckig gehen, das ist gewiss.«

Severin sah Hildulf mit großen Augen an: »Der Vogt? Wir sind beim Vogt vorgeladen? Was hat das wohl zu bedeuten?«

»Ich weiß es nicht, aber mir ist nicht wohl dabei«, antwortete Stallknecht.

Es dauerte noch eine weitere halbe Stunde bis Godfried von Ulmen das Wartespielchen beendete und die beiden Herren in den Schankraum holen ließ.

»Ihr wisst, warum ihr hier seid?«

»Ehrlich gesagt, nein mein Herr. Was wollt Ihr von uns?«, meinte Severin Klüppel.

Godfried von Ulmen besah sich die Männer, so wie gemeine und hinterhältige Intriganten sahen sie nicht aus, sie machten ihm eher einen biederen und braven Eindruck.

»Mir ist zu Ohren gekommen, dass es auf den Leyen immer noch keine Ruhe gibt und gewisse Umtriebe für Spannungen sorgen«, schwindelte der Vogt.

»Was für Umtriebe mein Herr?«, fragte Hildulf Stallknecht.

»Umtriebe eben, Dinge die den Arbeitsfrieden stören«, setzte Gerulf nach. »Ihr beide seit jetzt gefordert, mit der Obrigkeit zusammen, für die nötige Ruhe auf dem Grubenfeld zu sorgen.«

»Alle sind glücklich mit den neuen Erlässen des Kurfürsten, die Leute gehen wieder gerne ihrem Tagwerk nach«, lobte Hildulf die Umstände auf den Leyen. »Was für Umtriebe soll es also geben mein Herr?«

»Das werdet ihr doch besser wissen!«, bohrte der Vogt.

Severin Klüppel kam nun in Gewissensnöte, sollte denn jemand dem Vogt schon von Mychel Blohms gottlosen Verhalten berichtet haben? Ehebruch wurde schließlich streng bestraft und wenn er jetzt einen Fehler beging, was dann?

Sollte er sich wirklich der Mitwisserschaft schuldig machen, nur für Mychel? Nein, das war ihm zu riskant, er musste schließlich an seine Familie denken.

»Eigentlich wollte ich den Vorfall morgen früh hier bei Euch zu Gehör bringen mein Herr, ich wusste ja nicht, dass es Euch so pressiert, verehrter Vogt«, wand sich Severin wie ein Aal.

Es war dem Aufseher sichtlich peinlich, verlegen berichtete er über das, was sich heute Morgen unter Tage Schändliches zugetragen hatte. Auch Hildulf Stallknecht bekam jetzt kalte Füße, warum sollte er jetzt über das Gespräch zwischen Lorenz und Blohm schweigen, am Ende würde er dafür noch als Mitwisser bestraft.

»Vor zwei Stunden konnte ich noch den Lorenz, den Aufseher von Keip im Streit mit Mychel Blohm belauschen«, zögerte Stallknecht herum.

Der Vogt erkannte die nervöse Unsicherheit der beiden Männer und wollte in jedem Falle verhindern, dass sie sich nun in panischer Angst in Schweigen hüllen: »Meine Herren, ich möchte hier niemanden nötigen, was wir hier besprechen bleibt natürlich unter uns. Erzählt uns noch einmal ganz langsam was ihr mitbekommen habt.«

»Ich konnte nicht alles hören, Schweigegeld, unter Tage und Erpressung, das kam ziemlich deutlich rüber«, dann stockte Hildulf einen Moment und dachte nach.

»Was ist mit Euch? Erzählt weiter!«, mahnte Gerulf neugierig.

»Herausgefordert, Schädel einschlagen«, antwortete der Steinhauer, »das ist auch gefallen, ich weiß es wieder ganz genau.«

»Um was aber ging es den Streithähnen?«, drängte der Vogt.

»Herr, das konnte ich beim besten Willen nicht erkennen, ich kann lediglich vermuten, dass Lorenz den Mychel Blohm mit irgendetwas in der Hand hat.«

»Herausgefordert und Schädel einschlagen, Schweigegeld, der Sinn der Rede liegt doch auf der Hand!«, folgerte Gerulf, »den kann sich doch jedes kleine Kind zusammenreimen, scheinbar nötigt dieser Lorenz den Grubenpächter mit der Wahrheit um den Mord an Keip!«

Die vier Männer sahen sich überrascht an, sollte dies tatsächlich bedeuten wonach es aussah?

»Ihr beide wartet nebenan in der Stube, vorläufig zu niemandem ein Wort, in eurem eigenen Interesse«, wandte sich Gerulf an die Männer.

Godfried und Gerulf waren nun der sicheren Überzeugung, dass dieser Lorenz den Mord an Keip gesehen hatte und dafür Schweigegeld verlangte, beide Männer sollten noch heute Abend einem harten Verhör unterzogen werden.

»Bringt mir auf der Stelle Mychel Blohm hierher und ebenso diesen Lorenz Leinweber, aber so das sich die Herren nicht begegnen«, befahl der Vogt seinem Wachführer.

»Holt mir den Schultheiß und den Hummes, ich brauche zwei zuverlässige Männer die Zeugnis geben, ebenso möchte ich zwei Schreiber hier sehen«, ordnete Godfried an.

Sie lagen mit ihren Ermittlungen sehr dicht an der Wahrheit, aber eben nur sehr dicht.

Mychel Blohm war sichtlich verärgert über die späte Störung, noch nicht einmal einen Grund hatte man ihm mitgeteilt. Mürrisch wartete er in der Schankstube des Marstalls. Dann wurde er endlich nach oben in eine der Kammern bestellt.

»Verehrter Vogt, würdet Ihr mir bitte einmal erklären warum Ihr mich um meine Nachtruhe beraubt? Was soll dieser Umtrieb, der Schultheiß und ein Schreiber, wird das ein Verhör?«

»Mäßige Er seinen Tonfall, sei Er sich stets bewusst mit wem Er redet«, eröffnete der Vogt seine Befragung. »Über sein ehebrecherisches Tun sind wir bereits informiert, erzähle Er mir jetzt etwas über Totschlag unter Tage.«

Mychel Blohm schluckte, auf der Stelle schoss ihm das Blut in den Kopf, nervös flüchtete sein Blick an den Wänden vorbei.

»Wie meint Ihr das, Herr?«, stotterte er.

Entsprechend den Anweisungen des Vogtes saßen der Schultheiß und der Schreiber wortlos auf ihren Plätzen und fixierten den Befragten mit ihren Blicken, die Reaktion von Blohm sprach Bände.

»Ich hoffe, ich habe mich doch für jeden verständlich ausgedrückt«, mahnte Godfried. »Erzähle Er mir etwas über Totschlag unter Tage. Ich warne Ihn, diese Befragung erfolgt aufgrund einer Zeugenaussage.«

Blohm war stark verunsichert, zuerst die Blamage von heute Morgen, dann der Auftritt von Leinweber und nun dieses Verhör. Hatte Martha am Ende bei ihrem Mann über den Mord geredet?

»Hat es Ihm die Sprache verschlagen oder wie soll ich Sein Schweigen deuten?«, hakte der Vogt nach.

Einige Zimmer weiter lief das gleiche Szenario ab, Gerulf verhörte den Aufseher und der Hummes, sowie der andere Schreiber folgten wortlos der Vernehmung.

»Ich weiß nichts von Totschlag«, beteuerte Lorenz.

»Es gibt Zeugen, welche dir bei der Erpressung des Mychel Blohm zugehört haben. Also rede, mach es nicht noch schlimmer!«

Beschämt kam Leinweber mit der Wahrheit herüber, ausführlich berichtete er über den Ehebruch zwischen seiner Frau und Blohm: »... und dann habe ich mir gedacht, werde ich diesem Hurenbock zur Strafe ein wenig seinen prallen Geldsack lüften.«

»Hast du gedacht!«

Gerulfs Laune sank gegen Null, hier ging es nicht um den Mord an Keip, sondern um Unzucht und Ehebruch, sonst nichts. Seine Hoffnung auf eine glückliche Wende im letzten Moment verflüchtigte sich wieder.

»Wo hast du die beiden erwischt, Lorenz?«, warf der Hummes neugierig ein.

Bevor Leinweber antworten konnte, traf den Hummes ein böser Blick von Gerulf, Schweigen war angeordnet worden!

»An der neuen Abbaufläche, da wo wir auch den toten Keip und den Herrn Brewer entdeckt haben«, erwiderte Lorenz ahnungslos.

Nun zündete es endlich im Gehirn von Gerulf: »Wache, diesen Mann in ein anderes Zimmer unter Arrest, danach schafft ihr mir sofort sein Weib herbei!«

Endlich ergab sich ein Zusammenhang, Gerulf glaubte nicht an Zufälle, hier war etwas faul.

»Ihr wartet hier!«, meinte er zum Hummes und dem Schreiber und machte sich zügig auf den Weg zum Vogt.

Godfried von Ulmen war mittlerweile sichtlich genervt, der Pächter stellte sich fortwährend unwissend, obwohl sein Verhalten tief blicken ließ. Dieser Mann hatte etwas zu verbergen, er hatte ganz offensichtlich Dreck am Stecken.

»Ich weiß nichts von Totschlag, nur weil ich moralisch gefehlt habe, lasse ich mich hier nicht haltlos beschuldigen«, antwortete Blohm hartnäckig.

Wenn der Vogt wirklich einen Zeugen für den Mord hätte, dachte er sich, dann brauchte er ja nicht versuchen ihn weich zukochen.

Gerulf kam ins Zimmer und flüsterte dem Vogt etwas ins Ohr, Mychel Blohm besah sich unsicher, was da vor sich ging.

»Ihr geht zwei Zimmer weiter, ihr werdet gebraucht«, rief er zum Schultheiß und dem Schreiber, »und zwei Wachen hier hinein, lasst diesen Mann nicht aus den Augen.«

Martha Leinweber zitterte am ganzen Leib, die Anwesenheit der vielen Männer bereitete ihr mehr als nur Unbehagen.

»Es wird schwere Klage gegen dich erhoben Weib, da behauptet jemand, du hättest den ehrenwerten Grubenpächter Keip erschlagen und er hätte es nicht verhindern können«, log Gerulf ihr vor.

»Wer behauptet das, Herr?«, entrüstete sich Martha.

»Der, mit dem Sie sich auf das herzlichste unter Tage vergnügt, der bezeugt es«, antwortete der Vogt zynisch.

»Dann lügt er!«, fauchte Martha zurück.

»Ihr wollt doch nicht den ehrenwerten Herrn Blohm der Lüge bezichtigen? Frei raus mit der Wahrheit, wir wissen ohnehin schon fast alles«, flunkerte Gerulf.

In Martha kochte es, Mychel dieser Lump schien ernsthaft zu versuchen, ihr den Mord an Keip in die Schuhe zu schieben.

»Es ist genug Weib, komme Sie uns mit der Wahrheit, sonst lasse ich Sie auf die Burg nach Meien verbringen, die Folter wird sicherlich die Wahrheit ans Licht bringen.«

Die Drohung des Vogtes wirkte Wunder, Martha gab haarklein preis, was sich bei dem Zusammentreffen mit Jan Keip zugetragen hatte.

»Er hat mir gedroht mich umzubringen, wenn ich ein Wort darüber verliere. Ich habe jedenfalls nichts getan«, beendete Martha ihr Geständnis.

»Bringt sie in eine der Arrestzellen und dann schafft ihr mir den Blohm nach hier.«

Mychel Blohm war sich sicher, dass nichts Handfestes gegen ihn vorliegen konnte, sonst hätte man ihn schon längst mit Einzelheiten konfrontiert. Ohne zu ahnen, dass sich das Blatt längst gewendet hatte, machte er lautstark seinem Unmut Luft.

»Eine Stunde lang bezichtigt und verleumdet Ihr mich, edler Herr, entweder habt Ihr etwas gegen mich vorzubringen oder nicht, mir langt es allmählich!«

»Mychel nimm den Mund nicht so voll«, mischte sich der Schultheiß wieder eigenmächtig ein, »so wie ich das sehe, wirst du das Osterfest in der Hölle verbringen.«

»Was wollt ihr mir anhängen, etwa den Mord an Jan Keip?«

»Beenden wir das Versteckspiel Meister Blohm. Eure Liebschaft Martha Leinweber hat soeben ein umfassendes Geständnis abgelegt. Die Aussage ihres Ehemannes bestärkt den Wahrheitsgehalt ebenso, wie auch die Aussage eines zuverlässigen Zeugen. Gestehet, hier und jetzt, erspart Euch den Weg in die Folterkammer der Genovevaburg«, forderte Gerulf.

Mychel Blohm verlor vollends die Fassung und wechselte die Gesichtsfarbe. Draußen auf dem Flur konnte er sehen wie

Lorenz und Martha an ihm vorbeigebracht wurden, scheinbar war er überführt!

»Nun«, befragte ihn der Vogt, »hat Er sich entschieden? Mit oder ohne Folter, wie möchte Er seine Missetat zu Papier bringen lassen?«

Mychel drehte bei und gestand die Tat, allerdings nicht ohne Jan Keip als Angreifer darzustellen.

»Ich habe mich lediglich verteidigt und den alten Keip abgewehrt mein Herr, so ist es gewesen.«

Kurz darauf verließen der Schultheiß und der Hummes den Trierischen Hof, für den nächsten Tag hatten sie dem Dorftratsch mit Sicherheit mehr zu bieten als der allwissende Bader Berreshem.

»Es ist zwar schon spät Gerulf, aber wir sollten uns auf den Weg zu Katrein Brewer machen.«

Von Manderscheid stimmte zu und die beiden machten sich müde aber sichtlich erleichtert auf den Weg in die Brunnengasse.

Kapitel 22

»Brewer, erhebt Euch, es geht nach Nydermennich«, begrüßte der Aufseher den Gefangenen am frühen Morgen mit einem Grinsen im Gesicht.

»Was? Wieso? Ich dachte die Hinrichtung ist erst Morgen?«, entgegnete Claas irritiert.

»Es gibt keine Hinrichtung, zumindest nicht die Eure mein Herr«, antwortete der Aufseher geheimnisvoll.

Was hat das jetzt zu bedeuten, dachte er sich, eigentlich hatte er schon mit seinem Leben abgeschlossen.

»Schön Euch zu sehen Meister Claas, ihr seid frei«, begrüßte ihn Godfried von Ulmen.

Fassungslos starrte Claas die steile Treppe empor, oben warteten Katrein und der Vogt mit strahlenden Gesichtern.

»Was ist geschehen?«, fragte er verdutzt.

»Der unermüdlichen Hartnäckigkeit von Ritter Gerulf habt Ihr zu danken, er hat bis zum letzten Moment nach der Wahrheit gesucht und hat auch dafür gesorgt, dass sie ans Licht kam.«

Erleichtert sank Claas in die Arme seiner Frau, man konnte es nicht hören, aber dem Baumeister fielen zentnerschwere Brocken von der Seele, es war überstanden.

»Aber wer war es denn nun, wer hat Jan auf dem Gewissen?«

»Niemals wäre jemand darauf gekommen, der ehrenwerte Mychel Blohm hat ihn umgebracht«, erklärte ihm Katrein.

»Was ist geschehen und wieso Blohm?«

Der Vogt berichtete über das was sich zugetragen hatte und wie die Wahrheit noch rechtzeitig zum Vorschein gekommen war.

»Hätte Gerulf nicht beharrlich weitergesucht, wäre es um Euch geschehen gewesen, aber das Glück und die göttliche Vorsehung waren eben auf Eurer Seite.«

Claas war sprachlos, es fiel ihm sehr schwer zu begreifen, was da jetzt um ihn herum vorging. Das Wechselbad der Gefühle verlangte ihm zuviel ab, er hatte zuerst nur Tränen in den Augen und dann schüttelte ihn urplötzlich ein Weinkrampf.

Langsam wich ihm die Todesangst aus den Knochen: »Lasst uns zurück nach Nydermennich reiten, ich bin heilfroh, dass ich diese Marter hinter mich gebracht habe«, seufzte Brewer erleichtert.

Claas, Katrein und der Vogt machten sich langsam und gemächlich auf dem Rückweg in das Mühlsteindorf, Katrein war schließlich schwanger und da verbot sich ein zügiger Ritt von ganz alleine.

Irgendwo auf halber Strecke zwischen Nydermennich und Meien begegnete ihnen eine trierische Reitergruppe. Gerulf von Manderscheid kam ihnen mit seinen Bewaffneten, sowie Mychel Blohm und Martha Leinweber entgegen, sie waren auf dem Weg zur Genovevaburg.

»Gerulf, wie kann ich Euch danken, für all das was Ihr für mich getan habt?«, begrüßte Claas den treuen Freund.

»Mir wird schon etwas einfallen Meister Claas, einen Wunsch könnt Ihr mir allerdings schon jetzt erfüllen.«

»Welchen?«

»Wenn Euer Weib niedergekommen ist, dann möchte ich Taufpate werden.«

»Es wird uns eine Ehre sein!«, fiel ihm Katrein ins Wort.

»Da wäre noch etwas«, meinte Claas und parierte sein Pferd zügig neben Mychel Blohm, der gefesselt auf einem Maulesel saß.

Mit zwei schmetternden Ohrfeigen revanchierte sich Claas bei dem Mörder von Jan Keip. Blohm blutete aus dem Mundwinkel, die Schläge hatten ihre Wirkung getan.

»Ich hoffe, der Satan hat seine Freude mit dir, du Verbrecher!«, fuhr ihn Claas böse an.

Blohm drehte stolz den Kopf zur Seite und grinste zu Claas hinüber, wortlos gab er dem Maulesel einen leichten Druck mit den Schenkeln und entfernte sich von ihm.

»Lasst es gut sein, Meister Claas«, rief ihm Gerulf zu, »in der nächsten Woche wird ihm das fiese Grinsen sicher vergangen sein.«

Claas und seine Begleiter ritten durch die Hohle Pforte ins Dorf. Auch dieses Mal entging er den Blicken des gemeinen Volkes nicht, die Sprüche welche die Leute nun hören ließen, klangen allerdings ganz anders, als nach seiner Inhaftierung.

»Wusste ich doch direkt, dass der kein Mörder ist.«

»Der Mann hat viel zu ehrliche Augen.«

»Ich hätte ihm das auch gar nicht zugetraut.«

»Armer Kerl, was der wohl durchgemacht hat?«

Claas hörte sich mit Genugtuung die Kommentare vom Straßenrand an, dann wandte er sich an Vogt Godfried: »Nichts ist so schlimm und gefährlich wie das Schandmaul des Pöbels.«

»Wem sagt Ihr das Meister Claas?«, lächelte der Vogt zurück, während sie gemächlich die Bachgasse hinauf ritten.

»Katrein, zuerst möchte ich an das Grab deines Vaters, lass uns hinauf zur Kirche reiten.«

»Ich bin erschöpft«, antwortete Katrein. »Schwanger zu Pferde und das bis nach Meien und zurück, das hat mir doch stark zugesetzt.«

»Dann reite nach Hause, ich möchte jetzt zum Grab und Gott danken.«

»Links vom Glockenturm, neben meiner Mutter, da findest du sein Grab«, antwortete Katrein und bog in die Saurensgasse ab.

Der Vogt begleitete Claas noch bis dahin, wo die Bachgasse in die Kirchgasse einmündet, dann verabschiedete er sich und ritt hinüber zum Trierischen Hof.

»Aber wir sehen uns doch zum Nachtessen?«

»Selbstverständlich Meister Claas, aber bei mir in der Herberge und bringt Euer Weib mit.«

Langsam und in Gedanken ritt Claas den steilen Berg zur Kirche hinauf. Er hatte immer noch Mühe damit, seine neu gewonnene Freiheit zu realisieren.

Nach dem Besuch am Grab seines Schwiegervaters saß er fast eine halbe Stunde lang ganz alleine in der kleinen Kirche. Er starrte auf das mahnende Wandgemälde des jüngsten Gerichts über der kleinen Apsis und versuchte wieder zu sich selbst und zur Realität zurück zu finden.

Wer hätte das gedacht, schon eine Woche nach dem Prozess gegen Claas, musste das Hochgericht erneut zusammenkommen, diesmal um den wahren Mörder von Keip zu richten und um den Ehebruch von Leinwebers Weib zu ahnden.

Nicht wenige unter den Schöffen waren peinlich berührt als sie mit Claas Brewer zusammentrafen, waren sie es doch gewesen, die sein Todesurteil beschlossen hatten.

»Ihr versteht das doch sicher Meister Claas, vier Zeugen, da blieb uns doch gar keine andere Wahl«, entschuldigten sich die beiden Schöffen aus Pleitt und Crufft.

»Lasst es gut sein, es ist alles nach dem Willen Gottes geschehen, Euch trifft keine Schuld«, beruhigte er die nervösen Schöffen und ging seines Weges.

Amtmann Laux forderte die Mitglieder des Gerichts auf, endlich ihre Plätze einzunehmen. Ihm war der heutige Prozess ziemlich unangenehm, er hatte das Gericht noch vor einer Woche zu einem fatalen Fehlurteil geführt.

Nachdem die Verhandlung eröffnet war, wurde das von Mychel Blohm abgelegte Geständnis vorgelesen. Dann wandte sich der Amtmann an den Beklagten.

»Mychel Blohm, Ihr habt das Wort!«

»Ja ich habe auf Jan Keip eingeschlagen, aber nur so wie es geschrieben steht. Keip hat mich angegriffen, nachdem ich ihn aufs Ärgste beleidigt hatte. Er war es, der den Stein vom Boden hob und mich damit anging, ich wehrte mit erhobenen Händen den Stein ab, dabei schlug der Brocken rückwärts und traf Keip am Kopf, es war reine Notwehr.«

Der Vogt erhob entrüstet das Wort: »Mychel Blohm, wenn sich das Ereignis so zugetragen hat, dann erklärt mir doch bitte, warum Ihr nicht zu dem Vorfall gestanden habt. Ihr hattet doch schließlich eine Zeugin in Eurer Begleitung?«

»Ich wollte Leinwebers Weib nicht vor dem ganzen Dorf bloßstellen, zudem hätte ich uns beide des Ehebruchs entlarvt. Ich dachte mir, wenn man ihn so findet, dann glaubt jeder an einen Unfall.«

»Ihr wolltet Eure Mordtat vertuschen, sonst gar nichts Blohm!«, konterte der Vogt. »Da wäre noch eine Sache, Keip war einen ganzen Kopf kleiner als Ihr und korpulent dazu, wie sollte er Euch denn einen schweren Stein auf den Kopf schlagen wollen?«

»Ich versichere Euch, er hat es versucht!«

Man einigte sich darauf Martha Leinweber zu hören, ihre Aussage würde wohl endlich die nötige Klarheit in den Hergang bringen. Martha wurde hereingeführt, ihr Gesicht, die Haare und ihre Kleidung waren völlig verdreckt, die Tage in der Arrestzelle der Meiener Burg ließen Martha wie eine Vogelscheuche erscheinen.

»Als Mychel anfing sich mit dem alten Keip zu streiten, habe ich vor lauter Angst mein Gesicht in die Röcke vergraben. Ich wollte doch nicht, dass Keip mich erkennt. Als es ruhig wurde, hob ich den Kopf, aber da lag er schon regungslos auf dem Boden.«

»Hast du gesehen, wie die beiden aufeinander losgingen?«, wollte der Vertreter des Domkapitels wissen.

»Nein Herr! Ich versichere Euch, ich habe meinen Kopf erst wieder aus den Röcken genommen als es ruhig wurde«, wiederholte sie ihre Version der Ereignisse.

»Das hast du während dem Verhör aber ganz anders beschrieben!«, fuhr Godfried von Ulmen die Zeugin an.

»Da habt Ihr mir doch mit der Folter gedroht und da sagte ich eben was Ihr hören wolltet«, gab sie zurück.

»Mäßige deinen Ton du liederliches Weib, du sprichst mit dem Vogt Ihrer Durchlaucht«, ermahnte sie der Gesandte des kurfürstlichen Hofes.

Martha war die Verwarnung ziemlich gleich, sie wusste ja gegen wen heute als Nächstes verhandelt wurde und Ehebrecherinnen hatten wenig Gutes vom Hochgericht zu erwarten. Außerdem hatte man sie bei dem Verhör im Trierischen Hof hinterlistig aufs Glatteis geführt, das war nicht vergessen.

Claas Brewer kochte vor Wut, ebenso wie von Manderscheid, der sich nur mit Mühe zusammenreißen konnte.

»Bei Euch schwören gleich vier Zeugen einhellig auf Eure Schuld, gegen diesen Blohm steht nicht einmal ein einziger Zeuge hier. Wo bleibt da Gott und seine viel gepriesene Gerechtigkeit?«, flüsterte er Claas zu.

»Wenn dieses Weib nicht redet, kann dieser Verbrecher am Ende noch seines Weges ziehen!«, flüsterte Claas besorgt zurück.

Ohnmächtig mussten sie zusehen, wie die Zeugin stur und beharrlich bei ihrer heutigen Version blieb. Auch die erneute Bedrohung mit der Folter erzielte bei der Frau keinerlei Wirkung mehr.

»Selbst wenn ich unter der Folter mein erstes Zeugnis wiederhole, was habt Ihr erreicht? Die Wahrheit habt Ihr dann nicht herausgefunden, nur eure blutrünstigen Triebe finden Befriedigung«, schimpfte Martha, lachte abfällig und spie vor dem Gericht auf den Boden.

Angewidert wandte sich der hochwürdige Prälat des Domkapitels zur Seite und bekreuzigte sich.

»Eine Ausgeburt des Teufels«, murmelte er in sich hinein und sah fragend zu dem Vertreter des kurfürstlichen Hofes hinüber.

Der allerdings wurde jetzt ärgerlich: »Allen Mitgliedern dieses Gerichtes ist sicherlich bekannt, in welch einem zweifelhaften Ruf die Folter mittlerweile im ganzen Abendland steht, in diesem Falle hier wird sie uns ohnehin keinen Schritt weiterbringen. Es wird ohnehin Zeugnis gegen Zeugnis stehen. Ich schlage den Schöffen ernstlich vor zu einem Urteil zu kommen, im Einklang mit dem Weistum und aufgrund einer gewissenhaften Einschätzung der Tatsachen.«

Vergeblich versuchten die Herren Schöffen und die anderen Vertreter des Gerichtes eine Einigung zu erzielen. Nicht wenige waren durchaus geneigt der ersten Aussage der Frau das höhere Gewicht beizumessen, letzten Endes hing es nur noch an der Meinung des Oberschultheiß, wie das Urteil lauten soll, Amtmann Laux war wieder einmal das Zünglein an der Waage.

Nachdem er sich kurz mit dem Vertreter des kurfürstlichen Hofes und dem Domprälaten beraten hatte, fand man zu einem überaus weisen Urteil. Mychel Blohm rannen die Schweißperlen von der Stirn, sein Leben hing an einem seidenen Faden, was hatte das Hochgericht beschlossen?

»Mychel Blohm, Ihr seid von dem Vorwurf des Mordes an Jan Keip losgesprochen, Eure Schuld ist nicht bewiesen.«

Ein deutliches Raunen ging durch die Zuhörer, niemand wollte Blohms Notwehrgeschichte so recht glauben, das Urteil löste zum Teil lautstarke Empörung und Verwunderung aus.

Der Wachführer des Vogtes sorgte augenblicklich für Ruhe und ermahnte einige der Anwesenden lautstark, dann fuhr Laux mit der Urteilsverkündung fort: »Trotzdem gewährt Euch dieses Gericht nicht die Freiheit. In der Wahrheitsfindung um den Ehebruch der Martha Leinweber steht ihr als Mitschuldiger vor diesem Tribunal, erwartet also noch Euer Urteil in zweiter Sache.«

Blohm fiel zwar einerseits ein Stein vom Herzen, sein Leben war erst einmal gerettet. Aber für den Ehebruch mit Leinwebers

Weib konnte man ihn immerhin noch blutig entmannen, oder mit Rücksicht auf seine Stellung lediglich peinlich züchtigen.

Das Gericht unterbrach die Verhandlungen, gegen die Ehebrecher sollte erst nach dem Mittagsmahl verhandelt werden. Für Blohm brachen nun zwei aufreibende und nervenzehrende Stunden an, wie würde sich das Hochgericht in dieser Sache entscheiden?

Nach der Mittagsstunde erhob das Hochgericht seine Anklage gegen die beiden sündigen Triebtäter. Der Sachverhalt war unkompliziert, Martha und Mychel hatten ja bereits ausgiebig gestanden. Die Zeugen berichteten ohne Ausnahme den gleichen Hergang der Freveltat und auch Mychel Blohm machte keinerlei Anstalten mehr, den Ehebruch zu leugnen.

Somit stand das Urteil, entsprechend den Vorschriften des Weistums fest und sollte eigentlich keinerlei Überraschungen mehr zu Tage bringen.

»Martha Leinweber, das Hochgericht der kleinen Pellenz lässt Gnade vor Recht ergehen, anstatt auf dem Feuer, werdet Ihr Euer Leben durch das Schwert verwirken.«

Ein Raunen ging durch die Zuhörer, mit soviel Gnade hatte niemand der Anwesenden gerechnet. Scheinbar war es doch ein Unterschied, wer da mit wem den teuflischen Gelüsten der Sünde nachging, Maria Brohl hatte für das gleiche Vergehen brennen müssen.

Nachdem der Wachführer wieder für die nötige Ruhe und Aufmerksamkeit gesorgt hatte, setzte Laux seinen Vortrag fort.

»Mychel Blohm, Ihr seid des Ehebruchs überführt und für schuldig befunden, nur aufgrund Eures Standes seid ihr vor der Entmannung bewahrt. Das Hochgericht verurteilt Euch zu fünfzig Peitschenhieben auf den nackten Leib, solltet Ihr über diese Strafe Euer Leben lassen, dann war es wohl Gottes gefälliger Wille.«

Blohm war geschockt, eben war er noch ein freier Mann, der gerade noch so am Richtschwert vorbeigekommen war und nun wartete diese schwere Prüfung auf ihn. Schon manch ein Dieb oder Betrüger, hatte diese Strafe mit seinem Leben bezahlt, fünfzig Peitschenhiebe konnten sogar ein Pferd töten!

Martha starrte apathisch und weinend an die Decke, ihr Leben war verwirkt, sie konnte es nicht glauben! Die Stimme des Richters rief die Frau in die Realität zurück.

»Die Urteile werden eine Stunde nach Sonnenaufgang, von heute an, am dritten Tag vollstreckt, verkündet im Namen der gerechten Weisheit unseres allmächtigen Gottes und der fürsorglichen Güte ihrer Durchlaucht, unseres allergnädigsten Erzbischofs und Kurfürsten.«

Alles was Beine hatte, hatte sich am Richtplatz versammelt, ungeduldig verfolgte das gaffende Volk, wie sich die Prozession mit den Verurteilten dem Richtplatz näherte. Martha musste zweimal von den Schergen in die Rippen getreten werden, das unkeusche Weib wollte mitunter einfach nicht voran gehen.

Mychel Blohm, an den Händen gefesselt, bewegte sich dagegen fast schon hochmütig. Er war der festen Überzeugung, zumindest aber der stillen Hoffnung, dass er keinem Gottesurteil zum Opfer fallen würde.

Das Läuten der Totenglocke von Sankt Cyriaci verebbte, es wurde still, mit einem knappen Kopfnicken wies der Vogt den Scharfrichter an.

Der Wind blies hörbar über den Richtplatz am Hochkreuz und so drang das Richtschwert der Pellenz mit einem deutlichen Rauschen durch den Hals des untreuen Weibes. Dumpf klatschte der Kopf der Ehebrecherin in den Matsch, während ihr sündiger Körper sich langsam zur Seite neigte und zu Boden ging.

»So geht es allen Weibsleuten, die nicht gewillt sind, in Zucht und Ordnung zu leben, lasst uns für ihre arme Seele beten!«, Sylvester Rosenbaum betete vor sich hin und die ganze anwesende Gemeinde folgte seiner Litanei.

Nun war es an Mychel Blohm seine Strafe zu verbüßen, seine Angst war groß, er hatte keine Lust diese »gnädige« Strafe mit dem Leben zu bezahlen. Ohne viele Umstände wurde ihm nun sein Hemd vom Leib gerissen. Der Schinder, der vor ihm stand, jagte ihm die pure Angst ins Gesicht. Dieses Pferd von einem Mann stand da und fuchtelte mit einer fünfschwänzigen Lederpeitsche umher.

Godfried von Ulmen gab das Prozedere frei und unter einem mächtigen Aufschrei erlitt Mychel Blohm den ersten von fünfzig Peitschenhieben.

Zwanzig Hiebe waren bereits vergangen, da eilte Matheis Blohm herbei und überschüttete seinen Bruder mit einem Krug voll Wasser.

»Das war ein Bärendienst mein Herr, das Leder wird sich freuen«, griente der Scharfrichter und schob Matheis Blohm nebst seinem Krug aus dem Weg.

Jeden Hieb spürte Mychel nun noch mehr, das Wasser half ihm nicht, sondern ließ seine Wunden umso mehr brennen. Endlich, nach fast vierzig Schlägen war Mychel bewusstlos und musste die Schmerzen nicht mehr ertragen.

Der Schinder vollzog unterdessen die Strafe wie ihm geheißen war. Langsam und genüsslich schlug er so lange zu, bis ihm der Vogt Einhalt gebot.

Neugierig starrte die Menge auf den gestraften Ehebrecher, steht er nun wieder auf, oder bleibt er für immer liegen?

Von Mychel Blohm war keine Regung zu verzeichnen, Matheis schüttete seinem Bruder einen weiteren Krug mit Wasser ins Gesicht, aber er regte sich einfach nicht.

»Bringt Wasser!«, raunte er seine Leute an, die nun eiligst zu dem Eselskarren der Blohms hinüber liefen um einige Ledereimer zu füllen. In weiser Voraussicht hatte Matheis ein Fass mit Wasser zum Richtplatz bringen lassen. Immer wieder versuchte er seinen ungeliebten Bruder zu Bewusstsein zu bringen.

Fast eine viertel Stunde dauerte es, dann öffnete Mychel endlich die Augen und fluchte sofort schwach vor sich hin: »Diese Verbrecher, das zahle ich ihnen heim!«

»Wenn du es nicht wärst Mychel, sondern irgendein anderer, dann wärst du jetzt tot, nur du alleine bist hier der Verbrecher!«, antwortete Matheis Blohm leise aber gereizt. »Hätte ich

Laux keinen Haufen Geld bezahlt, dann würdest du jetzt hier ohne deine Männlichkeit verbluten. Sei froh das diese Verbrecher, so wie du sie zu nennen pflegst, unsere Freunde sind.«

»Es ist vorbei, geht nach Hause!«, befahl der Vogt dem Volk. »Lasst euch dieses hier Mahnung und Lehre zugleich sein, verschwindet jetzt!«

Ohne die Hilfe seines Bruders wäre das Leben von Mychel zweifellos hier auf dem Richtplatz zu Ende gewesen. Aber Blut ist eben dicker als Wasser, so sagt man doch immer.

Kapitel 23

Der Frühling war ins Land gezogen und ehe man sich versah, stand das Osterfest vor der Tür. Schnell war in Nydermennich wieder Ruhe eingekehrt, die Ereignisse der vergangenen Monate schienen vergessen und das Leben verlief wieder in normalen Bahnen.

Die erhöhte Nachfrage nach Mühlsteinen hielt an und die Arbeiter auf den Gruben leisteten Schwerstarbeit. Jedoch, bei einer wesentlich besseren Entlohnung als noch vor einem Jahr.

Der Aufschwung war ungebrochen, fast in jeder Straße wurde mit dem Bau dieser neuen Arbeiterhäuschen begonnen, nach und nach verdrängten die Steinhäuser endlich die hässlichen Holzhütten aus dem Ortsbild. Matschige Gassen verwandelten sich in gepflasterte Wege, überall wurde gebaut und erneuert.

Claas Brewer war immer noch einer der energischsten Verfechter dieser Dorferneuerung. Zielstrebig warb er dafür, auch die Sackhöfe im Dorf zu pflastern. Die Bewohner wurden sogar verpflichtet endlich Jauchegruben anzulegen, um dem bestialischen Gestank im Ort Einhalt zu gebieten.

Das fatale Fehlurteil des Hochgerichtes gegen seine Person schaffte ihm jetzt sogar einen großen Vorteil, irgendwie fühlten sich die meisten Leute mit einem schlechten Gewissen behaftet und vermieden es tunlichst seinen Vorschlägen zu widersprechen. Claas erkannte diesen Umstand schnell und hatte auch keine Skrupel diese Situation in seinem Sinne zu nutzen. Was hätte er davon, wenn er in nachtragendem Groll versauern würde?

Ein Kurier des Domkapitels betrat das Kontor in der Brunnengasse, Claas erwartete schon seit einigen Tagen eine Nachricht aus Trier. Nachdem er aus seiner Haft entlassen war, hatte er sich unverzüglich darum bemüht, mit dem Erzbischof und dem Domkapitel in Trier einen gleichlautenden Vertrag zu erzielen, wie es mit der Coellener Handelszunft geschehen war.

Für alle Beteiligten ergaben sich in der von ihm angestrebten Lösung nur Vorteile, jegliche Mauschelei und Zollvergehen erledigten sich von selbst. Der Handel mit Mühlsteinen verlief in gut geordneten und kontrollierbaren Bahnen, ohne das sich Kurtrier mit den Handelsherren aus Kurcoellen herumplagen musste.

Zufrieden hielt Claas das Dokument in seinen Händen und schickte Berthold hinüber ins Wohnhaus: »Ruf mir Katrein, sie möchte sich bitte schnell im Kontor einfinden.«

Es dauerte nicht lange, bis die hochschwangere Frau sichtlich nervös den Raum betrat.

»Was ist passiert Claas, was gibt es wichtiges?«

»Das hätte dein Vater noch erleben müssen, er wäre vor Stolz geplatzt«, tönte er voller Freude und präsentierte seiner Frau das Vertragsdokument des Domkapitels.

»Hier ist noch eine zweite Nachricht für Euch mein Herr«, unterbrach der Kurier die freudige Stimmung und übergab mit ernster Miene ein weiteres Dokument. Dieses Schriftstück war allerdings nicht vom Domkapitel in Trier, sondern am kurfürstlichen Hof in Coblentz gesiegelt worden.

Claas sah Katrein und den Schreiber mit fragendem Blick an: »Was kann das sein, was kann der Hof von mir wollen?«

»Nun mach schon auf Claas, sieh nach«, bedrängte ihn Katrein.

»Du kannst gehen, reite rüber in den Marstall und lass dich versorgen«, wies er den Kurier an, der mit einer natürlichen Neugier dem Geschehen folgte.

»Ich bin angewiesen, Eure schriftliche Stellungnahme zu dieser Nachricht mit nach Schloss Philippsburg zu bringen, mein Herr«, antwortete der Kurier höflich aber bestimmt.

»Dann lasst Euch in einer guten Stunde wieder bei mir sehen«, meinte Claas und entließ den Boten.

Gespannt brach er nun das kurfürstliche Siegel und entfaltete endlich das Hadernpapier. Nachdem er die ersten Zeilen gelesen hatte setzte er sich überrascht auf seinen Stuhl und sah seine Frau wortlos an.

»Was ist passiert Claas, ist es sehr schlimm?«

»Hier, lies selbst!«

Katrein nahm das Schriftstück in die Hand und überflog es, sie konnte kaum glauben was da geschrieben stand, damit hätte auch sie niemals gerechnet.

Kurfürst Johann VIII. erhob ihren Claas in den Adelsstand und berief ihn außerdem zum kurfürstlichen Hofrat.

»Herr von Brewer, ich gratuliere ihnen sehr herzlich«, strahlte Katrein ihren Mann an und machte einen artigen Hofknicks.

Claas saß sprachlos auf seinem Stuhl und besah sich ungläubig das Dokument, er wusste nicht genau ob er nun wach war oder nur träumte. Berthold der Schreiber freute sich wie ein kleines Kind, so als wenn er selbst in den Adelsstand erhoben worden wäre.

»Notiere mir die Antwort für Ihre Durchlaucht und dann hast du für den Rest des Tages frei«, rief ihm Claas zu.

Nach nur fünf Minuten wurde das Antwortschreiben von Claas unterzeichnet und Berthold machte sich auf den Weg in den Marstall um das Dokument an den Kurier zu übergeben.

Welche Ehre Meister Claas da zuteil geworden war, verbreitete sich in dem kleinen Dorf natürlich wie ein Lauffeuer, ehrlich gemeinte aber auch scheinheilige Glückwünsche wurden ihm ausgesprochen.

Claas sah das gelassen, gerade in der Zeit seiner Haft hatte er sehr schnell zu spüren bekommen, was die Hochachtung seiner Mitmenschen wert war.

»Heute feiern sie dich und morgen knüpfen sie dich auf«, stellte er fest, während er schon wieder so eine Lobhudelei in den Händen hielt. »Wem sie die Reformen wirklich zu verdanken haben, das vergessen diese Leute schneller als man denkt.«

Es zahlte sich tatsächlich aus, dass die Leute auf den Leyen mehr Lohn in der Tasche hatten, immer mehr Handwerker aus dem Umland drängten in das Mühlsteindorf und ließen sich nieder. So stiegen zur Freude der Lehnsherren nicht nur die Einwohnerzahlen, sondern ebenso die Summen an Abgaben und Steuern, auch der Hummes rieb sich die Hände.

Bescheidener Wohlstand machte sich breit und viele von jenen, die früher von der Hand in den Mund gelebt hatten, konnten sich jetzt, nach dem Tagwerk, einen Krug schwarzes Bier oder ein Kännchen Schnaps gönnen.

Nur Sylvester Rosenbaum besah diese Entwicklung mit Skepsis, immer öfter bekam er in seinem Beichtstuhl von ganz neuen Nöten in den Familien zu hören.

»Viele dieser groben Klötze kommen fast jeden Abend angesoffen nach Hause und verprügeln Weib und Kinder. Einerseits schuften diese Männer bis aufs Blut, aber andererseits betäuben sie ihre Sinne mit Alkohol, wie lange soll das noch gut gehen, ihr Herren?«, predigte der Pastor nach der Sonntagsmesse am Stammtisch der Grubenpächter.

»Die Leute arbeiten hart, der Schnaps lindert ein wenig die Schmerzen ihrer geschundenen Knochen, man kann sie verstehen«, verteidigte Jost Mettler die Exzesse der Arbeiter.

»Es mögen durchaus einige Männer sein, die jeden Tag zu tief in den Becher schauen, aber die meisten sind doch eher brave Leute«, wiegelte der alte Geylen ab.

»Die unmäßige Trinkerei ist zudem nicht nur unter den Steinhauern und Leyern verbreitet, guckt mal den dahinten, der böse Geist des Alkohols ist auch schon in die höheren Gesellschaftsschichten eingedrungen«, lästerte Claas und wies mit dem Kopf hinüber zum Nebentisch.

Dort lag Mychel Blohm, so wie mittlerweile jeden Tag, sturzbesoffen mit dem Kopf auf der Tischplatte der Kronenschänke und schlief seinen Rausch aus. Seit seiner Verurteilung als

Hurenbock war er völlig aus der Bahn geworfen, viele im Dorf straften ihn seither mit Verachtung, selbst sein Bruder Matheis mochte ihn vorläufig nicht mehr auf den Grubenfeldern sehen. Er gab ihm genug Geld zum Saufen in die Hand und ließ ihn gewähren.

»Brewer du Bastard, halt dein Maul! Seit du hier im Dorf bist gibt es Unfrieden, lass deine abfälligen Bemerkungen, sonst mach ich dich platt!«, lallte Mychel drohend zu Claas hinüber.

Claas gab nicht einmal eine Antwort, warum sollte er auch? Mychels Kopf sank zurück auf die Tischplatte und dann schlief er anscheinend wieder tief und fest.

»Herr von Brewer, entschuldigt«, erhob Matheis Blohm das Wort, »aber ich möchte nicht mit dem Gebaren meines Bruders verwechselt werden.«

»Beruhigt Euch Meister Blohm, ich kann das eine von dem anderen sehr gut unterscheiden.«

Matheis und Claas sahen sich mit festem Blick an, da war keine Feindschaft in den Augen zu finden. Blohm schämte sich zwar für seinen Bruder, aber Mychel war nun eben einmal sein eigenes Fleisch und Blut.

Matheis war sich sehr wohl bewusst, dass die enormen Anstrengungen des Herrn von Brewer auch für ihn nur Vorteile gebracht hatten. Noch nie hatte er so große Mengen an Abfallsteinen für den Häuserbau verkaufen können, auch die Mühlsteinproduktion hatte deutlich zugenommen. Von Brewer war durchaus ein Segen für dieses verschlafene Dorf.

»Von Brewer, wenn ihr mögt, bin ich für Euch ab sofort nicht mehr Blohm, sondern Matheis.«

»Dann bin ich für dich nicht mehr von Brewer, sondern eben nur Claas.«

Mychel Blohm war nicht ganz so tief eingeschlafen wie es schien, die Verbrüderung zwischen Claas und Matheis hatte er in seinem Rausch sehr wohl mitbekommen und es stieg mächtig in ihm auf.

»Ihr seid alle miteinander Teufelspack! Womit habe ich das verdient?«, brüllte er in die Schänke und schleuderte seinen Krug zu Matheis und Claas hinüber.

Klirrend zerschmetterte der Tonkrug an der Wand, für Matheis und Claas bedurfte es jeweils nur einer kurzen Zuckung und so wurde niemand von dem Wurfgeschoss getroffen.

»Mychel, wenn du nicht mehr weißt, womit du das verdient hast, dann ist es schlimm genug, scher dich nach Hause, es reicht jetzt!«, fuhr Matheis seinen Bruder böse an.

Die alte Wirtin der Kronenschänke rannte währenddessen in Panik aus der Gaststube, so wie immer wenn es laut und ungemütlich wurde.

»Du hast dich mit diesem feinen Herrn verbrüdert? Das wirst du bereuen, schneller als du denkst, verlange ich meinen Anteil und dann kannst du mit der Ley zur Hölle fahren.«

»Du weißt nicht mehr was du redest, schaff dich endlich nach Hause du besoffener Sack!«, bellte Matheis.

Mychel erhob sich schwankend von seinem Tisch und torkelte zum Ausgang. Als er die Klinke in die Hand nehmen wollte, öffnete sich die Tür und zu allem Überfluss betrat Lorenz Leinweber den Schankraum.

»Mach dich aus dem Weg du Wicht«, plärrte Mychel den gehörnten Ehemann an und schob ihn aus dem Türrahmen.

Lorenz reagierte schnell, raffte sich zusammen und stellte Mychel einen Fuß in den Weg, worauf der sich wie ein Hafersack in die Diele des Gasthauses überschlug.

Die Pächter quittierten den misslungenen Auftritt von Mychel Blohm mit höhnischem Gelächter, nur Matheis wurde es jetzt zu bunt.

»Mychel verschwinde und schlafe dich aus. Ich hätte dich besser auf dem Richtplatz liegengelassen, geh mir aus den Augen!«, fuhr er seinen Bruder energisch an.

»Ich gehe Matheis, aber eines verspreche ich euch, ich mache euch alle kalt. Ihr Mistkerle!«

Am nächsten Morgen war auf dem Grubenfeld der Teufel los, eine große Menschenmenge war um eines der Göpelwerke der Blohms versammelt.

Als die Leyer ihre Arbeit unter Tage aufnehmen wollten, fanden sie einen Toten auf der Sohle der Halle. Mychel Blohm lag mit zerschmetterten Gliedern zwischen dem Geröll neben dem Schacht.

»Gott hat ihn gerichtet«, meinte einer der allwissenden Schwätzer die das Treiben neugierig verfolgten.

»Irgendwer wird ihn schon um die Ecke gebracht haben«, orakelte ein Steinhauer neunmalklug.

Die Wahrheitsfindung des Vogtes gestaltete sich sehr halbherzig, Godfried von Ulmen hatte kein besonderes Interesse daran ausfindig zu machen, ob jemand diesen Halunken absichtlich ins Jenseits befördert hatte.

»Wer besoffen über die Leyen torkelt, der muss eben damit rechnen, dass er sehr tief fällt«, kommentierte er die Situation, allerdings mit einem zynischen Unterton.

»Aber Herr, wenn es vielleicht doch eine Mordtat war, was dann?«, gab der Schultheiß zu bedenken. »Noch gestern hatte Mychel Blohm zuerst seinen Bruder, dann den Herrn von Brewer und auch den Lorenz Leinweber bedroht!«

»Wo kommen wir hin mein lieber Augst, wenn wir bei jedem Todesfall nach einer rechtswidrigen Ursache suchen würden? Es gibt doch keinen Grund irgendjemanden in Verdacht zu nehmen, hier ist lediglich jemand betrunken in einen Schacht gestürzt«, erwiderte der Vogt leicht verärgert.

Nun erschienen auch Claas von Brewer und Matheis Blohm endlich am Unglücksschacht. In Windeseile hatte sich die Nachricht vom Tod des Mychel Blohm im Dorf verbreitet.

»Es wäre besser, wenn wir den Umständen dieses Todes nicht weiter nachsteigen, wir sollten endlich in Eintracht zusammenarbeiten, wir folgen doch schließlich einem gemeinsamen Ziel«, meinte Blohm und reichte Claas die Hand.

Die Umstehenden sahen sich gegenseitig ungläubig an! Der Erbpächter Blohm reichte doch tatsächlich dem feinen Herrn von Brewer aus Coellen die Hand zum Frieden. Matheis besah sich noch kurz wie die Leyer die Leiche seines Bruders aus dem Förderschacht bargen. Dann wurde ihm das ganze Spektakel um seinen missratenen Bruder zuviel und er ritt, dennoch irgendwie mit zufriedener Miene, alleine ins Dorf zurück.

Claas registrierte sehr wohl die ehrfürchtigen Blicke der umherstehenden Grubenarbeiter. Er genoss mittlerweile den uneingeschränkten Respekt der Bevölkerung. Eher nachdenklich machte er sich endlich mit dem Vogt auf den Heimweg in sein Kontor.

Ohne selbst zu begreifen wie ihm geschah, war Claas binnen Jahresfrist vom kleinen Baumeister zum Herrn des grauen Goldes aufgestiegen.

»Die Wege des Herrn sind unergründlich«, meinte er zu seinem Begleiter.

Der Vogt lächelte zurück und gab seinem Pferd die Sporen.

*   *   *

Nachwort

Auf einer Fläche von nahezu drei Quadratkilometern findet sich unter der Stadt Mendig am Laacher See, ein gigantisches Labyrinth aus unterirdischen Lavahallen.

In zweiunddreißig Metern Tiefe unter der Erdoberfläche befindet sich eine auf der Welt einmalige unterirdische Landschaft, geschaffen von Menschenhand.

So wie es der Roman beschreibt, gingen die Leyer tatsächlich mit bloßer Muskelkraft und einfachsten Hilfsmitteln daran, den wertvollen Stein aus der Tiefe zu bergen. Erst die zunehmende Industrialisierung des ausgehenden 19. Jahrhunderts verdrängte die Mühlsteinproduktion aus Basaltlava.

Danach nutzten viele Brauereien die unterirdischen Gewölbe. Mit einer stets gleichbleibenden Temperatur zwischen sechs bis neun Grad Celsius, bot sich das riesige Areal als ideale Lagerstätte an.

Die Museumslay auf dem Mendiger Grubenfeld ist ein Museum unter freiem Himmel. Arbeit und Leben in den Basaltgruben sind hier sehr lebendig und greifbar dargestellt. Zahlreiche historische Relikte, wie etwa ein Göpelwerk, eine Steinmetzhütte mit Werkzeugen und eine Grubenschmiede vermitteln dem Betrachter einen realistischen Eindruck vom Alltag und den schwierigen Arbeitsbedingungen der Steinbrecher.

Aber auch im Ort selbst finden sich noch viele Zeugen einer bewegten Vergangenheit. Die alte Sankt Cyriakuskirche, der Richtplatz am Hochkreuz, der Urteilsstein auf Schrof und die alten historischen Gassen mit den bebauten Sackhöfen sind die stummen Zeugen einer bewegten Geschichte.

Alle Handlungsorte des Romans bieten sich für eine unterhaltsame und lebendige Entdeckungstour an, auf den Spuren des Claas von Brewer, dem Herrn des grauen Goldes.

Erschienen im Rhein-Mosel-Verlag:

Leben an Vulkanen
Lapidea Förderkreis (Hrsg.)

... Das „Leben an Vulkanen" in Mayen, Ettringen, Kottenheim und Mendig geht indes über die LAPIDEA-Zeit weit hinaus. Deshalb hat der LAPIDEA-Förderkreis sich entschlossen, in einem mit diesem Titel versehenen 9. Band der LAPIDEA-Buchreihe mit Unterstützung namhafter Autoren den Blick über die Vereinsgeschichte hinaus zu schärfen, wie Produkte des Vulkanismus sich gewandelt und das Leben der Menschen beeinflusst haben.

So wurde ein weiter Bogen von der Römerzeit bis heute über die Verwendung heimischer Baustoffe, von Basaltlava, Tuff und Schiefer geschlagen (Kl. Markowitz). Von den Anfängen der Basaltlava-Industrie bis ins frühe Mittelalter handelt ein Beitrag von B.C. Oesterwind. Den rheinischen Mühlsteinbergbau vom Mittelalter bis zur Neuzeit behandelt H. Schüller. Dem Thema „Industrialisierung und Basaltlavabetrieb um 1900" widmet sich B. Prößler. Schwerpunktmäßig weisen die Autoren auch auf soziale Aspekte hin, wobei F. Bell sich speziell mit Arbeitsunfällen auf und in den Basaltlavagruben und deren Folgen für Betroffene und Angehörige befasst. ...

(Auszug aus dem Vorwort von Albert Nell)

»Leben an Vulkanen« Lapidea-Förderkreis (Hrsg.)
160 Seiten gebunden Schutzumschlag, mit vielen Abbildungen in Farbe und SW
ISBN 978-3-89801-329-1 Preis 21,00 EUR